Hermann Multhaupt

Elisabeth von Thüringen – ein Leben voller Liebe

HERMANN MULTHAUPT

ELISABETH VON THÜRINGEN

Ein Leben voller Liebe

EIN BIOGRAFISCHER ROMAN

benno

Bibliografische Information Der Deutschen Nationalbibliothek
Die Deutsche Nationalbibliothek verzeichnet diese Publikation in der Deutschen Nationalbibliografie;
detaillierte bibliografische Daten sind im Internet über http://dnb.d-nb.de abrufbar.

Besuchen Sie uns im Internet unter
www.st-benno.de

ISBN 978-3-7462-3357-4

Stammerstr. 11, 04159 Leipzig
Umschlaggestaltung: Ulrike Vetter, Leipzig, unter Verwendung eines Bildes von © Christie's Images Ltd – ARTHOTEK
Gesamtherstellung: Kontext, Lemsel (E)

Seht, ich habe es immer gesagt, man muss die Menschen froh machen.

Elisabeth von Thüringen

Im Jahre 1211 rumpelte ein vornehmer Reisewagen in Begleitung einer stattlichen Anzahl von Edelleuten, Soldaten und Dienern von Thüringen durch Österreich ins ferne Ungarn, um am Hofe Andreas II. in Pressburg die Braut abzuholen, die Landgraf Hermann für seinen Sohn Ludwig in Eisenach bestimmt hatte. Für die damaligen politischen Gepflogenheiten der Aristokratie nicht ungewöhnlich war die Tatsache, dass die Braut kaum vier Jahre alt und ihr Bräutigam gerade einmal sieben Jahre älter war. Die Fahrt war abenteuerlich und anstrengend für Graf Meinhard von Mühlberg, Herrn Walter von Vargila und Frau Bertha, Witwe des Egelolf von Bendeleben, und ihr Gefolge. Der feierliche Empfang auf der königlichen Veste entschädigte sie jedoch fürstlich für die ausgestandenen Mühen. Königin Gertrud von Ungarn litt zwar darunter, dass der Brautwerber ihre Tochter Elisabeth schon im kindlichen Alter an seinen Thüringer Hof holte, doch die Aussicht, dass ihr Kind eine Krone tragen würde, siegte über den Abschiedsschmerz. Sie ließ die Gäste auf das Beste bewirten und sorgte für ihr Wohlergehen, während sie eine königliche Mitgift zusammenstellte, die ihresgleichen suchte.

Was taten all diese Leute hier? Warum waren sie gekommen? Warum strich ihr die Frau mit den weißen Haaren manchmal über den Kopf und sah sie dabei mal freundlich, dann wieder traurig an? Elisabeth wusste es nicht. Sie sah, dass Vater mit ernstem und auch sorgenvollem Gesicht mit den fremden Herren sprach, dass sie nickten oder verneinend das Haupt schüttelten und die Arme dabei im Rücken verschränkt hatten, wenn sie in der großen Halle bedächtig auf und ab schritten. Dreimal hatte Elisabeth die Mutter gefragt und dreimal eine ausweichende Antwort bekommen. „Jetzt nicht, Kind." „Heute nicht, Elisabeth." „Das verstehst du noch nicht, mein Herz."

Was verstand sie nicht? Warum waren Vater und Mutter und dazu eine große Schar von Soldaten und Bediensteten mit dem Hofstaat jetzt überhaupt nach Pressburg übergesiedelt, wo es draußen doch noch so kalt war? Viel lieber wäre Elisabeth auf Burg Sárospatak geblieben, hätte mit ihrem ein Jahr älteren Bruder Bela und dem jüngeren Bruder Koloman gespielt, obgleich sie Koloman beim Laufen immer noch überholte, denn der Bruder war mit seinen drei Jahren noch nicht so schnell wie sie. Manchmal ließ sie ihn allerdings gewinnen, damit er nicht losheulte, wenn er als letzter am Ziel angekommen war. Mutter sah es nicht gern, wenn sie lief. Das schicke sich nicht für Mädchen, meinte sie, und, ach, das Rennen höre ohnehin bald auf. Was die Mutter damit wohl gemeint hatte? Nur der Vater lachte dröhnend und stemmte seine Tochter hoch in die Luft. „Du bist und bleibst mein kleiner Wildfang!", rief er und blickte sich stolz um, ob auch jedermann sah, wie lieb er seine Tochter hatte. Die Damen des Hofes sahen es und auch die edlen

Herren, die dem König die Geschäfte führten oder ihm Gesellschaft leisteten. Sie pflichteten ihm bei, Elisabeth sei ein aufgewecktes, ungewöhnlich lebhaftes und dazu noch schönes Kind. Sie würde Ungarn alle Ehre machen, vom Karpatenbecken bis Slavonien, und ihr guter Ruf würde in alle Pfalzen des Landes dringen, nach Buda und Pilis, auf die Insel Csepel, nach Zólyom, Bereg, Torna und Segesd. Und erst recht nach Székesfehérvár, in die Hauptstadt, die die Deutschen Stuhlweißenburg nannten. Und wenn sie in Kürze erst nach Thüringen käme, dann ... Die Hofdamen vollendeten den Satz nicht, denn sie sahen die Tränen in den Augen der Königin Gertrud und die Falte auf der Stirn des plötzlich wieder ernst gewordenen Königs Andreas II.
Warum aber waren diesmal so viele Kisten und Tonnen gepackt und auf die Pferde und Esel, auf die Ochsenkarren und Pferdegespanne geladen worden? Elisabeth wusste es nicht, aber sie bestaunte den langen Zug von Wagen, Tieren und Menschen, der sich unter dem Geschrei der Anführer und Aufseher vor dem Burgtor bildete. So reich waren Vater und Mutter? Wenn sie sonst mit Vater und Mutter und den Menschen ihres Gefolges von einer Pfalz zur anderen unterwegs war, führten die Eltern nicht einmal die Hälfte des jetzigen Gepäcks mit sich. Elisabeth getraute sich nicht, ihre Mutter zu fragen, und auch ihr Kindermädchen nicht, das sie mit Märchen und Liedern von den Ereignissen ringsum abzulenken versuchte. Und doch spürte das Kind, dass etwas anders war als sonst, dass die Mutter, die sonst so streng und unnachgiebig sein konnte, über etwas nachgrübelte oder unter etwas litt, denn sie hatte eine bleiche Gesichtsfarbe und manchmal dunkle Ränder unter den

Augen. Das sah Elisabeth ganz deutlich, aber sie konnte sich das kränkliche Aussehen ihrer Mutter nicht erklären. „Bin ich nicht artig genug?", fragte Elisabeth einmal voll Kummer und umklammerte mit ihren kleinen Armen die Knie der Königin. Es war am Tag nach der Ankunft der fremden Reisegesellschaft in Pressburg gewesen, als die Gäste sie so merkwürdig und von der Seite angesehen hatten. Oder ob etwas mit ihrer Kleidung nicht in Ordnung war? Elisabeth erschrak bei dem Gedanken, dass sie beim Herumtollen möglicherweise schon wieder das weiße Leinenkleid befleckt hatte.

Warum sagte ihr eigentlich niemand, weshalb die Leute aus dem fernen Thüringen gekommen waren? Sie hatte keine Vorstellung, wo dieses Land lag und wie weit es entfernt war, doch musste es bedeutend sein, das hatte sie aus einem gestenreichen Gespräch aufgeschnappt, das die Beschließerin mit einem der fremden Bediensteten in der Küche geführt hatte. Hatte der Besuch der Fremden doch mit ihr zu tun? Elisabeth rannte durch den kleinen Burggarten und versteckte sich hinter den Büschen, deren Blütenknospen aufzubrechen begannen. Dort verbrachte sie lange Zeit und dachte nach. Vielleicht waren die Fremden gar nicht ihretwegen gekommen, sondern um mit Vater ein Geschäft abzuschließen? Doch den Gesten, Gebärden und aufgefangenen Worten hatte Elisabeth entnehmen können, dass die Gäste im Auftrag eines fremden Herrschers in Ungarn weilten und dass ihre Anwesenheit mit ihr zusammenhing.

Eines Spätnachmittags nahm die Mutter ihre kleine Tochter beiseite. Der Vater war nicht anwesend, er schützte dringende politische Gespräche vor, die er mit einer Gesandtschaft aus Ladomerien zu führen

habe. Er scheute sich, Zeuge der schmerzvollen Stunde, die der geliebten Tochter bevorstand, zu sein.
Die Königin war für ihre Unbeugsamkeit und Zielstrebigkeit bekannt. Sie schien selbst ihre mütterlichen Gefühle unterdrücken zu können, wenn es um das Wohl des Königreiches ging.
„Ich muss dir etwas sagen, Elisabeth", hob die Mutter an. „Ich weiß nicht, ob du alles verstehen wirst, was ich dir jetzt zu erklären versuche."
Elisabeth blickte verwundert zu ihrer Mutter auf. „Habe ich wieder etwas angestellt?", fragte sie kleinlaut. Ihre Mutter wischte die Bemerkung mit einer Handbewegung vom Tisch.
„Es geht hier um wichtigere Dinge als um deine Mädchenstreiche, Elisabeth. Du weißt, dass dein Vater und ich ein großes Land regieren. Das ist nicht immer einfach, nicht wahr?"
Elisabeth nickte.
„Nun, mein Kind, wer ein so großes Land als König und Königin regiert, muss anderen Menschen nicht nur ein großes Vorbild sein, sondern manchmal auch schmerzliche Opfer bringen."
Wieder nickte das Kind.
„Na, siehst du. Um unser Ungarn noch mächtiger und größer zu machen, müssen wir uns Freunde suchen, denn nicht alle Nachbarstaaten gönnen uns unser Glück. Wenn wir viele Freunde haben, müssen wir keine Kriege fürchten."
Elisabeth blickte die Mutter fragend an.
„Es ist nun der glückliche Umstand eingetreten, dass du, unser Prinzesschen, ausersehen bist, einmal eine große Landgräfin zu werden."
„Ich?", rief Elisabeth verwundert. „Was soll ich werden?"

„Ach, das verstehst du jetzt noch nicht. Du bist noch zu jung. Aber wenn du älter und größer bist, wirst du mit einem jungen hübschen Prinzen vermählt der einmal in einem großen Land herrschen wird."
„Heiraten soll ich?", rief das Mädchen und klatschte in die Hände. „So wie Geza und ich manchmal in der Burgkapelle Hochzeit spielen?"
„Das ist kein Spiel", erwiderte die Mutter schroff, „sondern Politik." Doch dann änderte sie ihren Ton und zog ihre Tochter liebevoll an sich. „Du sollst mit dem jungen Prinzen Ludwig von Thüringen verlobt werden – und ihn später heiraten."
Elisabeths Mund öffnete sich vor Freude oder Schreck, aber sie brachte kein Wort heraus.
„Du hast die fremden Menschen gesehen, die seit Tagen auf der Pressburg weilen, mein Kind. Sie sind gekommen – dich abzuholen."
„Abholen?" Elisabeth sprang auf. Entsetzen stand in ihren dunkel schimmernden Augen. „Wohin wollen sie mich denn bringen?"
„Du wirst es gut haben – in Thüringen. Alle werden lieb zu dir sein, dich verwöhnen und mit der Zeit zu einer großen Landesfürstin machen. Eine Landesfürstin ist wie eine Königin. Sie hat viele Kleider und einen Hofstaat, der ihr dient. Du brauchst nur ein Wort zu sagen und die Hand auszustrecken und – und alles geschieht, wie du es willst."
„Ich will gar nicht die Hand ausstrecken", sagte Elisabeth leise. „Ich möchte bei dir und Vater bleiben, denn ich habe euch lieb."
Königin Gertrud seufzte. „Wir haben dich auch lieb, mein Kind, und so wird es bleiben. Aber die Pflichten eines Monarchen – so nennt man den Herrscher über ein Land – erfordern zuweilen große Opfer. Das wirst

du erst später verstehen. Und du wirst uns dankbar sein, dass wir dir dieses Glück, Landgräfin in Thüringen zu werden, haben zuteil werden lassen."
„Was ist mit meinen Brüdern?", fragte Elisabeth erregt, „müssen die auch fort?"
„Nein, Bela und Koloman werden bleiben, und auch das neue Geschwisterchen, das unter meinem Herzen wächst."
„Ein Geschwisterchen? – Ach, das lerne ich ja nun gar nicht kennen."
Die Königin versuchte zu lächeln. „Du wirst doch von Zeit zu Zeit nach Hause zurückkommen, mein Kind. Oder wir werden dich besuchen. Das ist abgemacht."
Doch von diesem Versprechen war Gertrud nicht überzeugt.
Elisabeth galt als aufgeschlossen, klug und Altersgenossinnen an Wissen und Einsicht voraus. Jedoch dass die Eltern sie fremden Menschen auf die Reise in ein unbekanntes Land mitgeben würden, übertraf ihre Vorstellung. Fürstin sollte sie werden und regieren lernen? Und dann diesen Ludwig heiraten? Nein, viel lieber würde sie eine kleine Prinzessin bleiben, die mit ihren Freundinnen im Garten spielte und manchmal auf dem feurigen Pony mit Vater in den Wald ritt. Als König Andreas II. seiner Tochter an diesem Abend einen Gutenachtkuss gab, hatte Elisabeth ein fiebriges Gesicht.

Die Sorge um eine angemessene Aussteuer hatte die Königin schon seit der Geburt ihrer Tochter im Jahre 1207 nicht ruhen lassen. Alles, was sie an Gold und Silber auftreiben und an sich ziehen konnte, hatte sie einem verlässlichen Bürger zur Aufbewahrung gegeben.
Ihre Sammelleidenschaft zahlte sich nun aus, und sie konnte ihrer Tochter Elisabeth den Weg ins Leben mit kostbaren Schätzen ebnen. Diesen Machtanspruch hatte Gertrud von ihrem Vater geerbt, der es wie seine Vorfahren verstanden hatte, aus der unbedeutenden Wurzel der Meranier den machtvollen Stamm eines Reichsfürstengeschlechts wachsen zu lassen indem er seine Töchter in regierende Fürstenhäuser einheiraten ließ.
So trugen die Ahnen der einstigen Grafen von Andechs Kronen: Gertrud die ungarische, Agnes die französische, Hedwig die Insignien einer Herzogin von Schlesien und Polen. Bald würde auch Elisabeth gekrönt und dem Sohn eines der führenden Fürstenhäuser angetraut werden.
Als der Tag des Abschieds kam, rief der Anblick der Schätze die Bewunderung der Edlen des Landes und des thüringischen Gefolges hervor. Goldene und silberne Gefäße, purpurne Decken, orientalische Seide, Schmuck und Geschmeide in erlesensten Formen, goldgewirkte Tücher, sogar eine silberne Wiege und eine Badewanne aus gleichem Metall, tausend Mark feinen Goldes und viele andere Kostbarkeiten wurden sorgsam für die lange Reise verstaut.
Die Königin wusste, dass diese Mitgift in Thüringen nur Worte staunender Bewunderung hervorrufen konnte und doch schmeichelte sie den Gästen des Landgrafen, indem sie sagte, ihr Herr möge das Wenige,

das sie aufzubieten habe, nicht verschmähen, und sollte Gott sie leben lassen, wolle sie den Schatz noch reichlich aufbessern.

Die kleine Elisabeth lebte bald als Fremde in einer fremden Umgebung. Zwar taten ihre zukünftigen Schwiegereltern alles, um sie glücklich zu sehen, und auch der noch kindliche Ludwig, ihr zukünftiger Gemahl, verhielt sich ihr gegenüber vorbildhaft und ritterlich. Doch gegen das Heimweh des Mädchens schien kein Kraut gewachsen zu sein. Elisabeth hatte sechs Gespielinnen, die aus den ersten Familien des Landes stammten. Eine ihrer liebsten Freundinnen war Guda, die damals fünf Jahre alt war, und nahezu zeit ihres Lebens an Elisabeths Seite blieb. Zwar hatten sich im Gefolge der Königstochter auch einige ungarische Begleiter befunden, die noch längere Zeit am Thüringer Hof weilten, wahrscheinlich, um der kleinen Königstochter das Eingewöhnen in der neuen Umgebung zu erleichtern, im Laufe der Zeit kehrten sie jedoch in ihre Heimat zurück. Jetzt blieb Elisabeth allein. In den Tagen, an denen sie besonders oft an Zuhause denken musste, versuchte sie ihre Traurigkeit mit Ausgelassenheit zu überspielen, damit niemand sah, wie nah sie den Tränen war. Dann drückte sie Ludwig in scheinbarem Übermut schon einmal ein Hanfseil in die Hand und forderte ihn auf, es ihr im Seilspringen gleichzutun. Doch der Junge stellte sich linkisch und unbeholfen an.
„Was bin ich doch für ein Tollpatsch", rief er. „Meine Beine wollen mir nicht gehorchen."
Elisabeth tänzelte näher vor den verblüfft dastehenden Jungen. „Was? Deine Beine gehorchen dir nicht? Oh Ludwig, und du sollst einmal Herrscher werden? Ha, ha, wenn dir deine Beine nicht gehorchen, wie wird es dann erst mit deinen Untertanen sein?"
Ludwig trat wütend mit dem Fuß auf und blickte Elisabeth zornig an. „Dieses dumme Gehopse! Ich gebe

es auf. Es ziemt sich auch nicht für einen angehenden Landgrafen. Das ist etwas für Mädchen."
Die kleine Königstochter schüttelte ihre dunklen Locken aus dem Gesicht. „Du wirst es schon noch lernen, Ludwig. Wenn du mein Mann werden willst, wie es deine und meine Eltern beschlossen haben, musst du dich anstrengen und seilhüpfen lernen. Sieh nur, so macht man das!" Elisabeth hüpfte dicht vor Ludwig hin. „Sonst nehm' ich dich nicht! Sonst nehm' ich dich nicht!"
„Ach, lass mich!", rief der Junge und warf Elisabeth das Seil vor die Füße. „Im Übrigen hast du nicht zu bestimmen, ob du mich nehmen willst oder nicht. Das haben unsere Eltern längst abgemacht, und den Eltern muss man gehorchen. So steht es im vierten Gebot."
Elisabeth war plötzlich wieder ernst. „Verzeih", schluchzte sie, „ich wollte dich nicht kränken. Aber ich bin heute so traurig."
„Traurig?" Ludwig blickte das Mädchen erstaunt an. „Von Traurigkeit habe ich eben aber nichts gemerkt. Im Gegenteil. Du hattest es wohl darauf abgesehen, mich zu ärgern."
„Nein, ganz und gar nicht, Ludwig. Kommst du mit? Ich möchte am Burggraben einen Blumenstrauß pflücken und in die Kapelle bringen."
„Ach nein, nimm Guda mit. Mit der verstehst du dich doch am besten. Blumenpflücken ist nichts für Jungen."
Ludwig raffte das Seil auf, warf es über seine Schultern und verließ den Burghof. Elisabeth stand einen Augenblick stumm und wie versteinert und blickte ihm nach. Dann sah sie sich nach Guda um, die in der Nähe mit anderen Kindern spielte.
Jetzt im Frühling blühte der ganze Berg unterhalb der Wartburg in allen Farben auf. Die Wiesen standen in

vollem Saft, Kräuter und Blumen entfalteten ihre Blüten und lockten Bienen und Hummeln an. Etwas weiter wölbte sich das grüne Dach des Waldes, dessen Stämme wie die Pfeiler eines Domes wuchtig und gerade in den Himmel ragten. Der markante Geruch des Bärlauchs schwängerte die Luft. Elisabeth schritt behutsam über einen Teppich von Buschwindröschen, ängstlich bemüht, keine Blume zu zertreten. Guda hielt nach Anemonen und Schlüsselblumen Ausschau. „Die kleinen Veilchen lass bitte stehen", bat Elisabeth, „die sind leider zu klein für einen Blumenstrauß."

Da sie den Frühling nun in den Händen hielt, hellte sich die Stimmung Elisabeths auf. Sie hielt den Strauß vors Gesicht und atmete tief. Es war ihr, als sauge sie Gottes ganze Schöpfung ein. Ein Gefühl des Glücks durchströmte sie. Eine blasse Erinnerung an die Blumenwiesen unterhalb ihrer Burg Sárospatak im fernen Ungarn stieg in ihr auf, wo sie an der Hand der Erzieherin die ersten Gehversuche gemacht hatte. „Komm, gehen wir zur Kapelle", rief sie ihrer Freundin zu.

Wie so oft war das kleine Gotteshaus verschlossen. Elisabeth zog sich am Fenstergitter empor, um einen Blick in das Innere zu werfen. Im Halbdunkel des Raumes leuchtete das Bild der Gottesmutter auf, die ihren kleinen Sohn auf dem Arm trug. War es nicht, als ob Jesus sie mit großen Augen ansähe? Ihr zulächelte? Oder winkte er ihr gar zu? Elisabeth klammerte sich an das Gitter und starrte unentwegt auf die himmlischen Gestalten.

„Was tust du da?", rief Guda. „Komm endlich herunter, deine Knie sind schon ganz zerkratzt."

Tatsächlich, Elisabeth hatte nicht bemerkt, dass die Haut sich an der Kapellenwand wund gescheuert hatte. Sie klemmte ihren Strauß zwischen die Gitter-

stäbe, ließ sich auf den Boden hinab und besah sich die Knie. „Halb so schlimm", meinte sie und betupfte die wunden Stellen mit dem Taschentuch. Dann drückte sie scheu einen Kuss auf die verschlossene Tür.
„Warum tust du das?", wollte Guda wissen.
„Nur so", erwiderte Elisabeth. „Die Kapelle ist abgesperrt. Da kann ich dem Jesuskind doch keinen richtigen Kuss geben." Guda lachte.
Mitten im Burghof kamen Diethild und Anna auf sie zu. „Kommt, wir wollen messen, wer von uns inzwischen am meisten gewachsen ist." Das Spiel betrieben sie und die anderen Kinder häufig. Sie markierten eine Linie, legten sich auf den Boden und streckten sich. Elisabeth schloss die Augen und schickte ein Stoßgebet zum Himmel. Immer, wenn die anderen mit sich beschäftigt waren, nutzte sie die Gelegenheit zu einem kurzen Gebet.
„Nun sieh dir diese Kinder an!", rief in diesem Augenblick Landgraf Hermann I. seiner Gemahlin zu. Er stand am Fenster und entdeckte das Treiben der Mädchen. „Legen sich mit ihren weißen Kleidern in den Staub! Was hat das nun wieder zu bedeuten?"
„Das weißt du nicht?", ereiferte sich Landgräfin Sophie belustigt. „Mein lieber Hermann, vieles von dem, was Frauen tun, bleibt euch Männern wohl für immer verborgen. Doch Spaß beiseite", fuhr sie fort, als sie in das verwunderte Gesicht ihres Gatten sah, „das ist ein Amüsement, das ich in dem Alter der Mädchen auch gepflegt habe. Wer ist denn nun die Größte von den vieren? Guda oder Elisabeth? Oder ..."
„Ich glaube, Elisabeth", schätzte der Landgraf und stellte sich auf die Zehenspitzen, wohl meinend, dadurch mehr erkennen zu können. Die Landgräfin trat neben ihn.

„Das Kind ist mir ein großes Rätsel, Sophie", sagte der Landgraf nachdenklich. „In ihm haben so viele Gegensätzlichkeiten Raum. Mal ist es ausgelassen, heiter, dann verschlossen, mal mitteilsam, dann wie verstockt. – Nein, verstockt ist nicht das rechte Wort. Eher traurig, meine ich, ja, es ist eine bestimmte Art von Traurigkeit, die keinen äußeren Anlass hat. Die aus dem Innern, aus der Seele kommt und so grundlos schweigen lässt."

Landgräfin Sophie wiegte den Kopf. „Grundlos, Hermann, wohl nicht. Sie ist sensibel, unsere kleine Tochter, und für ihr Alter ungewöhnlich reif. Reif an Herz, an Seele. Sie sieht von Menschen gemachtes Unrecht, fragt dauernd nach dem Volk, nach den Armen und Kranken. Wie sie durch den letzten Winter gekommen sind. Ob sie heute genug zu essen haben. Wie sie leben. Am liebsten stiege Elisabeth jeden Tag hinunter in die Häuser, um zu sehen, wie es ihnen geht."

Der Landgraf seufzte und wandte sich vom Fenster ab und seiner Frau zu. „Wer hätte gedacht, dass unser Schützling diese Entwicklung nehmen würde? Wir haben in Pressburg ein kleines Kind in Empfang genommen, aufgewogen in Gold und Silber, in Seide und Damast gewickelt – und erleben nun eine Wandlung, die mir unbegreiflich ist. Weißt du noch, wie fürstlich ihre Mitgift war?"

„Weit fürstlicher ist die Mitgift des Himmels", sagte Landgräfin Sophie leise. „Sie hat ungewöhnliche Gaben, die sie nutzen wird, nutzen zum Wohle unseres Volkes."

„Hoffentlich wird Ludwig mit ihr glücklich", wandte der Landgraf ein. „Ein Herrscher leistet umso mehr, je überzeugter seine Gemahlin die Regentschaft mitträgt und ihre Interessen nicht auf höfisches Zeremoniell beschränkt."

„Hast du dabei etwa mich im Blick?", lächelte Sophie spitzbübisch.
„Ich habe in dir immer eine Stütze gehabt – und die wünsche ich unserem Ludwig ebenfalls. Es gibt Stimmen an unserem Hofe, die sich nur hinter vorgehaltener Hand äußern und tuscheln wie der Wind. Es wäre an der Zeit, dass sich Elisabeth in der mâze übe, in der Frauentugend, wie es sich gehöre für eine Dame von erlesenem Stand. Doch was tut sie? Sie tollt herum oder übt sich in der Nächstenliebe. Ludwig wird es nicht einfach mit ihr haben."
Sophie legte ihre Hand auf Hermanns Arm. „Sie ist doch noch ein Kind. Und vergiss nicht, woher sie stammt. Ein wenig mehr feuriges Ungarnblut täte deinen Adern manchmal auch gut."
Landgraf Hermann I. hob die Schultern, als wolle er den Vorwurf abschütteln, von dem er sich unberechtigt getroffen fühlte. Doch seine Gattin legte ihm den Finger auf den Mund. „Vergiss nicht, dass sie den Tod ihrer Mutter zu verwinden hat – falls ihr das überhaupt je gelingt. Wir sehen ihr nicht ins Herz, Hermann. Aber die Nachricht, dass die eigene Mutter ermordet worden ist, muss für jeden Menschen entsetzlich sein, erst recht für ein Kind mit einer so feinen Seele wie Elisabeth."
Elisabeths Mutter Gertrud, Tochter des mächtigen Herzogs Berthold VI. aus der Linie Andechs-Meranien, hatte um 1203 den ungarischen Königssohn Andreas geheiratet, jüngster Sohn von Béla III. Er setzte sich gegen die Machtansprüche seines Bruders Emmerich durch, besaß in seiner dreißigjährigen Herrschaft als König jedoch nicht die Stärke, dem immer mächtiger werdenden Adel zu trotzen. Den Wandel der gesellschaftlichen Verhältnisse in Ungarn vermochte er

nicht aufzuhalten. Seine Gattin Gertrud galt im Lande als herrschsüchtig, ehrgeizig und einflussreich, denn sie nutzte ihre Position als Herrscherin für politische Zwecke aus. Darum war sie nicht sonderlich beliebt, auch deshalb nicht, weil sie die Deutschen im Lande und vor allem ihre eigenen Verwandten begünstigte. Im Jahre 1213 fiel sie einer Rebellion zum Opfer. Elisabeth war damals noch nicht sieben Jahre alt und erfuhr erst Monate später von ihrem Tod.

Landgraf Hermann war eine widersprüchliche Gestalt: Als Reichsfürst scheute er weder Verrat noch Eidbruch, um in einer Phase geschwächten Königtums seinen Vorteil auf Kosten des Reiches auszuschöpfen. Sein Bruder Ludwig III. war ohne männlichen Erben gestorben, so folgte ihm Hermann I. 1190 nicht ohne Konflikte auf den thüringischen Grafenthron, denn Kaiser Heinrich VI. hätte das Land als erledigtes Reichslehen gern einbehalten. Doch Hermann zeigte sich jovial und linientreu, war auf mehreren Hoftagen des Kaisers anwesend, so auch 1195 in Gelnhausen, wo er sich für die Teilnahme am Kreuzzug entschied. Hermann befand sich mit mehreren deutschen Fürsten im Heiligen Land, als Heinrich VI. am 27. September 1197 starb. Als der Landgraf im Sommer 1198 zurückkehrte, kämpften Philipp von Schwaben, der Bruder Heinrichs VI., und Otto IV., der Sohn Heinrichs des Löwen, als gewählte Könige um die Vorherrschaft im Reich.
Die am Kreuzzug beteiligten Fürsten hatten sich nach dem Tod des Kaisers für die Nachfolge seines damals dreijährigen Sohnes Friedrich ausgesprochen. Hermanns Platz wäre nach ludowingischer Tradition eigentlich im Lager der Staufer gewesen. Doch kurzentschlossen wechselte er auf die Seite Ottos IV. In den Folgejahren änderte er dreimal seinen Standort, um so viel Kapital wie möglich für die eigene Position dabei herauszuschlagen, wobei er durchaus die Gefahr einkalkulierte, dass der gerade verlassene König gegen Thüringen aufmarschieren könnte. 1208 wurde König Philipp von Schwaben in Bamberg ermordet. Sofort stellte sich Hermann I. auf die Seite Ottos IV., was allerdings nicht sein letzter Stellungswechsel war. Anfang 1211 fand sich eine Gruppe deutscher Fürsten

zusammen, die gegen den inzwischen zum Kaiser gekrönten und mit dem Papst verfeindeten Otto IV. auftrat, zugleich aber mit Innozenz III. und König Philipp II. von Frankreich in Kontakt stand. Diese Fürstengruppe kam mehrmals zusammen und favorisierte Friedrich II. als zukünftigen deutschen König. Neben Landgraf Hermann gehörten auch Angehörige der mächtigen und weitverzweigten Herzogsfamilie von Andechs-Meranien dazu, aus der Gertrud, die Mutter Elisabeths von Thüringen, stammte. Papst Innozenz III. schrieb an Gertruds Brüder Bischof Ekbert von Bamberg und Herzog Otto I. von Meranien sowie an Hermann I. von Thüringen und an andere Herrscher einen Brief, in dem er zum weiteren Kampf gegen Otto IV. aufrief. Bei der Zusammenkunft der Fürsten in Bamberg forderten die Fürsten die Rehabilitierung und Wiedereinsetzung des geächteten Bischofs Ekbert, in dessen Haus König Otto IV. ermordet worden war und der im Verdacht der Mitwisserschaft an der Bluttat stand. Ekbert hatte am Hofe seiner Schwester Gertrud in Ungarn vorübergehend Asyl gefunden.
Dieses politische Zusammenspiel bildete den Hintergrund für die eheliche Verbindung zwischen Elisabeth und Ludwig. Es bestanden enge Kontakte zwischen Thüringen und Ungarn, die noch durch den böhmischen König Ottokar I. unterstützt wurden – er war ein Vetter Hermann I. Ottokars zweite Frau Constanze war die Schwester des ungarischen Königs Andreas II., dem Vater Elisabeths. Die künftige Landgräfin entstammte also väterlicherseits dem altehrwürdigen ungarischen Fürsten- und Königsgeschlecht der Arpaden, mütterlicherseits einer der geachtetsten Familien Bayerns, die auch hohe kirchliche Repräsentanten gestellt hatte. Bis Landgraf Hermann I. regierte besaß

der Thüringer Hof noch keine feste Residenz. Man zog nach dem Beispiel mittelalterlicher Könige von einem bevorzugten Platz zum anderen, nach Eisenach, Weißensee, zur Neuenburg oder nach Eckhardsberga. Erst in der unruhigen Regierungszeit des Schwiegervaters der kleinen Elisabeth bevorzugte man einen befestigten Ort: Eisenach. Der Landgrafenhof zwischen Georgs- und Michaelskirche entwickelte sich zum Mittelpunkt der Hofhaltung, die schon unter Ludwig III. begonnen und durch den Bau von Kirchen, Klöstern und anderen kirchlichen Gebäuden vorbereitet worden war und von Hermann I. und seiner Frau Sophie fortgeführt wurde.

Sophie stammte aus der bayerischen Herzogsfamilie der Wittelsbacher. Sie war eine fromme und tugendhafte Frau, die sich um das Seelenheil ihres eher weltlich gesinnten Gatten sorgte und deren Beispiel gewiss nicht ohne Folgen auf die religiöse Erziehung ihrer noch kindlichen Schwiegertochter blieb. Sophie, Tochter der Herzogs Otto I. von Bayern, war nicht die erste Frau Hermanns I. von Thüringen gewesen. Er hatte in erster Ehe die gleichnamige Sophie, Tochter des Pfalzgrafen Friedrich von Sommerschenburg, geheiratet. Aus dieser Ehe waren zwei Mädchen, Jutta und Hedwig, hervorgegangen. Seine zweite Gemahlin schenkte ihm die Kinder Irmgard, den späteren Regenten Ludwig, Hermann, Heinrich Raspe, der es zum deutschen König brachte, Konrad und Agnes.

Ein Jahr nachdem Elisabeth nach Thüringen übergesiedelt war, machte in Frankreich ein Hirtenknabe mit Namen Stephan von sich reden. Er gab vor, Christus sei ihm in Gestalt eines Pilgers erschienen und habe ihm aufgetragen, für die Befreiung des Heiligen Landes von den Muselmanen einzutreten. Nicht nur unter den französischen Kindern verbreitete sich eine krankhafte Begeisterung für diese Idee, auch in Deutschland machten sich Kinder in der Euphorie der Kreuzzugsprediger auf, in den Vorderen Orient zu reisen, ohne eine Vorstellung von der Lage der Länder und den Strapazen der Reise zu haben. Etwa 30 000 Jungen und Mädchen fanden sich zusammen und zogen trotz des Verbotes der Eltern und Geistlichen mit Fahnen, Kerzen, Kreuzen und Rauchfässern durch die Lande, immer wieder „Herr, erhöre die Christenheit" und „Gib uns das wahre Kreuz zurück" singend. Die französischen Wallfahrer erreichten Marseille, wo die Schiffe der Sklavenhändler bereitstanden, um sie über das Mittelmeer zu fahren. Vor Sardinien erlitten zwei Boote Schiffbruch, die Passagiere fünf weiterer Schiffe wurden in Alexandrien an Sarazenen und Kaufleute veräußert.
In Deutschland führte ein Junge von nicht zehn Jahren, Nikolaus von Köln, die Kinder an. Er trug ein Kreuz auf einem Gestell bei sich und behauptete, ein Engel habe ihm den Befehl erteilt, nach Jerusalem zu pilgern, um das Kreuz Christi aus der Hand der Mohammedaner zu retten. Unterwegs würden sie trockenen Fußes durch das Meer ziehen können. Nach gefahrvoller Überquerung der Alpen kamen die jungen Pilger im August in Genua an, doch die Stadt wollte sie nicht in ihren Mauern beherbergen. So zogen sie ziellos in Italien herum. Ein Teil der jungen Leute erreichte Rom

und bat um Dispens vom Kreuzzugsgelübde. Innozenz III. willigte ein unter der Bedingung, dass sie sich als erwachsene Menschen wirklich an einem Kreuzzug beteiligen möchten. Doch nur wenige Kinder erreichten, seelisch und körperlich gebrochen, wieder die alte Heimat.
Nachrichten vom Kreuzzug der Kinder drangen zwar bis Thüringen, doch hielt man sie von Elisabeth und ihren Spielgefährten fern. Die Erwachsenen besprachen dafür umso leidenschaftlicher die verschiedenen Aufrufe der Päpste, besonders Innozenz III., das kreuzzugsmüde Abendland zu neuen Unternehmungen gegen den Islam zu bewegen. Die Begeisterung, die unter Kaiser Friedrich I., König Philipp August von Frankreich und Richard Löwenherz, König von England, zunächst ruhmvoll Früchte getragen hatte, erstarb nach dem Verlust des Kaisers, der beim Baden ertrank, und nach dem Tode seines Sohnes, Friedrich von Schwaben. Uneinigkeit und Zwist ließen die Schlagkraft des Heeres erlahmen. So blieben die heiligen Stätten in der Gewalt der Türken. Im Dom zu Basel hatte Abt Martin von Paris als Gesandter des Papstes für Aufsehen gesorgt, als er erklärte, dass nicht er rede, sondern Christus durch ihn spreche. Christus selbst klage in dieser Stunde sein Unrecht, denn er sei aus seinem Heiligtum vertrieben, aus seiner Wohnung geworfen, verstoßen aus der Stadt, die er durch sein Blut geheiligt habe. Dort, wo die Propheten einst die Ankunft des Sohnes Gottes geweissagt hätten, wo er geboren und im Tempel dargestellt worden sei, wo er gewandelt sei, gepredigt und die ersten großen Wunder getan habe, dort, wo er mit seinen Jüngern zu Tisch gesessen, das Sakrament seines heiligen Leibes und Blutes begründet habe, wo er

gefangengenommen, gefoltert, gekreuzigt und begraben, aber am dritten Tage auferstanden und vor den Augen der Apostel schließlich in den Himmel aufgefahren sei, dort, wo er den Heiligen Geist über sie ausgegossen habe – dort herrsche heute ein rohes, unheiliges Volk. Welches Herzeleid für den Gottessohn! Welche Schande für das Christentum!

„Das ist die Notlage Christi, das zwingt ihn, euch heute um Beistand anzuflehen durch meinen Mund!", rief der Abt den staunend lauschenden Zuhörern zu. „Auf also, ihr tapferen Brüder, helft dem Herrn Christus, weiht eure Namen dem christlichen Waffendienst, eilt zum Lager des Heils! Euch vertraue ich heute die Sache Christi an, euch gebe ich sozusagen ihn selbst in die Hände, dass ihr ihn wieder einsetzen sollt in sein Erbe, aus dem er grausam verstoßen ist."

Wie der Abt predigten auch anderswo Abgesandte Roms voller Leidenschaft für die Befreiung des Heiligen Landes. Die Ritter redeten sich die Köpfe heiß und blickten auf ihre Herren, die Landesfürsten und Vasallen der Krone. Unschlüssig verharrten die Mächtigen. Es war schon zu viel Blut geflossen, zu viel Geld ausgegeben, die Niederlagen waren zahlreicher gewesen als die Siege, als dass man jetzt spontan in Beifallsstürme ausbrechen konnte. Der Thüringer hielt sich bedeckt. Hermann I. fühlte sich nicht angesprochen, solange der Bann, den der Mainzer Bischof gegen ihn angestrengt hatte, nicht aufgehoben war. Der Gedanke, ohne den Segen der Kirche zu sterben und begraben zu werden, bedrückte ihn unaufhörlich. Tagsüber gelang es ihm, ihn in seine Schranken zu weisen, doch nachts erschütterte ihn die Vorstellung von der ewigen Verdammnis mit solcher Macht, dass er schweißgebadet von seinem Lager auffuhr und durch die verwaisten Räume des Hauses irrte. Die Landgräfin Sophie hörte zuweilen seinen irren, ängstlichen Aufschrei aus dem Kellergewölbe wie aus einer abgelegenen Gruft ...

Bis zum siebten Lebensjahr blieben adlige Kinder in der Obhut der Frauen. Mädchen und Jungen schliefen in der Kemenate. Am Tisch des Vaters durften sie noch nicht erscheinen. Die Mädchen spielten mit Puppen, die Jungen mit geharnischten Rittern, die sich gegenseitig bekriegten. Ball- und Kreiselspiele waren ebenso bekannt wie Schaukeln und Fangen spielen. Kleine Kinder bauten Burgen oder Häuser aus Sand, spielten mit aus Holz geschnitzten und bunt bemalten Vögeln, die größeren stromerten durch den Wald, pflückten Blumen oder suchten Beeren. Wenn das siebte Lebensjahr erreicht war, begann für die Kinder der Unterricht. Ein wichtiges Lehrfach war höfisches Benehmen, jedoch wurde auch Wert auf Musik, Sprachen und allgemeine Spiele gelegt. Im Lesen und Schreiben übertrumpften die Mädchen gewöhnlich die Jungen. Der Hofmeister unterstützte die Erziehungsversuche des Vaters, die Meisterin die Anleitungen der Mutter. Die Erziehung war streng, oft setzte es Prügel. Wichtig für das Können eines Ritters war auch seine Geschicklichkeit im Reiten. Deshalb legte man auf die Beherrschung der Reitkunst besonderen Wert. Zeigte sich ein Knabe dabei als besonders unbegabt, so empfahlen ihm die Lehrer, sich dem geistlichen Stand zuzuwenden. Eine militärähnliche Ausbildung erhielten die Jungen durch Laufen, Klettern, Springen, Bogenschießen, Speerschleudern, Lanzenwerfen und Fechten sowie die Benutzung von Schwert und Schild; Fähigkeiten, die man zunächst auf der Jagd erlernen konnte. Die Falkendressur gehörte ebenfalls dazu. Als Vorbilder dienten Lehrern und Schülern die Helden der höfischen Romane wie König Artus, Alexander und Tristan.

Im Alter von zwölf Jahren kamen die Jungen an einen fremden Hof, wo sie der Obhut erfahrener Ritter an-

vertraut wurden. Als Knappen verrichteten sie Botendienste, empfingen Gäste, hielten Ross und Steigbügel und waren beim Ablegen der Waffen behilflich. Sie bedienten bei Tisch und übernahmen die Kammerdienste für ihre Herren. Fand ein Turnier statt, so begleiteten sie ihre Vorgesetzten zum Turnierplatz und riefen an geeigneter Stelle ihre Namen aus. Der Dienst der Knappen endete mit dem Ritterschlag. Die Auserwählten erhielten das Schwert, und der Fürst überreichte ihnen Schild und Speer. Der Ritter erteilte dem Knappen einen leichten Schlag auf den Hals, wobei er sprach: „Zur Ehre des allmächtigen Gottes mache ich dich zum Ritter und gedenke, dass der Weltheiland für dich von dem Hohenpriester Annas geohrfeigt und verspottet, vor Herodes mit dem Königsmantel bekleidet und verhöhnt und vor aller Welt nackt und verhöhnt ans Kreuz gehängt worden ist. Seiner Schmach zu gedenken, rede ich dir zu; sein Kreuz auf dich zu nehmen, rate ich dir; seinen Tod auch zu rächen, ermahne ich dich."
Der junge Ritter versprach, täglich die heilige Messe zu hören, für seinen katholischen Glauben sein Leben einzusetzen, die katholische Kirche vor allen Anfeindungen zu beschützen, Witwen, Kindern und Waisen in ihrer Not beizustehen, ungerechte Kriege zu vermeiden, unsinnige Dienste zu verweigern, für die Befreiung eines Unschuldigen den Zweikampf aufzunehmen, dem römischen Kaiser in zeitlichen Dingen ehrfurchtsvoll zu gehorchen und vor Gott und den Menschen tadelsfrei zu leben. Der neuernannte Ritter konnte dann auf dem Turnier seine Fähigkeiten beweisen. Der Ritterschlag bedeutete auch die Entsendung in die Freiheit.
Militärische Übungen blieben den Mädchen erspart. Wie viele ihrer Zeitgenossinnen lernte Elisabeth von

Thüringen nähen, spinnen und handarbeiten. Die Stoffe für die normale Haustracht wurden zu Hause angefertigt, wobei die weibliche Dienerschaft den jungen Edelfräulein half den Flachs vorzubereiten, zu spinnen und zu weben. Borte, Gürtel, Gürteltaschen sowie der Kopfschmuck wurden von Hand gewebt, während mit bunter Seide oder Leinenfäden Wandteppiche, Tischtücher, Messgewänder, Antependien sowie andere Dinge am Rahmen bestickt wurden. Auch die Mädchen lernten an fremden Höfen unter der Obhut der Herrinnen. Zur höfischen Sitte gehörte es, nur kleine Schritte zu machen, den Blick gesenkt zu halten, sich nicht umzuschauen und in den Mantel gehüllt unauffällig einherzuschreiten. Ein Mädchen durfte von sich aus nie einen fremden Mann ansprechen, sondern musste warten, bis es angeredet wurde. Die geläufigen Figuren aus Romanen und Epen besaßen Vorbildcharakter: Blancheflur, Enite, Andromache, Penelope. In Zeiten des Friedens bewegte sich das Leben auf einer Burg in streng geordneten Bahnen; Herbst und Winter waren oft eintönig.

Der Tag der Frauen begann schon früh. Sie badeten und wuschen ihr Gesicht mit Rosenwasser. Wer besonders fromm war, mied den Hautkontakt mit dem Körper. Nachdem die Nägel beschnitten oder gereinigt, die Zähne geputzt und die Haare frisiert waren, halfen Dienerinnen beim Anlegen der ausgewählten Garderobe. Die Frauen ließen sich die Haare flechten und mit Bändern schmücken. Jungfrauen flochten sich im Sommer Blumenkränze ins Haar und gingen meist ohne Kopfbedeckung. Frauen trugen ein Gebinde, das um das Kinn herum lag und auf das noch ein Kronenreif oder ein Blumenkranz aufgesteckt werden konnte. Auch einen Schleier zu tragen war üblich. War er bunt

gefärbt, erregte er oft den Widerspruch der Geistlichkeit. Die Kleidung der Frauen bestand aus einem Hemd, das aus edlen Stoffen gewirkt und zugeschnürt war. Der Überrock war oft pelzverbrämt, während der weite, ärmellose Mantel vorn durch eine Spange zusammengehalten wurde. Es galt als unschicklich, sich ohne Mantel sehen zu lassen. Bei hohen Festen zierten auffällige Figuren den mit Hermelin gefütterten Mantel, dessen Ränder mit Zobel besetzt waren. Die Schließe des Mantels bestand aus zwei Blättchen, die eine Schnur zusammenhielt. Am Gürtel hingen eine Almosentasche und ein kleiner Spiegel. Ohrringe, Halsketten, Ringe und Armbänder galten als Zierde der Frau. Ging sie aus, so zog sie Handschuhe aus Leder an und trug einen Hut, den Pfauenfedern schmückten.
Die Feier der heiligen Messe stand für Männer und Frauen am Beginn eines jeden Tages. An besonderen Sonn- und Feiertagen besuchten die Herrschaften die Gottesdienste in den Pfarr- und Ordenskirchen der Städte. Anschließend nahm man eine festliche Mahlzeit ein, wobei kostbares Tafelgerät verwendet wurde. Mitten auf dem Tisch prangte eine große Schüssel, während jeder Tischgenosse eine kleine Schüssel erhielt. Das Tischgerät bestand meist aus Zinn, gelegentlich aus Silber oder Gold. Damals aß man noch mit bloßen Händen und bediente sich nur bei Speisen, die zerlegt werden mussten, eines Messers. Für Suppen benutzte man den Löffel. Auf jedem Tisch stand eine Kanne Wein, aus der in die zinnenen oder je nach Festlichkeit silbernen und goldenen Becher eingeschenkt wurde. Trompetenfanfaren kündigten bei festlichen Gelegenheiten die einzelnen Gänge an. Vor Beginn der Mahlzeit wusch sich jeder die Hände.

Edelknaben hielten Waschschüsseln bereit. Den Damen mit langen Ärmeln fiel der Waschvorgang schwer, deshalb waren ihnen die Herren behilflich. Der Landesherr saß mit seiner Gattin erhöht an einem eigenen Tisch, Gäste und Diener schlossen sich nach unten an. Das Fleisch wurde in der Küche geschnitten und dann serviert. Waren die Fleischstücke zu dünn, so nahm der Troubadour die Dienerschaft aufs Korn. Das Geflügel steckte in der Regel auf Spießen. Knappen und Mädchen knieten vor den Gästen nieder und zerschnitten das Fleisch vor ihren Augen, während Spielleute für die Unterhaltung bei Tisch sorgten. Nach dem Mahl kreisten wieder die Waschschüsseln, die Tische wurden aufgehoben, das heißt hinausgetragen. Als Nachtisch wurden Wein und Obst gereicht. Während sich die erfahrenen Männer über Kriegsabenteuer unterhielten, redeten die jüngeren über Jagd und Turniere. Spielleute sorgten für die Musik, Wallfahrer berichteten von ihren Reisen in ferne Länder. Brach die Dame des Hauses mit ihren Frauen auf, so begab sich die Gesellschaft zur Ruhe.
Der Tag war ausgefüllt mit verschiedenen Arbeiten für Küche und Keller, mit Spinnen, Weben, Sticken und Nähen. Die ungeheizten Räume behinderten im Winter oftmals die eifrigen Dienstboten, die bei früh schwindendem Licht kaum die nötigsten Arbeiten für den herrschaftlichen Haushalt erledigen konnten. Die wenigen Plätze um die beheizten Kamine waren von Schlossbewohnern umlagert. In den Kammern fehlte die nötige Beleuchtung, so dass feinere Tätigkeiten unmöglich waren. Der Frühling und das wiederkehrende Licht wurden von allen bejubelt. Wer das erste blaue Veilchen fand, brachte es stolz der Fürstin. Jetzt war es an der Zeit, Zelte aufzuschlagen, zur Jagd zu gehen, die Wiesen

zu durchstreifen und Blumenkränze zu flechten. Tanzfeste galten als willkommene Abwechselung nach dem langen Winter, die Dorfbewohner umtanzten die Linde, wobei es oft so stürmisch zuging, dass die Mütter ihre Töchter gern dem Vergnügen entzogen. Auch bei Hofe herrschte eitel Freude. Manche überschäumende Tanzmelodie entstand in der Umgebung Hermanns I., mochten auch die Prediger gegen die Ausgelassenheit und Sinnenlust wettern. Für sie trug „die, die den Tanz anführt, die Schelle des Teufels um den Hals gebunden, denn der Reigen ist ein Kreis, dessen Mittelpunkt der Teufel ist, und alle wenden sich zur Linken, weil alle dem ewigen Tod zustreben. Wenn aber ein Fuß den anderen anstößt oder die Hand des Mannes berührt wird, dann entzündet sich das Feuer des Teufels". Kein Wunder, dass eine solche Lebensphilosophie die Hexenverfolgungen begünstigte.
Vom Tanz ermüdet, ruhte die Gesellschaft aus und ließ sich von Spielleuten Fabeln und Geschichten erzählen. Auch die Sänger trugen zum Gelingen der Vergnügungen bei und erhielten für ihre Mühen reichlich Lohn. Mäntel und Geschmeide warf man ihnen zu, wenn ein Stück gefallen hatte. Herren und Knechte waren sich nicht zu schade, gemeinsam Gesellschaftsspiele zu arrangieren, Würfelspiele, Brett- und Schachspiele wechselten mit Bewegungsspielen, das Ballspiel und das Ballschlagen waren geläufig wie das Fangen und Jagen.
Die Damen des Hofes durften das Schloss nur in Begleitung ihrer Mägde oder eines Ritters verlassen. Allein irgendwohin zu gehen, galt als unschicklich. Die heranwachsende Elisabeth widersetzte sich zuweilen dieser höfischen Sitte, wenn sie Arme und Kranke aufsuchte und dafür in ihrer Umgebung kaum Verständ-

nis fand. Die der Welt zugewandten Fürstinnen des Thüringer Hofes überschütteten sie mit Kritik. Vor allem Agnes, Ludwigs Schwester, empfand Elisabeth als landfremden Eindringling, der das überlieferte höfische Leben durcheinander brachte und sich den traditionellen Gepflogenheiten widersetzte. Selbst die Hofbeamten scheuten sich nicht, Elisabeth mit Hohn und Spott zu verfolgen.

Mit dem Tode des Landgrafen Hermann hatte Elisabeth die schützende Hand verloren. Die Stimmen ihrer Widersacher wurden immer lauter.

„Man sollte sie zu ihrem Vater zurückschicken", drohte Agnes, „eine solche Betschwester eignet sich nicht zur Landesfürstin." Ludwig IV. widersetzte sich dem drohenden Gerede und hielt treu zu seiner Braut.

„Heiratet die Tochter eines benachbarten Fürsten", empfahl der Hofrat. „König Andreas wird wegen Elisabeth aus dem fernen Ungarn kaum einen Kriegszug gegen Thüringen unternehmen. Zudem steht der zweite Teil der von Königin Gertrud versprochenen Apanage noch aus."

„Jungfrau Elisabeth, an Euch ist eine Magd verloren gegangen", höhnte Agnes. Die ungarische Königstochter ahnte, dass sie nur in Gott und ihrem zukünftigen Gatten Verbündete hatte. Ludwig nutzte jede Gelegenheit, sie in ihren Räumen aufzusuchen und sie zu trösten. Er war viel unterwegs, doch von jeder Reise brachte er ihr als Zeichen seiner Liebe und Treue ein kleines Geschenk mit. Einmal jedoch konnte er ihr aus Mangel an Gelegenheit kein Geschenk machen.

Die Widersacher frohlockten. „Das ist das erste Anzeichen für eine Änderung seiner Gesinnung", mutmaßten sie. „Am Ende wird er doch einsichtig und sich unseren Argumenten öffnen."

Die Sorge des Hofes galt dem möglichen Verlust an Ansehen und Würde Thüringens in der Fürstengemeinschaft des Reiches. Das vom Erzbistum Mainz teilweise abhängige landesfürstliche Territorium bildete keine Einheit, sondern bestand aus Splitterungen, Teilbereichen und regionalen Stützpunkten, die zum Teil weit auseinander lagen und nicht einheitlich zu regieren waren. Seit Ludwig der Bärtige im 11. Jahrhundert aus Mainfranken nach Thüringen eingewandert war, wo er um die südwestlich von Gotha gelegene Schauenburg eine aus wenigen Dörfern bestehende Rodungsherrschaft begründet hatte, war der Emanzipationsdrang der Herrscher nie zum Erliegen gekommen. Der Bau der Wartburg auf dem neu erworbenen Gebiet ging auf dessen Sohn Ludwig den Springer zurück. Dieser stiftete das Kloster Reinhardsbrunn, das als Hauskloster und Familiengrablege der Ludowinger geistiger Mittelpunkt des Herrscherhauses wurde. Eine erfolgreiche Rodungspraxis, begleitet von Klostergründungen und dem Bau oder Erwerb von Burgen sowie eine schlaue Heiratspolitik vermehrten das Ansehen der thüringischen Adelsfamilie, die schon bald den Grafentitel führen durfte. Für den Landerwerb in Hessen mussten die Ludowinger mit dem expandierenden Erzbistum Mainz Lehenverhältnisse eingehen. Aus bescheidenen Anfängen entwickelte sich das Adelsgeschlecht zu einem der vornehmsten und respektiertesten Fürstengeschlechter des Reiches, das neben Landgewinn und dem Erwerb von Gerichtsrechten auch einen Gewinn an Autorität und politischem Einfluss im Reich verbuchen konnte.
„Bedenke, was unsere Vorfahren geleistet haben, Ludwig“, beschwor Agnes ihren Bruder bei allen sich bietenden Gelegenheiten, „und was heute auf dem Spie-

le steht. König Lothar von Supplinburg hat Ludwig I. im Jahre 1131 den Landgrafentitel verliehen, was eine verfassungsrechtlich einmalige Auszeichnung für unsere Familie war. Der daraus entstandenen Verpflichtung sind wir bis heute treu geblieben. Jetzt setzt deine Braut unseren guten Ruf aufs Spiel, indem sie sich zum Gespött der Hofdamen macht. Sie kleidet sich nicht standesgemäß, im Gegenteil, sie trägt unauffällige, graue Gewänder, geht barfuß, lässt sich mit dem niedrigen Volk ein, als sei sie seinesgleichen und beschenkt die Alten und Kranken über Gebühr mit Gütern aus unseren Vorratskammern."

„Du wirst deshalb nicht hungern müssen, teure Schwester", erwiderte Ludwig einmal nicht ohne Schärfe. „Zudem hat Elisabeth als Mitgift einen wahren Schatz an unseren Hof gebracht. Wenn sie davon ein wenig abzweigt und mit den Armen teilt, so entspricht das ihrer Christenpflicht. Lass sie gewähren. Mich plagen andere Sorgen."

„Sorgen?"

„Ja. Der Erzbischof von Mainz hat mir ausrichten lassen, dass unser Vater im Bann gestorben sei und auch ich mich im Bann befinde. Nun, ich kann den Bischof verstehen. Unser Vater hat manches auf die Spitze getrieben, weil er die Lehen des Erzbistums Mainz wie Eigenbesitz verwaltet hat."

„Diese Regelung ist gang und gäbe", warf Agnes ein.

„Aber sie ist falsch! Wenn andere Fürsten gegen das Recht verstoßen, so wollen wir es in Zukunft nicht tun. Der Frieden mit der Kirche Gottes ist mir heilig."

„Es wird keinen Frieden mit Gott geben, solange dir deine Vasallen nicht gehorchen, Ludwig." Obgleich Politik reine Männersache war, erlaubte sich Agnes, ihrem Bruder Ratschläge zu erteilen. „Bedenke", fuhr sie fort, „die Kirche besitzt große und reiche Gebiete in allen Fürstentümern. Zu ihrem Schutz wurden die Grafen und Ritter bestellt. Inzwischen ist aus der Schutzpflicht längst ein Schutzrecht geworden, weil sich der Adel als Herrin der Kirchenlehen aufspielt. Das ist zwar ungerecht, jedoch die gängige Praxis. Was willst du dagegen tun?"

Die Bistümer Mainz, Naumburg, Merseburg, die Abteien Fulda und Hersfeld besaßen in Thüringen große Ländereien. Die Stadt Eisenach zum Beispiel war ein Lehen dieser Abteien, die Stadt Gotha gehörte dagegen zum Erzbistum Mainz. Einige weltliche Herren wie die Grafen von Schwarzburg und Orlamünde, der Burggraf von Altenburg, die Herren von Kranichfeld, Tannroda und Blankenhain, die Grafen von Kefernburg und von Gleichen, im Norden die Herren von Heldringen, die Grafen von Beichlingen sowie die Burggrafen von Puchberg versuchten, ihre eigenen Interessen durchzusetzen und widerstanden dem Landgrafen wie die aufmüpfigen Städte Erfurt, Mühlhausen und Nordhausen. Das Haus Thüringen wollte hingegen diese Gebiete der eigenen Hausmacht zuschanzen. Als der Erzbischof von Mainz bei der Eintreibung seiner Steuern auf thüringischem Gebiet auf Schwierigkeiten stieß, belegte er Hermann I. mit dem Bann, der auch auf Ludwig IV. überging.

„Was ich tun werde?", griff Ludwig die Frage seiner Schwester Agnes auf, „ich werde gegen Erzbischof Siegfried in den Kampf ziehen." Tatsächlich brach der junge Landesherr 1219 mit seinen Soldaten gegen den Kirchenfürsten auf und verwüstete weite Landstriche der Erzdiözese und Hessens. Er schonte auch die Bundesgenossen des Bischofs nicht, darunter die Ritter von Merinberg und die Scharfensteiner, denen er die

Dörfer verbrannte. In der Kirche des heiligen Bonifatius zu Fulda kam ein Jahr später ein Friedensabkommen zustande – der Landgraf wie sein Vater wurden vom Kirchenbann gelöst.

Der Feldzug war kaum beendet, da galten die Interessen des Hofes wieder der Ehe zwischen Ludwig und Elisabeth. Noch einmal formierte sich Widerstand gegen die Heirat. Dass eine auserkorene Braut wieder auf das elterliche Schloss zurückgeschickt wurde, war nicht ungewöhnlich. Als man die Tochter des mächtigen Königs von Böhmen, Agnes, entließ, weil Herzog Leopold von Österreich darauf bestand, dass seine Tochter Margareta den jungen König Heinrich VII., den Sohn Friedrichs II., ehelichte, entbrannte zwischen beiden Ländern ein erbitterter Krieg – die verschmähte Agnes musste mit einem anderen Freier vorlieb nehmen.

Eines Tages fasste sich der alte Ritter Walter von Vargila ein Herz und sprach den jungen Landgrafen bei einem gemeinsamen Ausritt auf die Lage bei Hofe an.

„Darf ich offen zu Euch reden, Herr, auch wenn Ihr meine Rede missbilligen möget?"

„Ihr seid mir immer ein ehrlicher Berater gewesen, Herr von Vargila, so bitte ich auch jetzt um Eure aufrichtige Meinung. Was habt Ihr mir zu sagen?"

Der alte Ritter besann sich einen Augenblick, dann sagte er: „Ihr wisst, Herr, dass ich zu der Delegation gehörte, die Eure Braut aus Ungarn ins Thüringische geleitete. Nun verfolge ich seit Wochen den erbitterten Widerstand, mit dem einige Hofleute die vorgesehene Hochzeit zu hintertreiben suchen. Für sie ist der ungarische Königshof ein Buch mit sieben Siegeln. Man sagt, es sei für das Land von größerem Vorteil, wenn Ihr eine deutsche Fürstentochter ehelichen würdet statt eine unbekannte aus dem fernen Ungarn. Elisabeth gibt vielen Höflingen ein Rätsel auf. Einmal zeigt sie ein überschwängliches Temperament, dann wieder eine ungewöhnliche Demut Gott und der Kirche gegenüber, die sich in einem unhöfischen Verhalten gegenüber den Untertanen ausdrückt. Wenn ich mir die Bemerkung erlauben darf: Herr, bedenkt Euren Schritt mit Sorgfalt. Ich stehe auf Eurer Seite, und wie Ihr Euch auch entscheiden möget, ich billige Eure Entscheidung."

Ludwig zügelte sein Pferd. Er blickte in die Ferne und streckte die Hand aus. „Seht Ihr die große Erhebung vor uns?"

„Den Inselsberg? Er ist gewaltig und nicht zu übersehen."

„Eben. Bestände er aus reinem Gold, so würde ich doch gern lieber auf ihn verzichten als auf meine Braut. Lasst die Leute reden. Ich sage Euch, dass ich Elisabeth liebe, ja, dass ich auf dieser Erde keinen größeren Schatz habe."

Ritter Walter von Vargila lächelte. Er sah seinen Herrn dankbar an. „Wenn Ihr gestattet, würde ich Eurer Braut diese Botschaft gern persönlich bringen."

„Tut es", lächelte Landgraf Ludwig. Darauf zog er einen kleinen doppelseitig gefassten Spiegel aus seinem Beutel, der auf der einen Seite aus schlichtem Glas bestand, auf der anderen Seite jedoch eine Kreuzigungsszene zeigte. „Bringt ihr dieses kleine Geschenk, Ritter. Sie wird es als Unterpfand meiner Liebe verstehen."

Als ihr Gatte noch lebte, pflegte die Landgräfin Sophie folgendes Gebet zu sprechen: „Ich empfehle dir, Jesus, deinen Diener Hermann, der, obwohl in viele Verbrechen und Sünden verstrickt, doch von dir geschaffen und durch dein teueres Blut erkauft ist und auf dich hofft. Schütze ihn vor allem Übel heute und alle Zeit, bewahre und befreie ihn von der Herrschaft, den Nachstellungen, dem Betrug und Banden und Stricken, den Geschossen und der Gewalt aller seiner Feinde. Bewahre ihn vor allem Schaden des Leibes und der Seele und vor einem plötzlichen Tode. Dir empfehle ich ihn in der gläubigen Hoffnung, dass er durch dein bitteres Leiden erlöst werden könne; erhöre mich Sünderin für deinen Bruder Hermann."

Hermann I. war im April 1217 überraschend in Gotha gestorben. Ludwig musste siebzehnjährig vor der Zeit als „Die gratia Thuringiae lantgravius et Saxoniae comes palatinus" die Regentschaft antreten. Hartnäckig hielten sich seltsame Gerüchte um den Tod Hermann I., dessen Umstände im Dunkeln blieben, sodass Kaplan Berthold zu dem Ausspruch verleitet wurde: „An Ruhm und Preis übertraf er alle Fürsten in deutschen Landen. Nun muss aber alles Lob an dem Ende geprüft werden: Wie edel und hoch ein Baum auch sein mag, fällt er, so muss er auf der Seite liegen, auf welche er gefallen ist. Was offenkundig ist, davon reden viele laut; was verborgen und geheim ist, das weiß Gott am besten ohne allen Irrtum."

Als die Zisterziensermönche aus Reinhardsbrunn erschienen, um den Leichnam in die Grablege des thüringischen Fürstenhauses zu überführen, widersetzte sich Sophie den frommen Brüdern: „Mein Gemahl soll im St. Katharinenstift seine Ruhe finden, in dem Klos-

ter, das er selbst gestiftet und zu seiner Begräbnisstätte bestimmt hat." Die Witwe entsann sich eines fürchterlichen Traumes, der ihren Gatten mit schlotternden Gliedern hatte aufwachen lassen. Vor den Toren Eisenachs waren die hingerichteten Männer aus ihren Gräbern erstanden und hatten sich in weiße Jungfrauen verwandelt. Die Gottesmutter und die von Hermann I. hochverehrte heilige Katharina hatten sich inmitten der weißen Jungfrauenschar befunden und sich auf sein Bett zu bewegt und gesagt: „Du sollst ein Haus bauen und in ihm Jungfrauen wohnen lassen, die sich uns weihen. Dann wollen wir dich zu uns nehmen."
Elisabeth vermisste ihren zukünftigen Schwiegervater, denn er war ihr trotz seines berechnenden und harten Wesens manchmal eine Stütze gewesen. Auch die Landgräfin Sophie stand lange Zeit auf ihrer Seite, bis sie, beeinflusst von den Elisabeth feindlich gesinnten Hofleuten und der Voreingenommenheit ihrer eigenen Kinder, die Braut ihres Sohnes Ludwig zu meiden begann. Als die Landgräfin einmal an Christi Himmelfahrt im Festgewand und mit Ringen und Ketten geschmückt mit ihren Töchtern zur Messe nach Eisenach hinabging, da folgte Elisabeth ihnen in einfachem Kleid. Kaum waren sie in der Liebfrauenkirche der Deutschherren angelangt, so legte die ungarische Königstochter ihre Krone nieder und warf sich vor dem Bild des Gekreuzigten in ganzer Länge auf die Erde.
„Warum tut Ihr das?", fragte Sophie entsetzt. „Wollt Ihr neue Sitten einführen oder uns zum Gespött der Leute machen?"
Elisabeth richtete sich auf. „Edle Herrin", bat sie, „versagt mir nicht, was ich tue. Das Bild Christi wird durch eine Dornenkrone verhöhnt. Ich möchte nicht, dass es auch durch meine Herrscherkrone gedemütigt wird."

Die Landesmutter stand einen Augenblick wie erstarrt. Dann ließ sie sich langsam auf die Erde nieder und tat es Elisabeth gleich. Auch Agnes nahm widerstrebend eine demütige Haltung ein.

In der vorbestimmten Gemahlin des Landesherrn begegneten sich zwei Welten, die miteinander im Widerstreit lagen: Auf der einen Seite wusste sie um die Gepflogenheiten und Bräuche der höfischen Gesellschaft, deren peinliche Einhaltung und Befolgung man von ihr erwartete und auf denen auch die Schwiegermutter Sophie und der ganze Thüringer Hof mit Nachdruck bestanden, andererseits trachtete Elisabeth danach, das Armutsideal zu verwirklichen, dessen Idee und Geist mit den Jüngern des heiligen Franziskus ins Land gekommen war und das in engem Zusammenhang mit der konsequenten Nachfolge Christi stand.

Im Jahre 1209 war ein unbekannter junger Mann im Bettlergewand vor Papst Innozenz III. erschienen, in seinem Gefolge elf gleichgekleidete Männer, alle fest entschlossen, den Weg des gekreuzigten Herrn nachzugehen. Der Heilige Vater hatte – nach der Überlieferung – in der Nacht zuvor einen ungewöhnlichen und ihn tief bewegenden Traum gehabt, wonach ein armer junger Mann die vom Einsturz bedrohten Säulen der Laterankirche wieder festigte. Die Armutspredigt des Franziskus bewegte den Papst. Für das Ziel der kleinen Gemeinschaft, streng nach dem Vorbild Christi zu leben und Reichtum und Zerstreuung dieser Welt zu meiden, konnte er sich erwärmen. In einer Zeit, in der das Geld als neues Tauschmittel die Herrschaft über die Welt antrat und die ersten bitteren Folgen sich sowohl beim Klerus als auch bei den Laien abzeichneten, konnte der Aufruf aus der Bergpredigt „Selig sind, die arm sind vor Gott" die steigenden Wünsche und das Streben nach Wohlstand dämmen helfen. Franziskus machte auf den Papst einen tatkräftigen und entschlossenen Eindruck und so befürwortete er die Gründung eines Armutsordens.

Der Gedanke der Abkehr von Glanz und Reichtum war nicht neu: Schon im 12., aber vor allem im frühen 13. Jahrhundert machte sich eine religiöse Strömung breit, die von den reichen brabantisch-belgischen Städten ausging und vor allem auf Frauen des Adels und der vornehmen Gesellschaft großen Einfluss ausübte: die Lebensform der Beginen. Selbstgewählte Armut, Keuschheit, Handarbeit im Dienst der Armen und Kranken, dazu Bußübungen erschienen diesen Frauen als Ausdruck der Selbstbestimmung erstrebenswerter als die Statistenrolle bei Hofe mit pomphaftem Gepränge und festgefügtem Zeremoniell. Die von Assisi und Belgien ausgehenden Armutsbestrebungen trafen sich bald in Mitteldeutschland und somit auch in Thüringen und blieben nicht ohne Einfluss auf die junge ungarische Königstochter.

Sehr lebendig an den Königshöfen der damaligen Zeit war die Erinnerung an Margarita, die Königin von Schottland, die wenige Jahre nach Elisabeth durch Papst Innozenz heiliggesprochen wurde und die eine Landsmännin der ungarischen Königstochter war. Um 1045 als Großnichte des englischen Königs Eduard des Bekenners geboren, hatte ihr Vater – ebenfalls mit Namen Eduard – in Ungarn Zuflucht gesucht, weil sein Land von den Dänen besetzt war. Margaritas Mutter war die ungarische Prinzessin Agatha, deren Schwester König Stephan von Ungarn geheiratet hatte. Am Hofe des großen, später heiliggesprochenen ungarischen Königs wuchs Margarita auf. Nachdem

die Familie nach England zurückgekehrt war, starb der Vater, und als die Normannen 1066 England von neuem überfielen, versuchte Margarita mit ihren Lieben abermals nach Ungarn zu entkommen. Vor der schottischen Küste erlitten sie jedoch Schiffbruch. König Malcolm nahm sie gastfreundlich auf und erkannte bald die hervorragenden Tugenden der jungen Frau, die sich – ähnlich wie Elisabeth später – der Armen und Kranken annahm und ansonsten ein zurückgezogenes Leben führte. Sie mied die höfischen Vergnügungen und widmete sich lieber den Not leidenden Menschen. 1070 wurde Margarita zur Königin von Schottland gekrönt. Von ihr ging ein großer Segen für das Land aus und alles Volk liebte sie. Sie sorgte für die weitere Missionierung Schottlands und bemühte sich, die christlichen Tugenden der Nächstenliebe, Mäßigkeit und Keuschheit auch bei Hofe zu verbreiten. Zur Stärkung des Glaubens berief sie mehrere Kirchenversammlungen ein und setzte Reformen durch. Dem ungebildeten Volk öffnete sie Schulen, wobei ihr Gemahl sie tatkräftig unterstützte.
So fürsorglich wie Margarita sich dem Volk gegenüber verhielt, so vorbildlich sorgte sie auch für ihre eigenen sechs Söhne und zwei Töchter. Sie ließ sie von hervorragenden Lehrkräften unterrichten. Großen Wert legte sie auf Herzensbildung. Doch ihre größte Sorge blieb immer die in Not befindliche Bevölkerung. Für deren Speisung verwandte sie einen Großteil ihrer privaten Einkünfte. Ehe sie sich selbst zu Tisch setzte, versorgte sie zunächst die armen und kranken Menschen. Vor allem in der Fasten- und Adventszeit gab sie an etwa dreihundert Bedürftige, darunter viele Waisen, eigenhändig Essen aus. Sie bediente die Frauen, König Malcolm die Männer. Auch den Besuch von Inhaftier-

ten in den Gefängnissen scheute sie nicht. Die Kranken in den Spitälern freuten sich auf ihren Besuch. Wo immer sich menschliches Elend zeigte, versuchte das Königspaar, es zu lindern.
Im Alter von sechsundvierzig Jahren befiel die Königin eine schmerzhafte Krankheit, die sie mit großer Geduld ertrug. König Malcolm musste bald darauf in den Krieg ziehen. Ihr Gatte sowie einer ihrer Söhne fielen in der Schlacht. Margarita empfing die Todesnachricht auf dem Sterbelager. Ihre letzten Worte waren: „Herr Jesus, der du durch deinen Tod der Welt das Leben geschenkt hast, befreie mich von allem Übel." Die beliebte und vom Volk hochverehrte Königin wird als Heilige mit Hermelin und Krone bei der Betreuung der Kranken dargestellt. Solche Lebensbeispiele standen auch der thüringischen Landgräfin vor Augen.
So lebte Elisabeth im Zwiespalt zwischen höfischer Pflicht im Dienst an einem der mächtigsten Fürstenhäuser der Zeit und ihrer persönlichen Neigung zu Weltabkehr und Christusnachfolge.

„Du bist mîn, ich bin dîn;
des solst du gewiß sîn.
Du bist beslozzen in mînem herzen,
verloren ist das slüzzelîn,
des solt du immer drinnen sîn."

Im Jahre 1221 wurde Hochzeit gefeiert. Wie in Adelskreisen üblich, die sich in der Demonstration ihres Reichtums zu überbieten trachteten, sollte das Fest noch lange für Gesprächsstoff an den benachbarten Höfen sorgen. Entsprechend wurde Vorsorge getroffen, das Beste aus Küche und Keller für den großen Tag bereitgestellt. Der Eisenacher Stadthof prangte im Fahnenschmuck, die Stadt Eisenach mit ihren zur landgräflichen Verwaltung gehörenden Gebäuden schmückte sich mit Girlanden und Blumen. Auf den frühsommerlich blühenden Wiesen standen die Zelte für die Ritter und Knappen, denn im Anschluss an die offiziellen Trauungsfeierlichkeiten sollte ein dreitägiges Turnier stattfinden. Die Edlen des ganzen Landes waren zu dem großen Ereignis geladen. Hinzu kamen Scharen von Musikanten, Possenreißern, fahrenden Leuten, Akrobaten und Schaulustigen.

Zuerst ritt die fürstliche Familie mit ihren Gästen zum Gottesdienst. Nach dem Trauungszeremoniell, das der Bischof vornahm, begann unter Glockengeläut ein großer Umzug durch die Stadt. Den Priestern und Diakonen mit Lichtern und Weihrauchfässern folgte das Brautpaar. Elisabeth, in kostbarem Kleid, war von ihren vier treuen Freundinnen auf das Herrlichste geschmückt worden. Ihr langer Hochzeitsschleier bauschte sich im Wind. Im allgemeinen Durcheinander beim Anstecken des Schleiers und Anlegen des Schmucks

war eine Bettlerin unbemerkt bis in die Kemenate vorgedrungen, um ihrer hohen Herrin zu ihrem Ehrentage zu gratulieren. Die Diener und Türwächter hatten sie zu spät bemerkt und wollten sie mit Stockhieben und Fußtritten hinausbefördern. Doch Elisabeth hatte Einhalt geboten und ihr den Mantel geschenkt, den sie an Werktagen am liebsten zu tragen pflegte, wenn sie in der Kirche allein oder auf dem Weg zu ihren Kranken war.
Nach der Prozession an den begeisterten Gästen auf den Tribünen vorbei nahm das Brautpaar seine Ehrensitze in der Kirche wieder ein. Nun begann die heilige Messe. Darauf kehrte der Festzug in den Stadthof zurück. Tannenreisig und Blumen zierten Wände und Böden der Hallen und Säle, kostbare Wandteppiche die Fenster. Jetzt schloss sich das große Festmahl an, zu dem das kostbarste Geschirr und die erlesensten Speisen aufgetragen wurden. Später führten Mägde und Anverwandte die junge Frau in die Brautkammer. Am nächsten Morgen erhielt Elisabeth von ihrem Gatten die Morgengabe – das Geschenk seiner Liebe. Die Bürgerschaft und die Patrizier Eisenachs nahmen an dem Ereignis freudig und neugierig teil. Sie erschienen vor dem Burgtor, um die junge Fürstin und den Landesherrn zu begrüßen. Am Tage ihrer Vermählung war Ludwig zwanzig, Elisabeth vierzehn Jahre alt.

Die Wartburg, jene wichtige Residenz der Landgrafen von Thüringen oberhalb Eisenachs, hatte zu Lebzeiten Hermanns I. als dessen Musenhof gegolten, an dem berühmte Sänger wie Walther von der Vogelweide und Wolfram von Eschenbach auftraten, und wo die legendären Sängerkriege stattgefunden haben sollen. Wer ohrenleidend sei, müsse den Hof von Thüringen meiden, hieß es kritisch über die laute Festtagsfreude des Herrschers. Die Dichter und Sänger hatten versucht, sich in der löblichen Schilderung ihrer Arbeitgeber zu überbieten. Mit dem Ziel, seine Hausmacht und seinen Einfluss im Lande zu vergrößern, hatte der Landgraf seine Person und seine Fähigkeiten in egozentrischer Selbstüberschätzung in höchsten Tönen loben lassen. Dabei hatte er die Not des Volkes übersehen. Seine maßlose Verschwendungssucht hatte dem Volk immer stärkere Abgaben aufgebürdet. Walther von der Vogelweide hatte die Folgen der Prasserei unterschwellig angedeutet:

„Der Landgraf ist so hochgemut,
dass er mit seinen Helden seine Habe vertut.
Und kostet ein Fuder Wein tausend Pfund,
so stünde niemals eines Recken Becher leer.“

Kaplan Berthold hatte einen aufschlussreichen Bericht aus jenen Tagen hinterlassen, in dem es heißt: „Als man 1207 nach Christi Geburt zählte, da hat Landgraf Hermann sechs ehrengeborene, edle Hofleute in seinem Palast versammelt, die wohlerfahren waren im Wettstreit der Rede und Dichtung und ständig einander an höfischem Sinn zu übertreffen suchten. Der eine war Heinrich, genannt der tüchtige Schreiber,

der andere Walther von der Vogelweide, der dritte Reinmar von Zweter, der vierte Wolfram von Eschenbach, der Dichter des ‚Parzival', der fünfte hieß Biterolf, der sechste und geringste hieß Heinrich von Ofterdingen, der disputierte allein gegen alle die andern und lobte und pries hoch den Herzog von Österreich über den edlen Landgrafen Hermann derart, dass er den vorgenannten Herzog in einem Gedicht der leuchtenden Sonne verglich. Dagegen lobten die andern fünf den hochgeborenen, erlauchten Fürsten, den Landgrafen Hermann, und verglichen ihn mit dem lichten Tag und kamen darüber so ernstlich aneinander, dass sie freiwillig beschlossen, dass man den, der den Streit verlöre, hängen sollte. Da kam auch der Henker dazu und hielt den Strang in seinen Händen.
Nun herrschte so arger Hass unter ihnen, dass die fünf hinterlistig ausmachten, sie wollten ein Würfelspiel um die Meisterschaft spielen. So gewannen die fünf mit falschen Würfeln Heinrich von Ofterdingen die Meisterschaft in Gegenwart des Henkers ab. Da nun Heinrich von Ofterdingen sah, wie es zuging, da floh er unter den Mantel der edlen Landgräfin Sophie um des Schutzes willen, den er da fand, und berief sich auf Meister Klingsor. Auch die fünf stimmten zu, dass man denjenigen, gegen den Klingsor entscheiden würde, mit dem Strang richten sollte. Zu der Berufung ward ihm ein Jahr Zeit gegeben ..."
Ende des Verwirrspiels: Meister Klingsor war am Vorabend des Tages, an dem er sein Urteil abgeben sollte, in Begleitung Heinrich von Ofterdingens und mit Hilfe magischer Kräfte aus Ungarn kommend in Eisenach eingetroffen. Als er abends vor seiner Herberge gesessen und den Sternenhimmel betrachtet hatte, machte er eine Entdeckung, die er seiner Begleitung

sogleich mitteilte. „Ihr sollt fürwahr wissen", hatte er begonnen, „dass meinem Herren, dem König von Ungarn, diese Nacht eine Tochter geboren wird, die Elisabeth genannt werden und ein heiliges Leben führen wird. Sie soll diesem jungen Fürsten, dem Sohn des Landgrafen Hermann, als Weib angetraut werden, und durch ihr rühmenswertes, heiliges Leben wird alles Erdreich und besonders dieses Land der Freude erfreut und getröstet werden ..."
Die Wartburg erhielt erst nach der Hochzeit, ab 1224, ihre Bedeutung als Residenz des thüringischen Adelshofes. Zuvor hatte sie, eine Gründung Ludwig des Springers, eher nur strategische Bedeutung als unbezwingbare Veste und Stützpunkt an der west-östlichen Verbindungsstraße vom Rhein-Main-Gebiet nach Innerthüringen am Austritt aus dem Thüringer Wald. Die Burg Eckartsberga war wichtigste Aufenthaltsort der landgräflichen Familie zur Zeit Hermanns I. gewesen, aber auch Weißensee, Neuenburg und Thamsbrück waren von ihr geschätzt worden. Der Ausbau der Wartburg begann unter Hermann I. und wurde von seinem Sohn Ludwig IV. fortgesetzt. Elisabeth brachte auf der Wartburg 1224 ihr zweites Kind, Sophie, und im Herbst 1227 ihr drittes Kind, Gertrud, zur Welt, während das erste, Hermann II., 1222 auf der Creuzburg geboren wurde, wo die Familie mehrere Jahre wohnte. Im Ort Creuzburg stiftete Elisabeth eine Margarethenkapelle. Von Neuenburg aus begann ihr Gemahl Ludwig IV. 1223/24 seine kriegerischen Unternehmungen in der Markgrafschaft Meißen. In den Jahren 1224 und 1225 wohnte die gesamte landgräfliche Familie zweimal auf der Neuenburg, wo Ludwig einen viergeschossigen Wohnturm errichten ließ, die Burgkapelle aufstockte und zu einem prächtigen Doppelkirchbau umgestaltete.

„Du siehst so traurig aus, liebster Bruder", bemerkte Elisabeth, während sie ihren Gemahl, der neben ihr geritten war, sorgenvoll betrachtete. Obgleich sie seit geraumer Zeit verheiratet waren, nannten sie sich in trauter Zweisamkeit immer noch „liebster Bruder" oder „meine geliebte Schwester". Sie hatten die Pferde gezügelt und hielten nun am Ufer eines Baches, dessen glasklares Wasser Teile des Himmels spiegelte. Das weite thüringische Land lag vor ihnen. Die Wälder standen in tiefsattem Grün, die Felder schimmerten goldgelb und kündigten die Zeit der Ernte an. Sie waren nun schon seit Tagen unterwegs, mal im Reisewagen, dann zu Pferd, je nach Entfernung und Straßenlage. Manchmal waren die Wege vom letzten Platzregen aufgeweicht und von tiefen Spuren gekerbt, so dass die Kutsche nur mühsam vorwärts kam. Die Rappen dagegen bewegten sich flink, wichen den Hindernissen aus und scheuten auch nicht den Galopp. Elisabeth war eine gute Reiterin, und Ludwig sah wohlwollend auf die schlanke Gestalt, die sich im Sattel ebenso gut hielt wie die eines Mannes.

„Traurig bin ich nicht", erwiderte Ludwig, „aber etwas wehmütig gestimmt, meine Schwester. Nun habe ich dir Teile unseres Landes gezeigt, in dem du dich wie zu Hause fühlen sollst, und kann doch so wenig an deiner Seite sein."

„Du denkst doch nicht an einen Kreuzzug, von dem jetzt allweil die Rede ist?"

„Ich schiebe eine Teilnahme so weit wie möglich von mir. Doch wenn der Ruf an mich ergeht, werde ich mich dem Drängen des Kaisers und dem Aufruf des Papstes nicht entziehen können."

Elisabeth schwieg. Ihre Brust hob und senkte sich, Ludwig spürte ihre innere Erregung. Nach einer Weile

meinte sie ausweichend: „Es ist eine ehrenvolle Aufgabe, die Stätten, an denen unser Herr gelebt und gelitten hat, von den Feinden zu befreien. Jeder Christ soll wieder ohne Anfeindung das Heilige Land betreten können.“
Ludwig nahm den Gesprächsfaden nicht wieder auf. Er sprach vielmehr von der klugen Befestigungspolitik seiner Vorfahren, die an wichtigen Knotenpunkten der ludowingischen Länder Thüringen und Hessen Burgen erbaut und Städte gegründet hatten. In Bälde, sagte der Landgraf, müsse an den Ausbau von Kassel und Marburg gedacht werden, in Oberhessen an die Aufwertung von Alsfeld und Grünberg, in Niederhessen von Homberg, Melsungen, Gudensberg und Rothenburg an der Fulda und möglicherweise noch an den Ausbau von Münden am Zusammenfluss von Werra und Fulda. Durch die Werrastädtchen Soden-Allendorf und Witzenhausen könne die Anbindung der hessischen Besitzungen an den thüringischen Raum gelingen. Diese Ziele erforderten oftmals seine Anwesenheit vor Ort, erklärte Ludwig, damit er die Planungen und Bauarbeiten überwache, und deshalb könne er nicht immer an der Seite seiner geliebten Landgräfin sein. Elisabeth nickte. Im Stillen dachte sie an die schmerzliche Trennung, an die Schutzlosigkeit, der sie ausgesetzt sein würde, wenn Ludwig nicht am Thüringer Hof weilte. Ihre Feinde würden erstarken, ihre ihnen verhasste Mildtätigkeit unterbinden und sie daran hindern, die Hospitäler und Armenhäuser aufzusuchen.
„In wenigen Stunden werden wir den Nordwestrand des Thüringer Waldes erreichen. Dort wartet noch eine Überraschung auf dich“, unterbrach Ludwig den Gedankengang seiner Frau.

„Eine Überraschung?"
„Ja, Elisabeth. Ich möchte dich zu einem meiner Lieblingsplätze führen, zum Kloster Reinhardsbrunn. Ich liebe den Ort so sehr, dass ich mir vorstellen könnte, dort einst begraben zu werden."
„Sag so etwas nicht, mein Gemahl! Du lebst, Ludwig, du bist jung und voller Kraft und sollst an meiner Seite so alt werden wie Abraham."
„Weißt du denn, wie alt Abraham geworden ist?", lächelte Ludwig.
„Uralt, stelle ich mir vor. Ich wünsche mir, dass wir noch viel Zeit miteinander verbringen."
„Auch, wenn ich deiner Liebestätigkeit manchmal im Wege stehe? Im Wege stehen muss?", fragte Ludwig mit Nachdruck. „Bedenke, als Landgräfin hast du viele Verpflichtungen, auch den Herrscherhäusern und Adeligen in unserem weitverzweigten Hoheitsgebiet gegenüber. Du musst an meiner Seite repräsentieren, verstehst du? Du darfst nicht nur an die armen, alten und kranken Menschen denken."
„Aber sie waren doch die Lieblinge Jesu."
„Das ist wohl wahr. Ich habe auch nichts gesagt, als du während meiner Abwesenheit einen Aussätzigen in mein Bett gelegt hast, um ihn zu pflegen. Wäre ich nicht vor der Zeit von meiner Reise zurückgekommen, ich weiß nicht, ob ich erfahren hätte, was du getan hast."
„Ich habe keine Geheimnisse vor dir", lächelte Elisabeth und errötete leicht.
„Ich wünschte es mir", nickte Ludwig und brach die Unterhaltung ab.
Doch nicht lange konnte er sich der Zwiesprache mit seiner Gemahlin entziehen. Elisabeth spürte, dass ihm etwas auf den Nägeln brannte. Eine Falte stand

dunkel auf seiner Stirn, die Augen blickten traurig und sein Mund bebte.
„Etwas bedrückt dich, mein Gemahl", sagte Elisabeth nach einer Weile. „Möchtest du es mir nicht sagen?"
„Ich habe eine Entscheidung getroffen, von der ich nicht weiß, ob sie gut für uns ist", entgegnete Ludwig. „Seit diesem Frühjahr weilt Konrad von Marburg an unserem Hof. Er ist dein Beichtvater und Seelenführer, aber er ist auch mein Berater in geistlichen Fragen. Ich habe ihm für die Zeit, in der ich demnächst mit dem Kreuzzug befasst bin, die Verwaltung unserer Kirchenlehen anvertraut, doch weiß ich nicht, ob diese Entscheidung richtig war. Wir wissen zu wenig von ihm. Er nennt sich ‚Prediger', entstammt einer wohlhabenden Marburger Familie und hat an den Hochschulen seiner Zeit den akademischen Grad des Magisters erworben. Man sagt ihm eine hohe Gelehrsamkeit, aber auch gefürchtete Strenge nach. Unbestritten ist, dass er mit einigen anderen Geistlichen von Papst Innozenz III. den Auftrag zur Kreuzpredigt erhielt, dem er vor allem in den Diözesen Bremen und Trier nachging."
Elisabeth hörte aufmerksam zu, erwiderte jedoch nichts.
„Wie er mir berichtete, war er als Kreuzprediger auch in den Bistümern Mainz und Meißen tätig und päpstlich bestellter Schiedsrichter in den Diözesen Halberstadt und Magdeburg – also in unserer Nachbarschaft."
„Ich schätze seinen Rat", bemerkte Elisabeth, nachdem sie über die Worte ihres Gatten nachgedacht hatte. „Manchmal erscheinen mir seine Anweisungen hart und nicht nachvollziehbar, dann jedoch konsequent – was die Nachfolge Christi betrifft."

„Das dachte ich mir", brummte Ludwig und sah starr vor sich hin.
„Was meinst du, Ludwig? Ich verstehe dich nicht."
„Dass er hart ist und durchgreift. Zum Beispiel gegen die so genannten Luciferianer. Konrad von Marburg gehört als Kreuzprediger jedoch auch kirchlichen Kreisen an, die dem radikalen Armutsgebot des Franziskus und der asketischen Strenge der Reformorden nahe stehen. Das macht ihn andererseits wieder sympathisch. Neben der Rückeroberung des Heiligen Landes setzt er sich auch für Neuerungen im Lande ein. Den Ketzern aber hat er den Krieg erklärt, den Albingensern und Waldensern, die so sehr dem Armutsideal nacheifern. Ich nehme an, dass er als päpstlicher Beauftragter über weitreichende Verbindungen verfügt, die uns nutzen, aber auch schaden können."
„Mir ist aufgefallen, dass er auf jede äußere Ehrung verzichtet", sagte die Landgräfin. „Andere in seiner Stellung als Kreuzprediger bekleiden Ämter wie Äbte, Prälaten und Bischöfe, ja, sogar wie Kardinäle. Er scheint bewusst auf Auszeichnungen, Pfründe und kirchliche Ehren zu verzichten und bleibt der radikalen Armutsforderung treu."
Ludwig nickte, was nicht bedeutete, dass er die Entscheidung, Konrad von Marburg als Ratgeber an seinen Hof zu holen, widerspruchslos guthieß. Seine radikale Verfolgung von Kritikern der Kirche missfiel ihm. Wenn die Liebe das erste Gebot für einen Christen war, durfte der Scheiterhaufen nicht die einzige Antwort auf noch so schwere Verfehlungen sein. Der Landgraf nahm sich vor, gelegentlich mit Bischof Konrad II. von Hildesheim zu sprechen, der einer der markantesten und einflussreichsten Kirchenmänner der Zeit und zugleich Vorgesetzter des umstrittenen

Kreuzzugspredigers war. Dem Oberhirten gegenüber hatte sich Ludwig IV. zur Teilnahme an dem schon lange geplanten und immer wieder verschobenen Kreuzzug Friedrichs II. verpflichtet.

Ludwig und Elisabeth ritten schweigend eine lange Weile, in geziemendem Abstand gefolgt von einem Tross Diener, der Brot und Wein sowie einige Kleidungsstücke für die Nacht mit sich führten, dann sahen sie das herrschaftliche Kloster Reinhardsbrunn vor sich. Kein anderes Kloster stand in so enger Verbindung zum Thüringer Hof wie diese Gründung Ludwig des Springers, der hier 1085 in unmittelbarer Nähe der Schauenburg Benediktinermönche aus Hirsau hatte ansiedeln lassen. Die Leitung war dem Reformabt Giselbert übertragen worden. Böse Zungen behaupteten, dass Ludwig der Springer das Kloster zur Sühne für seine Mitwisserschaft an der Ermordung des ersten Gemahls seiner Frau Adelheid gestiftet habe. Andererseits gehörten Klostergründungen dieses Ausmaßes zu den unausgesprochenen Verpflichtungen eines aufsteigenden Fürstengeschlechtes. Die Bedeutung Reinhardsbrunns stieg mit dem Ansehen der Fürstenfamilie. Es blieb das Hauskloster ihrer Repräsentanten, in dem viele Nachrichten zur Geschichte des Landes und der ludowingischen Dynastie gesammelt wurden. Am Ende seines Lebens trat der Stifter in das Kloster ein und wurde hier nach seinem Tode beigesetzt. Auch seine Nachfahren erwählten sich diesen Ort zum Begräbnisplatz.

Elisabeth war von der Schönheit des Klosters ergriffen. Wie eine Perle lag es in der Schöpferhand Gottes. Die Kirche, die klösterlichen Gebäude mit Giebeln und Türmchen fügten sich harmonisch in die Landschaft ein. Hier fühlte sie sich sogleich zu Hause. Sie konnte verstehen, dass Ludwig sich Reinhardsbrunn zur Grablege auserwählt hatte und wünschte sich nichts sehnlicher, als an seiner Seite zu ruhen.

Der Frühling mit seinen tausendfachen Farben war verrauscht, der Sommer unter der Julihitze verblutet, vor der Zeit zeigten sich die ersten Anzeichen des Herbstes. Der Mangel an Regen hatte der Saat nur ein kümmerliches Wachstum beschert, die Getreidehalme wiesen allenfalls die Hälfte ihrer ursprünglichen Höhe auf. Die Bauern sahen besorgt zum Himmel, ob nicht von dort ein Einsehen käme, doch die Sonne war unversöhnlich. Zwar ging Wind, aber Regenwolken, die dem dürstenden Boden mit erfrischenden Schauern hätten zur Hilfe kommen und den Früchten noch ein wenig Nachreife hätten bescheren können, wollten nicht aufziehen. Die Lage der Bauern war angespannt, wenn nicht katastrophal, denn die Abgabenlast drückte in voller Höhe. Zudem herrschte eine schreckliche Hungersnot. Was kümmerte es die feinen Herren, wenn die Ernte miserabel ausfiel und nur die Hälfte des Hafers und der Feldfrüchte in die Scheunen eingefahren werden konnte? Die feinen Herren auf ihren Burgen bestanden auf ihrem Anteil, und der war das größte Stück aus dem Kuchen. Mochten die Untergebenen und Leibeigenen sich doch mit den Krumen, die von den Tischen der Reichen fielen, zufrieden geben. Wie sollte das einfache Volk in Zeiten der Dürre und des Mangels unbeschadet durch den Winter kommen? Die Mütter betrachteten schmerzerfüllt ihre unterernährten Kinder, die Greise, die nicht genug zu essen hatten, stützten sich auf ihre Stöcke und bewegten sich auf unsicheren Füßen.

Am Schlimmsten war es um die Leute bestellt, die kein Stück Land besaßen und bewirtschafteten, die von Händlern und Wohltätern abhängig waren. Wo es jedoch wenig zu verkaufen gab, konnte man auch nur wenig erwerben.

In jüngster Zeit hatte die Zahl der Armen und Brotlosen, die sich unterhalb der Wartburg in der Hoffnung auf milde Gaben zusammenfanden, beträchtlich zugenommen. Den hohen Herren war diese Versammlung ein Dorn im Auge, sie konnten nicht ungestört ausreiten, ohne ihre Pferde um die am Boden kauernden Gruppen herumlenken zu müssen. Alle Hoffnung der wartenden Menschen galt der Landesmutter, die ein weiches Herz hatte, nichts von dem aß, was die hauseigenen Ökonomiebetriebe nicht selbst auf eigener Scholle erwirtschaftet hatten oder was den Bauern abgepresst worden war. Diese solidarische Einstellung machte sie bei Hofe nicht beliebter, im Gegenteil, wie man hörte, warf man ihr Kumpanei mit dem gemeinen Volk vor. Hätte ihr der eigene Gatte nicht gelegentlich den Rücken gestärkt, hätte es manchmal schlecht um das Ansehen Elisabeths ausgesehen.

Die Glocke im Turm der St. Katharinenkirche in Eisenach schlug viermal. „Ob sie wohl heute kommt?“, fragte eine der Jammergestalten und blickte erwartungsvoll den Weg entlang, der durch die hochstämmigen Buchen am Fuß des Burgberges aufwärts führte. „Ich sehe sie noch nicht. Um diese Zeit ist sie sonst längst da.“

„Sie wird schon noch erscheinen, keine Angst“, beruhigte ein einäugiger Bettler den erwartungsvoll fragenden Bruder. „Die Landesmutter hat uns noch nie im Stich gelassen.“

„Sie hat eben zu viel am Hals“, warf eine Frau ein, die ihr Kleinkind an die Brust hielt. „Wir sind ja nicht die einzigen, die auf sie warten. Denkt an die Kranken im Hospital, an die Wöchnerinnen in den Hütten, die Waisen und die armen Alten. Allen möchte sie helfen.“

„Und wir hängen an ihr wie die Kletten“, bemerkte der einäugige Bettler.

„Weil sie die einzige Hoffnung für uns ist“, rief jemand aus der Gruppe und erhob sich. Er stellte sich neben den Einäugigen. „Drei Augen sehen besser“, scherzte er. „Ich schaue rechts den Weg entlang, du links. Wer sie zuletzt sieht, spendet dem anderen ein Goldstück.“

„Sehr witzig“, beschwerte sich der Einäugige. „Woher soll ich ein Goldstück nehmen, wenn ich nicht einmal weiß, wie ein Taler aussieht?“

„Der Hunger treibt ihm selbst den Rest Humor aus dem bisschen Verstand, den er besitzt“, lachte die Frau mit dem Kind an der Brust. „Merkst du denn nicht, dass dich jemand veräppeln will?“

„Dann kommt er mir gerade recht!“, schnaubte der Einäugige. „In so schlechten Zeiten bei knurrendem Magen noch Witze machen, das habe ich gern.“

Die anderen lachten.

„So sollten uns die feinen Herren nicht sehen!“, drohte der frühere Schmied, dem der Funkenflug aus der Esse die Augen verbrannt hatte. „Hungers leiden und lachen – das passt nicht zusammen.“

„Hab dich nicht so!“, meldete sich eine Frau zu Wort, die gegen einen Baum gelehnt saß und ihre wunden Füße mit Lumpen umwickelte. „Die da oben“ – sie machte eine Bewegung zur Wartburg hin – „haben Speisen im Überfluss und dennoch das Lachen verlernt. Reichtum macht nicht glücklich.“

„Aber ein voller Bauch“, nickte der Schmied. „Einmal richtig satt essen würde mich glücklich machen.“

„Vielleicht bekommst du ja heute noch ein Stückchen Braten vom Tisch der Herrschaften“, ließ eine grauhaarige Bettlerin ihm das Wasser im Munde zusammenlaufen. „Ist ein braun glänzendes Beinchen vom Kapaun oder ein gewürztes Teilchen vom Hasenrücken gefällig?“

„Sorgen habt ihr", sagte die Frau mit dem Kind an der Brust und schüttelte den Kopf. „Seht her, dieses arme Würmchen würde nicht mehr leben, wenn die gnädige Frau es nicht gesund gemacht hätte."
Die Runde verstummte. Alle blickten neugierig und mitfühlend auf das kleine Wesen, das sich eng an die Mutter schmiegte.
„Was die Landgräfin für uns Arme tut, übersteigt alle menschliche Kraft", sagte jemand nach einer Weile.
„Sie ist kein Mensch, ein Mensch vermag das nicht – sie ist ein Engel", bemerkte die Frau mit dem Kind.
Einige nickten, andere sahen still vor sich hin. Niemand widersprach. Elisabeth von Thüringen – der Engel der Armen, darin waren sich alle einig.
„Einer gefällt mir nicht", sinnierte der Schmied mit den verbrannten Augen, „das ist dieser sonderbare Mönch oder Priester – ach, einerlei. Er predigt Buße, Buße, Buße und Entsagung und macht unserer Landgräfin das Leben schwer."
„Woher willst du das wissen? Wenn Elisabeth bei uns erscheint, ist sie immer heiteren Sinns und freundlich."
„Bei uns, ja. Doch bei Hofe hat sie kein leichtes Leben. Jetzt, hört man, will der Landgraf dem Kaiser ins Heilige Land folgen, um die Muselmanen zu vertreiben. Was wird dann werden?" Der Einäugige zuckte die Schultern.
„Du meinst, weil sie ohne den Herrn Ludwig schutzlos ist? Die Schwäger und die Schwägerin sind nicht gut auf sie zu sprechen."
Die Frau nahm das Kind von der Brust und stellte es auf die Füße. „Schaut, es kann schon stehen", sagte sie stolz.
„Ein toller Mönch, neidvolle Schwäger und eine falsche Schwägerin – das ist kein Leben für die hohe

Frau. Und dann kommen wir und fordern Zuspruch und Anteilnahme."
„Und einen Korb voll Brot", ergänzte jemand aus der Runde.
„Ludwig sollte zu Hause bleiben und nach dem Rechten sehen, statt sich in der Welt herumzudrücken. Was gehen uns die Muselmanen an? Der Kaiser kann befehlen, wem er will, nur nicht unserem Herrn", sagte der Einäugige.
„Schreib an den Kaiser!", rief die Frau mit den wunden Füßen und ihre Augen blitzten, „schreib ihm, was er alles falsch macht und dass er besser daran täte, dir die Regierungsgeschäfte zu übertragen. Dann müsste kein Bettler Hungers sterben."
Das Lachen, das durch den Wald scholl, wollte nicht verstummen.
„Still jetzt!", forderte der Einäugige wütend und warf einen Stein, der die Frau mit den wunden Füßen jedoch verfehlte.
Es dauerte nicht mehr lange, da vernahmen sie Schritte. Die Jammergestalten erhoben sich und blickten erwartungsvoll in den Hochwald, der das Sonnenlicht in milchigen Bahnen siebte. Wenige Augenblicke später sahen sie die Landesmutter den Weg herabkommen, einen Korb am Arm, gefolgt von einer ihrer Dienerinnen, die eine Kiepe auf dem Rücken trug. Bettler und Arme senkten den Blick und traten ehrfürchtig einen Schritt zurück, um Elisabeth Platz in ihrer Mitte zu machen. Als sie lächelnd vor ihren Schützlingen stand, war es, als blühte der Wald in hellem Licht auf.

Ein Laienbruder der Franziskanischen Bewegung namens Rodeger wurde zum geistlichen Lehrmeister Elisabeths, indem er sie darin unterwies, Keuschheit, Demut und Geduld zu üben, im Gebet zu verharren und Werke der Barmherzigkeit zu vollbringen. Rodeger konnte als Laienbruder das Amt eines Beichtvaters nicht übernehmen, doch er unterrichtete Elisabeth eingehend über Leben und Ziel des Franz von Assisi und seiner Gemeinschaft. Für die mittelalterliche Welt hatte Christus in Gestalt des Königs und Weltenrichters lange die Mitte des Glaubens bestimmt. Das Bewusstsein, dass er in ärmlichen Verhältnissen geboren und aufgewachsen war, zeitlebens die Solidarität mit den Armen gepflegt und schließlich eines schmählichen Kreuzestodes gestorben war, war hinter diesem Triumphbild zurückgetreten. Mit der Zeit jedoch rückte die Vorstellung vom „armen Jesus" und sein auf die erniedrigten, hilfsbedürftigen Menschen ausgerichtetes Leben in den Blickpunkt der Betrachtungen.

Die Nachfolge Christi bis zur bitteren Konsequenz der Entsagung von allem weltlichen Reichtum war jedoch nicht erst durch Franziskus gefordert, durch ihn aber wohl mit Nachdruck gefördert und radikal befolgt worden. Der Kaufmann Petrus Waldes aus Lyon, Bernardus Primus mit seinen „lombardischen Armeen", die Katharer und andere Sekten erwiesen sich schon vorher als eifrige Verfechter des apostolischen Armutsideals und weckten das Misstrauen der kirchlichen Obrigkeit, die hinter den neuen Bestrebungen Kirchenkritik und gar einen Umsturz der Gesellschaftsordnung befürchtete. Franziskus blieb mit seiner neuen Lebensgestaltung jedoch auf dem Boden der Kirche und widersetzte sich keinem Dogma. Deshalb fand er bald Zulauf durch gleichgesinnte junge Männer, die „Brüder von Assisi", und offene Ohren bei seinem zuständigen Bischof. Die erstrebte Armut, die fromme Lebensführung und der gelobte Gehorsam schienen auch Innozenz III. als Weg der Kirche in die Zukunft akzeptabel.

Die Begegnung mit der franziskanischen Gemeinschaft weckte in Elisabeth den Wunsch, deren Ideale zu ihren eigenen zu machen und ebenfalls ein Leben des Verzichtes und der Entsagung zu führen. Was der Laienbruder Rodeger durch Rede und Beispiel in der hohen Frau geweckt hatte, konnte Konrad von Marburg bald vervollkommnen. Er besaß die notwendige geistliche und persönliche Autorität, um ab 1226 Elisabeths Beichtvater und Seelenführer zu sein.

Nach ersten missglückten Versuchen der Franziskaner, nördlich der Alpen Gründungen vorzunehmen und die Christen mit der geistigen Ausrichtung ihrer Gemeinschaft bekannt zu machen, kam eine erfolgreiche Gruppe von Franziskanern 1223 bis nach Magdeburg, Goslar, Braunschweig und Halberstadt. Bischof Konrad II. von Hildesheim war den Franziskanern gewogen und ließ sie frei predigen. Die ersten Minoriten trafen am 11. November 1224 in Erfurt ein, wo sie außerhalb der Stadtmauer im Hause eines Leprosenpriesters einquartiert wurden. Nach einigen Jahren waren sie in Erfurt fest ansässig. Jordan von Giarno, 1223 in Worms zum Priester geweiht, schickte Kundschafter durch Thüringen auf die Suche nach geeigneten Gründungsorten. Neben Erfurt boten auch Eisenach, Gotha, Nordhausen und Mühlhausen den Franziskusjüngern Siedlungsplätze für ihre Niederlassungen an, von denen aus sie predigend ins Land zogen, um ihre Botschaft von der Armut um des Himmelreiches willen zu verkünden. Rodeger wurde Guardian des Klosterkonvents in Halberstadt. Elisabeth spann für geringen Lohn Wolle für die Franziskaner in Eisenach, und Ludwig IV. musste außerdem die bittere Erfahrung machen, dass Elisabeth unter dem zunehmenden Einfluss der Franziskaner sich allmählich vom ehelichen Zusammenleben mit ihrem Gatten abwandte und eigene Wege zu gehen begann. Nicht von ungefähr gelobte Elisabeth in dem außerhalb der Stadt Eisenach gelegenen Katharinenkloster noch zu Lebzeiten ihres Gatten Ludwig geistlichen Gehorsam sowie eheliche Enthaltsamkeit.

Elisabeth wusste, dass sie sich durch ihre Lebensweise immer stärker aus der höfischen Gemeinschaft, in der sie lebte, verabschiedete. Ein scheinbar nicht zu lösender Konflikt tobte in ihr. Sie liebte Ludwig, das stand außer Zweifel. Sie hatte sogar die ritterliche Hausordnung durcheinandergebracht, indem sie bei Tisch ihren Platz an der Seite ihres Gatten beanspruchte, was ganz gegen die Gewohnheit war. Andererseits widerstrebte ihr das Hofleben mit Musik, Tanz und rauschenden Festen, so wie es in Thüringen im Schwange war, immer mehr. Jeder adelige Gast protzte mit seinem Reichtum, dessen Herkunft oft zweifelhaft und sicher das Resultat von erpressten Steuern und erzwungenen Abgaben war. Die Damen bei Hofe überboten sich an prachtvollen Gewändern, an Gold- und Silberschmuck und kostbaren Steinen, während die junge Landgräfin sich dezent und unauffällig kleidete und dafür Naserümpfen und verstohlenes Lachen erntete. Sie hätte sich als Repräsentantin des Hofes am ehesten herausputzen und die Hofdamen in jeder Weise übertreffen müssen. Elisabeth wollte gar nicht wissen, was hinter der hohlen Hand über sie getuschelt wurde. Ehrliche Freude und wortreichen Dank empfing sie nur von der Bettlerschar, die frühmorgens schon das Hoftor in Eisenach umlagerte, oder von den Kranken, die sie in dem von ihr gestifteten Spital aufsuchte. Ludwig war bisher immer auf ihre Wünsche eingegangen, wenn sie für die arme Bevölkerung zusätzliche Lebensmittel oder Kleidung erbat, obgleich er sie mehrfach darauf verwiesen hatte, dass die durch den Ausbau der Wartburg erforderlichen Mittel eine begrenzte Haushaltung erforderten. Für ihren Schwiegervater Hermann I. war zweifellos Eckartsberga der wichtigste Aufenthaltsort gewesen. Nun gliederte Ludwig der Wartburg einen die kaiserlichen Pfalzbauten noch übertreffenden Palas an. Hier sollte die landgräfliche Familie in Zukunft ihren festen Wohnsitz haben, doch bis dahin würde sie als reicher, unbehauster Clan von Schloss zu Schloss umherziehen.

Hermann I. war im Streben nach mehr Macht und Einfluss ein kriegerischer Mann gewesen. Auch seine Heiratspolitik hatte er ganz darauf abgestimmt, die Hausmacht durch die ungarische Königstochter zu mehren. In Kindertagen durchschaute Elisabeth diese politischen Hintergründe nicht, auch konnte sie ihrem Schwiegervater ein unfreundliches Wort ihr gegenüber nicht nachsagen, während er sonst seine eisige, fordernde Stimme oft genug erhoben und seiner Gemahlin Sophie schwere Tage bereitet hatte. Als Ludwig IV. die Regentschaft antrat, musste er bestimmte Zwistigkeiten, die sein Vater auf politischem Terrain angezettelt hatte, zu Ende bringen. Elisabeth beschwor ihren Gatten immer wieder, Milde walten zu lassen, gerecht zu sein und das Streben nach eigenem Vorteil einzustellen. Stattdessen sollte er die Schuld seines Vaters

gegenüber den Untertanen wiedergutmachen und gerade den Armen ein menschenwürdiges Leben ermöglichen. Sie wollte ihrem Gatten, dem geliebten Bruder, wie sie Ludwig gegenüber versprach, immer treu als Ratgeberin zur Seite stehen, so wie ihre Tante Hedwig von Schlesien ihren Mann, den Herzog, in wichtigen Fragen beriet. Ludwig vertraute gern auf Elisabeths Meinung, doch gewissen Zwängen, die aus der Regentschaft Hermanns I. auf ihn übergegangen waren, konnte er sich nicht entziehen, auch wenn er nicht mit der Skrupellosigkeit seines Vaters vorging.
Ereignisse in der Markgrafschaft Meißen zwangen Ludwig zum militärischen Eingriff. Dort war seine Stiefschwester Jutta mit Markgraf Dietrich verheiratet gewesen. Dietrich hatte vor seinem Tod seinem Schwager die Vormundschaft über seinen Sohn Heinrich anvertraut, so dass die Regentschaft vom thüringischen Landgrafen und seinem Neffen gemeinsam ausgeübt wurde. Diese Regentschaft sollte auch nach dem Tode Heinrichs fortbestehen. Dieser Lösung widersetzte sich Jutta, vor allem, als sie den Grafen Poppo von Henneberg heiratete. Ludwig IV. forderte seine Rechte mit Waffengewalt ein. Friedrich II. stellte in Aussicht, dass er den Landgrafen und seinen erstgeborenen Sohn mit der Mark Meißen belehnen werde. Dass er auf diese Weise Ludwigs Teilnahme an einem ihm vom Papst aufgezwungenen Kreuzzug erkaufen wollte, verriet der Kaiser noch nicht. Im Interesse Meißens unternahm Ludwig später einen Kriegszug nach Osten und eroberte trotz der Beteuerungen der polnischen Boten und des Erzbischofs von Gnesen, dass kein Grund zur Feindschaft bestünde, die Veste Lubus.
Alle Gewänder liebte Elisabeth an ihrem Gemahl, nur nicht das Kleid des Kriegers. Es war eine ritenreiche

Prozedur, bis die blinkende Rüstung den Kämpfer umschloss wie ein Ring aus Eisen. Elisabeth vergoss heimlich manche Träne, wenn sie sah, wie Ludwig mit Hilfe seiner Knappen den Eisenpanzer antat. Wie konnte seine schmale Gestalt ein solches Gewicht tragen! Ludwig trug eine Hose und einen wattierten, gesteppten Wams. Darüber wurde in vielfacher Ringverschlingung der Kettenpanzer gelegt, der obere Teil über den Kopf, der untere über die Beine. In der Mitte schloss ein Gürtel beide Teile zusammen. Die Stoffhaube mit dem eisernen Ringnetz umrahmte das noch freie Gesicht. Noch konnte man die Augen lachen sehen. Doch dann wurde Ludwig die metallene Stirnhaube aufgesetzt, darüber eine Pelzmütze gezogen und darüber der Helm aus Metall. Die Gesichtsmaske ließ Augenschlitze frei – ein letzter Blick Elisabeths auf die sich immer mehr verfremdende Gestalt. Wenn der Ritter nun das Visier herunterklappte, war er nicht mehr zu erkennen. Elisabeth seufzte jedes Mal auf, wenn sie ihren Ludwig so entstellt vor sich sah. Büffelhörner und Straußenfeder dienten als Helmzier, aber sie konnten die Ernsthaftigkeit des Augenblicks nicht mindern. Auch das wallende bunte Helmtuch, das Elisabeth ihrem Ludwig umband, täuschte über den Ernst der Lage nicht hinweg.
An manchen Tagen war Elisabeth so verzweifelt, dass sie sich nur Gott anvertrauen konnte. Selbstzweifel überkamen sie, sie fühlte sich zweigeteilt in der Verpflichtung für den Hof und für die Armen. Auch wenn sie in Abwesenheit Ludwigs, der in politischen Geschäften oft mit dem Kaiser unterwegs war, die Schlüsselgewalt über die jeweilige Residenz inne hatte, so konnte sie doch nicht nach eigenem Gutdünken schalten und walten. Als Fürstin eines bedeutenden

Hofes unterlag sie einem strengen Zeremoniell, das im Gegensatz stand zu der von ihr erstrebten einfachen Lebensweise nach dem Vorbild Christi. Ludwig erkannte wohl, wie es im Herzen seiner Gemahlin aussah. Immer wieder suchte er nach einem Kompromiss, den er gegenüber der strengen Hofgemeinschaft verantworten konnte und der auch Elisabeth gerecht wurde.

Der Aderlass eines Fürsten war nach damaligem Brauch mit einem Fest verbunden, in dessen Rahmen auch ein Gottesdienst gefeiert wurde. Elisabeth kniete an der Seite Ludwigs. Als das Glöckchen die Wandlung ankündigte, erblickte sie in der erhobenen Hostie einen gekreuzigten Menschen mit blutigen Wundmalen. Tief gebeugt und unter Tränen verharrte die Landesfürstin in der Kapelle, selbst als die heilige Messe längst beendet war und die Stunde des Mittagsmahls nahte. Der Tisch wartete und die Fürstin erschien nicht. Da eilte Ludwig in das Gotteshaus und fand seine Frau weinend an ihrem Platz.

„Was hast du, meine Liebe?", flüsterte er. „Was bedrückt deine Seele?"

Elisabeth schüttete ihm ihr Herz aus. Ludwig setzte sich zu ihr und nahm sie in seine Arme. Er spürte, wie verzweifelt sie war, weil sie ein anderes Leben anstrebte als das, das sie führen musste, und sich gern völlig den Werken der Barmherzigkeit gewidmet hätte.

„Verzeih, Elisabeth, aber ich muss an die mittägliche Tafel zurück. Wir haben Gäste. Doch ich werde dich entschuldigen und irgendeine Ausrede erfinden, weshalb du nicht erscheinen kannst."

„Du hast Recht, Ludwig, heute ist es wirklich das Beste. Ich will mich bemühen, dir eine gute Frau zu sein."

„Das bist du, Elisabeth, auch wenn du mir manchmal ein Rätsel bleibst."
Die Landgräfin senkte die verweinten Augen
„Vielleicht sollten wir eine Reise antreten, damit du etwas anderes siehst und auf andere Gedanken kommst", schlug Ludwig nach einer Weile vor.
„Eine Reise wohin? Nein, mein Gemahl, ich brauche keine Abwechselung und Zerstreuung. Wenn ich nur meine geliebten Armen und Kranken besuchen darf, dann fehlt mir nichts."
„Trotzdem, Elisabeth, du brauchst Erholung und Kraft. Die vielfältigen Aufgaben, die du in meiner Abwesenheit übernehmen musst und die du dir zusätzlich auflegst, gehen nicht spurlos an dir vorüber. Doch jetzt muss ich zurück."
Ludwig drückte seiner Frau einen Kuss auf die Wange und erhob sich. Er lächelte, und Elisabeth erwiderte das Lächeln scheu. Bei Hofe tat er ungezwungen und fröhlich. Er scherzte mit den Gästen und mit seinen Rittern, ermunterte die Musikanten, erneut aufzuspielen und hob das Glas zu einem Trinkspruch. Die Minnegesänge, die sein Vater im Musenhof von Eisenach gepflegt hatte, liebte er nicht. Wenn Hermann I. sich mit Dichtern und Sängern umgab, dann nur, um seine Liebe zur Muse öffentlich zu zeigen und benachbarte Fürstenhäuser zu übertreffen.
Ludwig IV. machte sein Versprechen gegenüber Elisabeth bald wahr. In aller Heimlichkeit, um seine Gattin zu überraschen, rüstete er zu einer Reise nach Ungarn. Wenn sie ihre liebe Verwandtschaft wiedersähe, würde sie vielleicht wieder aufblühen und sich, erholt und gekräftigt, besser in die Verpflichtungen und Gewohnheiten des Thüringer Hofes fügen, dachte der Landgraf. Mit großem Tross reisten die Eheleute durch

Österreich nach Ungarn. In ihrer Begleitung ritten die Herren Heinrich von Stahlberg, Rudolf von Berlstadt, Reinhard Farch, Rudolf Schenk und eine Anzahl anderer Ritter. Unterwegs wurden sie mit Ehren aufgenommen. Die Städte bereiteten dem thüringischen Herrscherpaar und seinem Gefolge einen triumphalen Empfang.

Doch auch das herzliche Willkommen überall konnte nicht darüber hinwegtäuschen, dass Elisabeths Angst wuchs, je näher die Wagenkolonne der ungarischen Grenze und schließlich dem geliebten Pressburg kam. Würde sie nicht an eine verwaiste Stätte zurückkehren? Ihre Mutter lebte nicht mehr. Ihr Platz im Schloss war leer. Der Gedanke, dass sie einst hier gewirkt und an der Seite des Königs regiert hatte, dass sie die Mitte der Familie gewesen und schließlich einem Mordkomplott zum Opfer gefallen war, erschütterte die junge Frau. An manche Dinge ihrer Kindheit konnte sie sich nicht erinnern, doch die dominierende Gestalt ihrer Mutter stand ihr noch deutlich vor Augen. Die Ursache ihres Todes war gerüchteweise an das Ohr der Landgräfin gedrungen und wurde aus unterschiedlichen Sichtweisen bewertet. Mal hieß es, Gertruds politischer Machtrausch und die einseitige Parteinahme für den deutschstämmigen Bevölkerungsanteil habe den ungarischen Adel gegen sie aufgebracht, dann berichtete man, sie habe mit ihrem Tod die Mordtat an ihrem Gatten verhindert. Als sich Andreas II. auf einem Kriegszug gegen die Ruthenen befand und im Kloster Lelesz im nördlichen Ungarn rastete, seien die Mörder in die Klosterräume eingedrungen, wo sich ihnen die Königin beherzt in den Weg gestellt und damit die Flucht ihres Gemahls ermöglicht habe.

Noch eine andere Nachricht machte die Runde: König Andreas II. habe sich inzwischen mit Yolanthe, Tochter Peter II. von Courtenay, des Kaisers von Konstantinopel, vermählt. Sie war keine wirkliche Kaisertochter. Ihr Vater war noch Vasall des französischen Königs gewesen und hatte zurückgezogen auf seinem Landschloss in Frankreich gelebt. Als nun während des vierten Kreuzzuges die Heere auf Wunsch der Venezianer und des vertriebenen byzantinischen Prinzen Alexius statt gegen Ägypten zunächst gegen Konstantinopel zogen – was Innozenz III. ausdrücklich missbilligte – nahmen sie die Metropole ein und errichteten das Lateinische Kaiserreich. Im Zuge der Neubesetzung des Kaiserthrones wurde 1216 Peter von Courtenay zum Herrscher ausgerufen. Es war nur eine kurze Regentschaft. Als Elisabeth von Thüringen in Ungarn eintraf, waren Yolanthe und ihr Vater bereits gestorben.
Doch diese Heirat konnte nicht der wahre Grund sein, weshalb Andreas II. bei den Fürstenhäusern in Misskredit geraten war und sich die Edlen am Thüringer Hofe hinter vorgehaltener Hand missgünstige Geschichten über ihn erzählten. Einige Familienangehörige, vor allem Agnes, die doch zusammen mit ihrer Schwägerin aufgewachsen war, hatten unverhohlen geäußert, hätte Ludwig die missliebige Ungarin nicht inzwischen geheiratet, sei jetzt die Gelegenheit gekommen, sich von ihr zu trennen und sie wieder heimzuschicken – vom ungarischen Königshaus sei nach dieser Schande keine Attacke zu befürchten ... Wäre nicht die erzürnte Bassstimme des edlen Ritters Walter von Vargila zwischen die Hofbeamten gefahren und hätte sie nicht auseinandergetrieben, das beleidigende Gerede und Spekulieren wäre wohl nie zum Ende gekommen.

Was war das für eine Schande, von der offenbar das Regentenhaus wusste, sie, Elisabeth, jedoch nicht? Hatte man vergessen, dass Andreas II. im Jahre 1217 die älteste Verfassung Ungarns, die „Bulla aurea", verabschiedet und mit der Ansiedlung der Deutschordensritter in Siebenbürgen einen Wall gegen die heidnischen Kumenen errichtet hatte?
„Wenn du dich statt um das verwahrloste Gesindel unten in der Stadt lieber um die Politik unseres Landes kümmern würdest, wäre dir nicht entgangen, was sich im fernen Orient ereignet hat", lautete die vorwurfsvolle Anklage Heinrich Raspes. Doch dann war Ludwig, ihr Gemahl, seinem Bruder, die Faust am Schwertknauf, in den Weg getreten, und die Landgräfin entsann sich deutlich, dass die Haut seiner Knöchel weiß hervorgetreten war.
Der Verlust seines guten Rufes hing mit Ereignissen im Kreuzzug unter Innozenz III zusammen, in die Elisabeths Vater verwickelt war. In jener Zeit häuften sich die Versuche, das Heilige Land von der Herrschaft der Muselmanen zu befreien. Die Pläne und Strategien dazu wurden unterschiedlich bewertet, schließlich wusste kaum jemand, mit welcher Feindesstärke und welchen Kampfmethoden des Gegners er es zu tun haben würde. Den mahnenden Worten des Papstes konnten sich die christlichen Herrscherhäuser nicht entziehen, schließlich war der Befreiungskampf eine heilige Sache, die nicht zuletzt dem persönlichen Seelenheil diente. Wer im Kampf mit den Muslimen fiel, war ein Märtyrer für Christus und konnte des Paradieses sicher sein. Allerdings durfte niemand den Kreuzzug predigen, der nicht selbst das Kreuz nahm. Allen Predigern war die Verpflichtung auferlegt worden, den Koran zu lesen und sich über den Islam kundig zu

machen, bevor sie nach Palästina aufbrachen. Auch der Magister Oliver aus Paderborn und spätere Kölner Domscholaster, der es in der Stadt an der Pader schließlich zu Bischofs- und in Rom zu Kardinalswürden brachte, rief im Namen des Heiligen Vaters zur Teilnahme am Zug gegen die Muselmanen auf. Dieser Oliver war ein aufrüttelnder Redner, und es gelang ihm, durch seine Predigttätigkeit in Lüttich, Namur, Brabant, Flandern, Geldern und Utrecht in Friesland an die 50 000 Mann auszuheben, die begeistert das Kreuz nahmen. Der Himmel schien seiner Mission gnädig gestimmt zu sein, denn die Menge meinte während seiner Predigt in Bedum in Friesland ein Kreuz in der Luft gesehen zu haben, ein Mirakel, das sich noch zweimal wiederholen sollte.

Oliver nahm als Vertreter des Kölner Erzstiftes am vierten Laterankonzil teil, zu dem zahlreiche Bischöfe, Äbte und Prioren erschienen, und auf dem Innozenz III. in Anwesenheit der Gesandten Friedrichs II. und der Könige von Frankreich, England und Ungarn eine berühmte, von Todesahnungen erfüllte Rede hielt. Das Konzil erließ über 70 Glaubens- und Reformdekrete, wozu zuletzt auch ein Dekret über den Kreuzzug Innozenz III. gehörte. Der Papst bestellte Oliver und vier andere Geistliche zu Protektoren der Kreuzfahrt aus Niederdeutschland und starb bald darauf zu Perugia, wo er die Seestädte Pisa und Genua versöhnen wollte. Sein Nachfolger, Papst Honorius III., hielt am festgesetzten Aufbruchtermin für den Kreuzzug am 17. Juni 1217 fest. „Gott will es!“ – so lautete das Losungswort der Kreuzfahrer, die vor allem aus Vertretern der abendländischen Ritterschaft bestanden, die in Christus den himmlischen „Gefolgsherrn der Streiter Gottes“ erblickten. „Gott will es!“ – Den Kreuzfahrern jener

Tage hatte Innozenz nach aufrichtiger Reue und Buße einen vollkommenen Ablass gewährt; der Papst selbst wollte ja an der Spitze des Reiterheeres stehen, das sich zur Reise in den Orient anschickte. Doch sein vorzeitiger Tod sollte verhängnisvolle Folgen haben, denn sein Nachfolger, Honorius III., genoss in Europa bei weitem nicht das Ansehen seines Vorgängers, auch wenn er spontan dessen Palästinapläne übernahm.

An der Spitze des Kreuzzuges, der im Frühjahr 1218 in den Vorderen Orient aufbrach, standen nun die Könige Andreas II. von Ungarn und Johann von Jerusalem. Magister Oliver war bereits im Sommer 1217 in Akkon eingetroffen und mit ihm die Bischöfe von Utrecht und Münster. Die von ihm angeworbenen Friesen und Flamen beteiligten sich zunächst am Befreiungskampf gegen die Mauren auf der Pyrenäenhalbinsel, bevor sie mit dem Kreuzzugsheer zum Jordan und zum See Tiberias vorstießen. Ende November 1218 kamen der Vater der Landgräfin Elisabeth und seine Verbündeten am Berg Tabor an, wo sie mangels Sturmgerät erfolglos gegen die von 2000 Moslems verteidigte Feste anrannten. Während die Ritter aus Syrien und ihre Truppen auf eine weitere Belagerung lieber verzichten wollten, drängten die abendländischen Kreuzfahrer auf einen erneuten Versuch, der jedoch unter hohen Verlusten ebenfalls misslang. Auch ein dritter Ansturm von Akkon aus ins Land Syrien hinein scheiterte. König Andreas brach enttäuscht und missgestimmt zur Heimreise auf. Dieser Entschluss wurde ihm im Abendland als Fehlentscheidung ausgelegt und führte zum Verlust seines Ansehens.

Das also war die „Schande", die dem Vater der Landgräfin anhaftete und die dem Thüringer Hof für ein abfälliges Urteil über die ungarische Königsfamilie ausreichte! Die Ablösung der erschöpften kämpfenden Truppe durch frischen Nachschub war während der Kreuzzüge indes nicht ungewöhnlich. Viele Krieger konnten das ungewohnte Klima auf Dauer nicht ertragen. Außerdem erwiesen sich die Rüstungen, in denen die Ritter antraten, bei der Hitze als äußerst Kräfte zehrend und hinderlich.

Die überzeugende Beredsamkeit des Kreuzzugspredigers Oliver, der den Islam für eine irrgläubige Abspaltung von der Kirche Christi hielt und dem Sultan allen Ernstes zur Taufe riet, sowie die Ankunft der Friesen stärkten den schwachen Mut der Kämpfer, so dass sich der Kriegsrat für einen Großangriff auf die auf einer Halbinsel gelegene Stadt Damiette entschloss, um über das Eingangstor Ägyptens die Wurzel des Islam zu treffen. Am Ende scheiterte der gesamte Kreuzzug schmählich, auch wenn der heilige Franziskus 1219 im Lager vor Damiette erschienen und furchtlos bis zum Sultan al-Kamil vorgedrungen war.

Noch ein anderes Gerücht machte die Runde: Die Hoffnung, Kaiser Friedrich II. werde endlich im Heiligen Land erscheinen, steigerte sich so weit, dass man gleichsam visionär von der Ankunft eines neuen „König David" sprach. Andere brachten den geheimnisvollen Priester Johannes mit ihm in Zusammenhang. Niemand ahnte, dass eine große Gefahr aus dem Osten drohte: Die Mongolen hatten Turkestan zerstört und darauf schickte sich ein Heer von 600 000 Mann unter ihrem Anführer Dschingis-Khan an, Ungarn und Polen zu überrennen. Ungarn – die Heimat der thüringischen Landesfürstin ...

In schweren Zeiten für das Land konnte nur der heilige Stephan helfen, den Elisabeth besonders verehrte.

Er galt als Stammvater des Christentums in Ungarn und als sein erster König und hatte mit seiner Gemahlin, der seligen Gisela von Bayern, Schwester Kaiser Heinrichs II. des Heiligen, den wilden Magyarenstämmen die Frohe Botschaft predigen lassen. Stephan, Sohn des Arpadenfürsten Geisa, war vom heiligen Adalbert von Prag erzogen und getauft worden. Im Gefolge Giselas befanden sich zahlreiche Edelherren und Geistliche, die den jungen Fürsten Stephan allmählich vom Einfluss des Ostens lösten und dem christlichen Abendland öffneten. Die berühmte Stephanskrone, die Papst Silvester II. anlässlich der Krönung Stephans in Gran dem neuen Herrscher stiftete, hatte Elisabeth einmal ehrfürchtig berührt, als ihr Vater ihr das bedeutsame Kronjuwel gezeigt hatte. Es gab noch weitere Persönlichkeiten, die Elisabeth in ihrer Heimat schätzte. Dazu gehörte auch der heilige Gerhard von Sagredo, der Abt von S. Giorgio Maggiore in Venedig gewesen und auf der Wallfahrt ins Heilige Land von König Stephan gebeten worden war, Erzieher seines Sohnes Emerich zu werden. Gerhard wurde zum ersten Bischof von Csanád bestellt. Nein, solange es solche großen Heiligen in Ungarn gab, musste das Land nicht fürchten, von fremden Völkern überrollt zu werden! Und solange ihr Vater das Zepter in der Hand hielt und das ungarische Volk weise und gerecht regierte, würde es nie wieder einen Aufstand mit Blutvergießen geben, wie er ihrer Mutter widerfahren war.

Als Elisabeth auf ihrem Araberhengst, dem Wagenzug vorauseilend, an der Seite ihres Gemahls durch das Burgtor sprengte, stand König Andreas II. mit seinem Gefolge auf dem mit Fahnen und Girlanden geschmückten Vorplatz. Neben ihm stand König Béla IV.,

Elisabeths Bruder, nunmehr „rex junior". Mit einem Jubelschrei landete die Tochter in den Armen ihres glücklichen Vaters.
Nicht Pressburg, nein, die geliebte Burg Sárospatak war Ort der Begegnung. Vielleicht war es Ludwig zu verdanken, dass man die Pfalz, an dem seine Gemahlin im Kindesalter der thüringischen Delegation übergeben worden war, gemieden hatte, um in ihr keine schmerzlichen Erinnerungen zu wecken. Ludwig wusste, wie sehr Elisabeth Sárospatak liebte, das ursprünglich ja einfach nur Patak – Bach – geheißen hatte und dessen Umland von König Andreas I. durch Tausch erworben worden war, weil es sich vorzüglich zur Jagd eignete und seine Frau Anastasia, eine Tochter des Großfürsten Stanislaus von Kiew, hier besonders gern weilte, weil die Heimat nicht allzu fern lag. König Andreas II. versammelte seinen Hof auch aus politischen Gründen gern in der Pfalz von Patak, lag der Ort doch bei der Furt des Bodrog, des nördlichen Theißzuflusses, an der nach Galizien führenden alten Heerstraße.
Vater sah nicht gut aus, das stellte Elisabeth sofort fest. Er zitterte, als er die Tochter in den Armen hielt. Seine einst kräftigen Schultern schienen schmaler geworden zu sein. Sein Kinnbart war ergraut, die Augen hatten den Glanz von einst verloren und blickten müde auf die Besucherin und ihr Gefolge.
„Es ist für mich eine besondere Gnade, dich noch einmal wiedersehen zu dürfen", sagte der Vater fast feierlich. Zwei Tränen rannen über seine Wangen. Zärtlich drückte er den Kopf Elisabeths an seine Brust. „Wie habe ich diesen Augenblick herbeigesehnt."
„Ich auch, Vater", schluchzte Elisabeth. „In meinen Träumen hatte ich so viele Bilder meiner Heimat vor

Augen, doch konnte ich sie nicht ordnen. Es waren unendlich viele Eindrücke, die sich mir eingeprägt hatten und die ich nicht zu entschlüsseln wusste. Doch jetzt weiß ich, dass ich zu Hause bin."

„Es wäre schön, du könntest bleiben", lächelte der Vater. Nun stand er, auf seinen Stock mit dem Silbergriff gestützt, im Burghof und hieß die Gäste aus dem fernen Thüringen willkommen. Er beglückwünschte Ludwig zu seiner hübschen Gemahlin und seine Tochter zu dem edlen Ritter. Landgraf Ludwig machte eine vortreffliche Figur in seiner glänzenden Ritterrüstung, auf der sich die Sonne wie ein feuriger Ball spiegelte. König Andreas ging der Reisegesellschaft voraus, um sie in die Pfalz zu führen. Die Räume atmeten die kühle Strenge eines einsamen Herrschers. Elisabeth hatte keine Erinnerung aus ihrer Kinderzeit mehr an die Einrichtung, nur manchmal weckte ein Bord, eine Kommode oder ein Silbergefäß das Gefühl in ihr, diese Gegenstände schon einmal gesehen zu haben. Aus einem der Ahnenbilder schaute das Porträt ihrer Mutter auf sie herab: Königin Gertrud im Glanz höfischen Gepränges. Elisabeth mochte dieses Bild nicht, die Mutter sah streng und abweisend aus. So hatte sie auch ihre kleine Tochter manchmal angesehen, wenn es Grund gab, sie zu tadeln, und die Höflinge, wenn sie einen Befehl nicht richtig ausgeführt hatten. Merkwürdig, dass solche Wahrnehmungen aus der Tiefe der Zeit plötzlich wieder ans Licht traten. „Sie hatte ein unverdient unrühmliches Ende", sagte der Vater an Elisabeths Seite, als sie ohne weitere Begleitung durch die Galerie gingen. „Entschuldige, wenn ich dir die politischen Hintergründe erspare. Ich möchte nicht gern darüber reden. Ich habe geglaubt, mich in einer neuen Ehe trösten zu können – doch das war wohl ein Trugschluss. Es kam ein erneuter Verlust und damit ein weiterer Schmerz."

Elisabeth drückte ihren Vater an sich. Der König stand mit geschlossenen Augen vor dem Bildnis, als hielte er Zwiesprache mit der ermordeten Gattin.

„Wenn es deine Zeit erlaubt, wollen wir das Grabmal deiner Mutter aufsuchen, mein Kind", sagte der Vater. „Ich habe sie in der von deinem Onkel Béla III. erbauten Zisterzienserkirche in Pilis bestatten lassen. Niemand sonst aus unserer Familie ruht in dem schönen Gotteshaus, und niemand sonst außer ihr soll hier dem Jüngsten Tag entgegenschlafen. Ich habe mich auch nicht gescheut, ihr ein kostbares Grabmonument errichten zu lassen, denn das hat sie verdient. Villard de Honnecourt ist der Künstler, ein Mann von ungewöhnlicher Begabung, der in Frankreich seinen Ruhm begründet hat. – Aber auch die schönsten Bildwerke können deine Mutter nicht wieder lebendig machen."

Wen kannte die thüringische Landgräfin noch von früher? Der Kutscher, dem sie beim Einschirren der Pferde oft zugesehen hatte, war längst tot, und auch die Amme, die sie oft mütterlich an ihre Brust gedrückt hatte, lebte nicht mehr. Ihr Bruder Béla hatte Maria Laskarsis, die Tochter des Kaisers Theoderich von Nikaia geheiratet und Koloman war inzwischen Herzog von Kroatien und mit Salome, Tochter des Herzogs Leszek V. von Polen, verlobt. Nun lernte Elisabeth auch ihren Bruder Andreas kennen, der bei ihrem Weggang aus Ungarn noch nicht geboren war. Und welche Überraschung: Die Mutter hatte kurz vor ihrem gewaltsamen Tod noch eine Tochter Maria geboren. Seltsam, dass diese Nachricht nie bis zum thüringischen Hof gedrungen war.

Aber die Lieder waren noch da, die schwermütigen

und lustigen ungarischen Lieder und die feurige Musik. Wenn beim abendlichen Bankett die Fideln und Krummhörner erklangen, zuckte es in Elisabeths Gliedern. Aber zu tanzen, wie es die Mägde und Knechte im Hof oder auf der Tenne taten, war einer Landgräfin unwürdig. Das strenge Zeremoniell des thüringischen Hofes und aller Königs- und Fürstenhöfe reichte auch bis an Donau und Theiß. Wie dunkel die Wälder waren und wie hell das Licht über ihnen stand! Das Korn, so schien es Elisabeth, stand höher als in Thüringen, die Ähren waren voller und schwerer. Die blauen Trauben an den Rebstöcken erinnerten sie an glänzende Perlen. Wo Wein angebaut wird, sind die Menschen fröhlicher, dachte Elisabeth. Von überall her winkten ihr die Leute zu, wenn sie mit Ludwig oder ihrem Vater unterwegs war. Was wäre mit mir geschehen, wenn ich dieses Land nie hätte verlassen müssen?, dachte sie einmal. Wäre ich hier glücklicher geworden als in Thüringen? Aber dann erinnerte sie sich an die kranken und notleidenden Menschen, deren Schicksal ihr ans Herz gewachsen war, und sie verspürte eine aufkeimende Sehnsucht nach ihnen.

An einem Frühjahrstag des Jahres 1222 hielt Elisabeth ihr erstes Kind in den Armen. Es war keine einfache Geburt gewesen und die Königstochter hatte stundenlang messerscharfe Schmerzen aushalten müssen. Den Hebammen perlten die Schweißtropfen von der Stirn ins Schultertuch. Doch dann, mit dem ersten Schrei des Neugeborenen, waren alle Schrecknisse vergessen und der Tag blühte auf. Es war der 28. März, wie der Chronist des Landgrafenhauses stolz vermerkte und ein besonderer Glückstag dazu, denn dem Geschlecht der Ludowinger war ein neuer Stammhalter geboren worden. Der Knabe erhielt den Namen seines Großvaters, Hermann. So war es beschlossen. Er sollte später als Hermann II. den thüringischen Thron besteigen.
Es dauerte seine Zeit, bis Ludwig, der stolze Vater, endlich in die Kemenate vorgelassen wurde. Er hatte gerade auf einer großen Versammlung in Marburg geweilt, als ihm seine Gattin durch einen Boten die Geburt eines Sohnes auf der Creuzburg mitteilen ließ. Der Vater war außer sich vor Freude. Er hatte dem Boten reichlich Trinkgeld gegeben und sich sofort auf den Weg zu Elisabeth und ihrem Erstgeborenen gemacht. Nun sah er seine Gemahlin Elisabeth bleich aber lächelnd in den Kissen liegen, in geziemendem Abstand die Schar der Hofdamen, die der Geburt aus der Entfernung beigewohnt hatten, beim Eintritt des Landesherrn jedoch den Raum verließen. Die Anwesenheit der Frauen hatte die Königstochter am meisten gestört, sie wollte ihr schmerzverzerrtes Gesicht und ihre Tränen nicht fremdem Anblick aussetzen, doch ihr wurde bekundet, dass die Geburt eines fürstlichen Kindes gleichsam unter den Augen bekannter weiblicher Persönlichkeiten geschehen müsse, um auch die letzte Möglichkeit eines Säug-

lingstausches auszuschließen. Alle Unannehnmlichkeiten waren beim Anblick des kleinen Hermann vergessen. Ludwig trug als Geschenk kostbare Brokat- und Samtstoffe über dem Arm, die er unauffällig auf einen Stuhl in der Nähe legte, dazu auch die Produkte der neuesten weiblichen Mode, nämlich abknöpfbare Ärmel, die mit Hermelin und Zobel gefüttert waren, und die dem Mantel oder Überwurf eine auffällige Note verliehen. Wenn Elisabeth diese Ärmel trug, würde es in den Hallen neuen Gesprächsstoff unter den Hofdamen geben. Doch jetzt hatte der Landesfürst nur Augen für seine Frau und das Neugeborene. Der Blick des vor Freude überwältigten Vaters lag abwechselnd auf Elisabeth und ihrem ersten gemeinsamen Kind.
„Findest du nicht, dass er mir ähnlich sieht?“, fragte Ludwig IV., als er die glückliche Mutter leidenschaftlich geküsst und seinen Sohn eine Weile mit strahlenden Augen betrachtet hatte.
„Wenn du die abstehenden Ohren meinst, muss ich dir beipflichten“, spottete Elisabeth lachend. „Das Grübchen im Kinn hat er aber von mir.“
„Und was habe ich hier?“ Ludwig wies auf sein Kinn.
„Ein Grübchen, na und?“
„Was macht dich so sicher, dass das Grübchen von dir ist, wenn ich auch eins besitze?“
„Grübchen werden nur von Müttern weitervererbt“, scherzte Elisabeth.
Ludwig schüttelte den Kopf. „Deinen Humor hast du während der schweren Stunden nicht verloren, das freut mich.“
Ein forderndes Pochen an der Tür ließ die jungen Eltern aus ihrer glücklichen Zweisamkeit auffahren. Landgräfin Sophie rauschte in den Raum, gefolgt von zwei ihrer Hofdamen.

„Ihr gestattet, meine Lieben, dass auch die Großmutter zu ihrem Recht kommt." Sie beugte sich über die Wiege, in die man den kleinen Hermann inzwischen gelegt hatte, verharrte still, bis sich zwei Tränen aus den Augenwinkeln lösten, dann hauchte sie Elisabeth einen Kuss auf die Stirn. „Was hätte mein Gemahl, Gott hab ihn selig, in dieser Stunde für eine Freude! Sein erster Enkel! Und dazu noch sein Namensträger! Auf Hermann I. folgt Hermann II.! Hoffentlich wirst du einmal ein großer Politiker, ein guter Landesvater, du kleiner, zierlicher Mensch." Danach ging Sophie auf Ludwig zu und nahm ihn bewegt in die Arme. „Entschuldigt, dass ich bei der Geburt nicht zugegen war. Zu viele alte Wunden schmerzten – jetzt aber teile ich das Glück mit euch." Auch die Landgrafen Heinrich Raspe und Konrad machten ihrer Schwägerin ihre Aufwartung. Agnes kam später, als sich die Herren scherzend entfernt hatten. Sie stand eine Weile unter der Tür und fand keine Worte. Doch dann drückte sie Elisabeths Hand und fuhr ihrem Neffen mit Zeige- und Mittelfinger zaghaft über die Stirn. An diesem Abend floss das thüringische Bier in den Ritter- und Gesindestuben in Strömen. Die Herren übten im Reitstall Lanzenbrechen und Speerwerfen, während die Damen das „große Ereignis" erörterten und dabei wie zufällig ihre Juwelen, Gehänge und Gebinde zur Schau stellten.

Als Elisabeth das Bett verlassen konnte, führte ihr erster Weg in die kleine Kapelle der Creuzburg. Sie lag inmitten des Hofbereiches, zwischen den langgestreckten Gebäuden mit Turmhaus und Palas, die ins Werratal hinabschauten, sowie dem Garten auf der anderen Seite, den die starken Befestigungsmauern mit den Schießscharten zum Ort hin begrenzten. Ihr

Schwiegervater Hermann hatte die neue Siedlung Creuzburg 1213 befestigen lassen und ihr Siegel und Stadtrecht verliehen. Es war ein historischer Platz, ursprünglich ein fränkischer Siedelort, der um 508 als Festungsbau zur Sicherung der fränkischen Ostgrenze an der Werra angelegt worden war. 724 soll der heilige Bonifatius, der große Christenmissionar, hier ein Kreuz aufgestellt haben. Wenige Jahre später entstand ein Benediktinerkloster auf dem Kreuzberg, aus dem Ludwig II. von Thüringen jedoch eine militärische Anlage gemacht hatte.
Bevor Elisabeth ihr erstes Kind gebar, hatten Ludwig und sie beschlossen, die Creuzburg zu ihrer Residenz zu machen und nicht mehr von Burg zu Burg zu ziehen. Der kleine Hermann sollte in Ruhe aufwachsen, und dazu gehörte nicht nur die Bindung an vertraute Menschen, sondern auch an einen Ort. Von diesem herrlichen Flecken oberhalb der Werra ging eine wohltuende und friedliche Stimmung aus, die sich nicht nur auf die Eltern, sondern vor allem auf den jungen Stammhalter förderlich auswirken sollte. Die Königstochter aus Ungarn weilte gern in der kleinen Burgkapelle. Sie war nicht groß, nur ein paar Meter lang und einige Schritte breit. Hier sank Elisabeth oft so tief in die Zwiesprache mit Gott, dass sie andere Besucher, die das schlichte Gotteshaus betraten, nicht wahrnahm. Hier breitete sie aber auch ihr tägliches Leben vor Gott aus, dachte sie über das Leben bei Hofe nach, über die Geheimnisse, die ihr von verliebten Hofdamen anvertraut wurden, über ihren Liebesschmerz und ihr Liebesleiden. Manchmal musste sie, die des Lesens kundig war, die Briefe entschlüsseln, die schmachtende Ritter ihren Angebeteten an versteckten Orten hinterlegten, sie musste Verschmähte trösten und die Freu-

de der Erhörten teilen. Die beiden Silben „Minne" gehörten zum am meisten gebräuchlichen Wortschatz. Sie bedeuteten eine Erhöhung der Liebe über irdische Maße hinaus, eine Verklärung der Gefühle und der Zuneigung im Geistigen. Für diese Minne zog der Ritter in den Kampf, maß er seine Kräfte, um die Geliebte zu gewinnen. Als Kind hatte Elisabeth am Stadthof ihres Schwiegervaters in Eisenach manchmal aus der Ferne den Minnegesängen gelauscht. Hermann I. pflegte alle Neuerungen, so auch die von Frankreich kommende und auf die Troubadoure zurückgehende lyrische Gesangsform höfischer Kreise.
Elisabeth konnte diese Minne nicht so recht zuordnen. Ihre Liebe zu Ludwig und Ludwigs Liebe zu ihr waren so tief in ihren Herzen verwurzelt, dass es keiner Ritterturniere und Liebesschwüre bedurfte. Eine andere Minne beschäftigte sie wohl, das war die Gottesminne. Konnte alle auf Erden erfahrbare Liebe in Gott ihrem Höhepunkt zustreben? Wenige Jahre vor Elisabeths Geburt war am Rhein eine gelehrte Nonne hochbetagt gestorben, die in mystischer Schau die Geheimnisse dieser Gottesminne erkannt und entschlüsselt hatte. Hildegard von Bingen, Äbtissin vom Rupertsberg, hatte schon als Kind Gesichte gesehen und Dinge vernommen, die nicht von dieser Welt waren. Kaiser, Könige, Fürsten und Bischöfe hatten sich bei ihr Rat geholt. In ihrem mystischen Werk „Scivias" – Wisse die Wege – hatte Hildegard eine Bilderschau tief empfundener Gedanken hinterlassen. Erschien nicht immer das Antlitz Christi zwischen ihrem, Elisabeths, und Ludwigs Gesicht, wenn sie in Liebe miteinander umgingen? Und sprach nicht auch zu ihr eine Stimme, die sie zwar hörte, aber noch nicht verstand? Was wollte Gott ihr sagen, was ihr verständlich

machen? Über diese Minne konnte die Landgräfin mit ihren Hofdamen nicht sprechen. Das hätte verstecktes Kichern und Kopfschütteln hervorgerufen.
Elisabeth befand sich wohl in der kleinen Burgkapelle. Für sie war hier der Mittelpunkt der gesamten Bauanlage. Manchmal kamen eine Beschließerin oder eine Magd herein, um Weihwasser zu nehmen und ein Kreuz zu schlagen oder um vor dem Bild der schmerzhaften Gottesmutter ein kurzes Gebet zu sprechen. Viel mehr Zeit blieb ihnen nicht, es war ein kurzes Verschnaufen zwischen den Arbeitsgängen. Vor der Kapellentür verwickelte die Landgräfin die Frauen schon einmal in ein Gespräch, ließ sich erklären, worin ihre Arbeit bestand, wie lange sie zu tun hätten und wie ihre Familien lebten. So erfuhr sie von häuslichen Nöten, von Krankheiten, von drückenden Sorgen. Darüber sprach sie dann mit Ludwig oder dem Verwalter, suchte Abhilfe zu schaffen. Die Hofdamen meinten, um die Untertanen müsse sie sich nicht kümmern, das sei Sache der Männer, der Beamten und Vasallen, die wüssten schon, wie man mit Leuten dieses Schlages umzugehen habe. Solche Ansichten forderten den Zorn der Landesfürstin heraus, und mit der Zeit enthielten sich die Hofdamen jeden Kommentars, wenn die Rede wieder auf die Dienerschaft oder die Menschen in der Stadt kam.
Ja, die Burgkapelle war ein Ort der Stille und des Gebetes, hierhin konnte sich Elisabeth auch zurückziehen, wenn sie den kleinen Hermann in der Obhut seiner Amme wusste. Gern gab sie das Kind nicht aus den Händen, sie wollte ihm, so oft es ging, nahe sein. Vor allem sollte ihm ein Schicksal wie das ihre erspart bleiben – dass es aus politischem Kalkül in fremde Fürstenhäuser gegeben wurde.

Der Winter war streng gewesen und die Kälte hatte sich über Gebühr lang gehalten. Auch jetzt im frühen April trug die Werra an den Rändern noch hauchdünne Eisschollen, die mit dem Land verwachsen zu sein schienen. Vor Monaten hatte hier eine dicke, geschlossene Eisschicht die beiden Uferseiten verbunden. Elisabeth war nach längerer Zeit erstmals wieder in der Stadt gewesen, um sich nach den ihr anvertrauten Menschen zu erkundigen. Wie sie durch den Winter gekommen seien, ob sie viel gefroren und oft gehungert hätten. Einige Ältere waren vor Erschöpfung gestorben. Die Landesfürstin machte sich Vorwürfe, dass sie nicht mehr Brot hatte backen, nicht noch mehr Holz hatte spalten und durch ihre Bediensteten hatte hinunterschicken lassen. Doch in den Tagen vor der Niederkunft und in den Wochen danach hatte ihre Sorge und Pflege vorrangig dem neuen Erdenbürger gegolten. Es musste noch viel mehr geschehen, um solche Todesfälle durch Kälte und Hunger zu verhindern, nahm Elisabeth sich vor.
Sie bewegte sich zwischen den wenigen Rosensträuchern, die auf dem Rondell im Burggarten wuchsen, und die im Sommer die rote Pracht der Blüten trugen. Der Sommer war in der Erinnerung verglüht, an seine Stelle waren Dornenranken getreten, die der Winter noch bannten. Doch eine Blüte hatte die frostigen Monate überdauert. Sie saß zusammengeschrumpft mit faltigem, verblasstem Kleid an ihrem Strauch, noch ein wenig frisch beschneit, doch die Flocken schmolzen bald unter dem Licht der steigenden Sonne. Einen Augenblick zögerte die Landgräfin, ob sie die Rose brechen und vor das Muttergottesbild in die Kapelle tragen sollte. Doch dann entschied sie sich, sie an ihrem Platz zu belassen. In der Kapelle

würden die Blätter bald zu Boden fallen und dann hätten weder die Jungfrau Maria mit ihrem Kind noch die Beter Freude an diesem überdauerten Winterschmuck.
Ludwig kam, sein Tross wartete am Burgtor. Er trat leise und fast unbemerkt hinter seine Gemahlin und überraschte sie mit einem Kuss. Es war nicht üblich, dass sich Edelleute in der Öffentlichkeit zärtlich umarmten oder sogar küssten. Doch Elisabeth fand nichts Anstößiges an diesem Zeichen der Zuneigung. Sollte doch alle Welt wissen, wie lieb sie ihren Ludwig hatte. Ludwig IV. war in Begleitung des Hofbaumeisters an der Werra gewesen. Sie hatten den Fluss in Augenschein genommen, seine Strömung beobachtet, seinen Lauf kontrolliert und waren zu dem Entschluss gekommen, dass die Furt an dieser Stelle durch eine Brücke ersetzt werden müsse. Die Durchquerung des Wassers mit Wagen und Reitern war zu manchen Zeiten im Jahr sehr unsicher. Im Frühjahr und Herbst, nach Schneeschmelze und starken Niederschlägen schwoll die Werra zu einem reißenden Strom an, manchmal nach ausdauernden Gewitterschauern auch im Sommer. Zu solchen Zeiten waren Reisende zu beträchtlichen Umwegen gezwungen. Nun also wollte der Landesherr Abhilfe schaffen. Sieben Bogen sollte die Brücke haben und ganz aus Stein bestehen. Der Hofbaumeister trug die Pläne in einer Rolle unter dem Arm.
„Auf diese Weise ersparen wir den Händlern und Fuhrleuten auf der Fahrt nach Eisenach und zu anderen Zielen einige Tagereisen“, erläuterte Ludwig das Bauvorhaben.
„Nach Eisenach?“
„Ja, warum fragst du?“

„Ich bin seit unserer Vermählung nicht mehr in Eisenach gewesen", sagte Elisabeth versonnen. „Ich sehne mich manchmal nach der Georgenkirche, in der wir getraut worden sind, und nach dem Steinhof."
„Mit der Wartburg habe ich große Dinge vor. Ich möchte einen Festsaal über dem ersten Stock errichten, der sich über die ganze Länge des Palas hinziehen wird. Wir können die vielen erlauchten Gäste kaum noch empfangen. Wenn du willst, können wir morgen oder übermorgen ..."
„Nein!" Die Landgräfin legte ihre Hand auf den Arm ihres Gemahls, als wolle sie seine spontane Entschlossenheit zügeln. „Zuerst die Brücke. Was du vorhast, ist lobenswert, und ich freue mich mit dir. Hast du auch einen Plan, wie wir der armen Bevölkerung von Creuzburg ihr Leben etwas erleichtern können? Wenn du eine Brücke baust, mein lieber Ludwig, dann nicht nur zwischen Ufern, sondern auch zu den Menschen."
Der Landgraf antwortete nicht sogleich. Er fasste Elisabeth unter und ging mit ihr ein paar Schritte im Garten auf und ab. Der Tag begann sich zu neigen. Die Sonne sank glutrot hinter den dunkelgrünen Vorhang der undurchdringlichen Wälder. „Es kommt die Zeit, da du vollends mit mir zufrieden sein wirst", sagte Ludwig nach einer Weile. „Ich bemühe mich, bei allem was ich tue, das Herz mitentscheiden zu lassen. Das hast du mich gelehrt. Ich werde auch Brücken bauen, über die Menschen zu Menschen finden können."
Elisabeths dunkle Augen sahen zu Ludwig auf. Sie waren so klar, dass sich das Gesicht des Landgrafen im letzten Licht der untergehenden Sonne in ihnen spiegelte. Ein Wonnegefühl durchströmte ihn.
„Komm", sagte Elisabeth leise, „wir wollen unseren Hermann nicht warten lassen. Das Feuer im Kamin

meiner Kemenate brennt schon den ganzen Tag. Es gibt keinen anderen Raum in der Burg, der so warm und behaglich ist. Dort können wir unser Glück zu dritt genießen."

Der Landgraf gab dem Hofbaumeister sowie seinen Gefolgsleuten einen Wink, dass sie sich zurückziehen könnten. Dann betrat er mit der Landgräfin die Burg.

Es war ein früher Herbsttag im Jahr 1225. Der Himmel blaute, die Luft war erfüllt von Bienengesumm, ein paar Libellen umschwärmten eine Wasserpfütze im Burgbereich, denn es hatte kurz zuvor ein heftiges Gewitter mit prasselnden Regengüssen gegeben. Das Leben im Hof, das während der Niederschläge wie gelähmt zum Erliegen gekommen war, begann sich wieder zu entfalten. Reitknechte führten Pferde zur Tränke, die Mägde schleppten Wassereimer in die Küche, zwei Stallburschen bugsierten eine Fuhre frischen Strohs in die Ställe. Landgräfin Elisabeth stand ausgehfertig am Fenster ihrer Kemenate und blickte zum Himmel. Nein, heute würde es kein weiteres Unwetter geben, nur weiße seidene Wolken zogen über das Firmament. Sie gab Guda, die sich unten im Hof bei den gefüllten Körben aufhielt, ein Zeichen, dass sie hinunterkommen werde. Guda klatschte in die Hände, worauf drei Dienerinnen herbeieilten und die Körbe aufnahmen. Sie waren mit einem Tuch bedeckt, so dass niemand sehen konnte, was sie enthielten. Dieses Schutzes vor neugierigen Blicken hätte es nicht bedurft, denn jeder im Hofbereich ahnte ohnehin, was sie enthielten: Jede Menge Brot, Käse, ein ansehnliches Stück Schinken, Krüge voller Milch, Gläser gefüllt mit Honig, ein paar Würste. Auch ein Fässchen Rotwein war darunter. Der Küchenchef hatte ein betretenes Gesicht gemacht, als die Landgräfin ihn aufforderte, die Speisekammer zu öffnen und die Lebensmittel herauszugeben. Er galt als sorgsamer Wirtschafter und sein Ehrgeiz bestand darin, seinem Herrn am Ende des Monats eine Bilanz vorzuweisen, die auf eine sparsame Haushaltung schließen ließ. Die Zeiten der großen Verschwendung waren vorbei, dafür hatte die junge Herrin gesorgt, die entgegen den Gewohnheiten bei Hofe streng darüber wachte, dass keine unnötigen Speisen aufgetragen und überzählige Lebensmittel den Schweinen vorgeworfen wurden.

Im Hinausgehen packte Elisabeth unter dem Vordach rasch noch ein paar frisch geerntete Äpfel und Birnen in ihren wie zu einer Mulde gerafften Mantel und gab Guda und den Dienerinnen zu verstehen, dass sie nun die hoch über der Unstrut liegende Neuenburg verlassen und in die Stadt Freyburg hinabgehen würden. Die unfreundlichen Blicke einiger Hofdamen verfolgten sie, bis sie das Burgtor durchschritten hatten. Elisabeths Schwiegervater Hermann I. hatte die von seinem Vater Ludwig II. ausgebaute Burg nach Übernahme der sächsischen Pfalzgrafenwürde 1181 zu seiner Hauptresidenz erkoren und seine ganze Familie dort angesiedelt. Auch nachdem sein regierender Bruder Ludwig III. im Jahre 1190 gestorben war, hatte sich Hermann gern auf der auf einer Bergnase über der Unstrut gelegenen Neuenburg aufgehalten.

Elisabeth folgte den Trägerinnen, die die Körbe zu Tal trugen, als letzte, während Guda dem kleinen Zug vorausschritt. Der Regen hatte den Waldboden stellenweise aufgeweicht, und die Gruppe musste Acht geben, dass die Füße nicht den festen Halt verloren. Die Stadt war noch jung, auch noch nicht ganz fertig und von den Pfalzgrafen nach einem wohldurchdachten Plan angelegt worden. Die Straßen verliefen gitterförmig, wobei sie eine bestehende Burgmannensiedlung, die um eine verschwundene Kiliankapelle entstanden war, in das Gesamtkonzept einbezogen. Doch die neue Stadt besaß einen alten Erben: die Armut. Die Menschen, die sich in Freyburg aus den umliegenden Weilern und Flecken angesiedelt oder bisher in armseligen Lehmhütten gehaust hatten, verfügten nun zwar zum Teil über bessere Unterkünfte, doch der Wohlstand war nicht mit eingezogen. Zwar blühte das Handwerk auf, es gab Arbeit und Erwerb für tatkräftige und unternehmungsfreudige Männer, doch nicht jeder bekam die Segnungen der neuen Stadt zu spüren. So fristeten vor allem alte und kranke Menschen ein elendes Dasein, besaßen oft nicht das Nötigste zum Leben und waren auf die milden Gaben ihrer Mitbürger angewiesen. Viele scheuten sich nicht, vor den Häusern der wohlhabenden Herrschaft zu betteln.

Jeden Tag stieg Elisabeth vom Burgberg zur Stadt hinunter, Guda oder Isentrud sowie zwei, drei Mägde an ihrer Seite, um die Not leidende Bevölkerung mit Nahrung zu versorgen. Es gab manche Anfeindungen. Elisabeth hatte nicht nur auf der Neuenburg Kritiker, die sie bezichtigten, die milden Gaben allzu großherzig an Arme zu verschleudern, sondern auch manche von denen, die die Zuwendungen empfingen, fühlten sich hintergangen, weil sie sich einbildeten, die Landesfürstin begünstige bestimmte Personen mehr als sie. Elisabeth bemühte sich, alle Armen und Kranken gerecht zu behandeln und ihnen, so gut es ging, in ihrer armseligen Lage zu helfen.

„Liebe erzeugt nicht nur Gegenliebe", hatte Kaplan Berthold kürzlich gesagt, als die Landgräfin von einem ihrer Wege in die Stadt ein wenig entmutigt auf den Berg zurückkehrte. „Die Menschen sind so. Sie empfangen gern, worauf sie keinen Anspruch haben und was ihnen freiwillig gegeben wird, doch zugleich regt sich Neid, wenn sie sehen, dass die Nachbarin oder der Nachbar einen Kanten Brot oder einen Wurstzipfel mehr bekommen haben."

Doch nicht alle Menschen verhielten sich so. Die alte Grete zum Beispiel, die in der Nähe des Osttors in einer windschiefen Kate lebte, überschüttete die Fürstin mit Dankesworten, küsste den Saum ihres Kleides oder umklammerte ihre Knie. Auch Cord Nebelung zeigte sein dankbares Herz, indem er mit brüchiger Stimme seinem hohen Gast ein Ständchen gab. Dem kümmerlichen Leben der Wöchnerinnen und ihrer Kinder in den armseligen Behausungen galt Elisabeths besondere Fürsorge. Sie brachte ihnen Milch, manchmal auch Kleidung, Decken gegen die Winterkälte und frisches Obst im Sommer und Frühherbst.

„Jede Demütigung, die Ihr erfahrt, wird Euch vor Gott größer machen." Dieses Wort des Magisters Konrad war in Elisabeths Gedächtnis eingeprägt und blieb tiefer verwurzelt als der Trost des Kaplans Berthold, der ihr das zwiespältige Verhalten mancher Menschen verdeutlichen wollte. Konrad von Marburg gewann immer mehr Einfluss auf die Fürstenfamilie. Auch Ludwig, ihr Gemahl, ließ sich von ihm führen, doch manchen Rat konnte Elisabeth nicht gutheißen. Entsagung und Verzicht um Christi willen – ja, damit hatte sie keine Schwierigkeiten, im Gegenteil, sie folgte gern den Anweisungen ihres Seelenführers. Doch Schlafentzug und Selbstgeißelung raubten ihr manchmal ihre letzten Kraftreserven und sie fragte sich, ob eine solche Tortur wirklich von Gott gewollt sei.

Elisabeths Gedanken wurden durch einen Kranken unterbrochen, der der Landesfürstin und ihrer Begleitung entgegeneilte. Schon von weitem gab er Handzeichen, dass man sich ihm nur bis auf wenige Schritte nähern dürfe. Dann bediente er zur Warnung zusätzlich eine hölzerne Klapper, um die Gruppe vor seiner Anwesenheit zu warnen. Es bestand kein Zweifel, dass es sich bei dem Mann um einen Aussätzigen handelte. Er ging gekrümmt, sein Körper war abgemagert, sein Oberkörper mit unzähligen Geschwüren bedeckt und von Lepraknoten übersät.

Die Trägerinnen stellten die Körbe ab und nahmen eine abwartende Haltung ein. Dann drängten die Mägde seitlich in den Schutz der Buchen. Guda sah ihre Freundin zweifelnd an. Die Landgräfin schritt dem Kranken lächelnd entgegen. Abermals betätigte der Leprose die Klapper, dann streckte er ihr die Hände abwehrend entgegen. Doch Elisabeth nahm keine Notiz von der Geste. Sie verneigte sich vor dem Kranken und sagte: „Bruder, du trägst das Kreuz Christi. Ich grüße dich!"

„Herrin, Ihr wisst, dass Ihr das nicht dürft", flehte der Leprose, dem bewusst war, dass er sich von jedem gesunden Menschen fern halten musste. Aber Elisabeth kümmerte sich nicht um seine Einwände. Sie ließ Äpfel und Birnen, die sie in ihrem gerafften Mantel getragen hatte, zu Boden gleiten und umarmte den Kranken, dem vor Rührung die Tränen über die zerfurchten Wangen liefen. „Ihr dürft das nicht tun, Herrin", stammelte er abermals und sank vor der Fürstin in die Knie. Elisabeth richtete ihn auf und bedeutete ihm, sich auf einer Baumwurzel niederzusetzen. Sie zog ein Fläschchen aus dem Gewand, beträufelte ein Taschentuch und begann behutsam, die ärgsten Wunden des Leprosen zu betupfen. „Viel kann ich für dich nicht tun, Bruder", sagte sie, „aber das Wenige, das ich zu geben imstande bin, will ich dir schenken." Darauf löste sie die Spange ihres Mantels und legte das Kleidungsstück dem Kranken um die Schultern. Schließlich entnahm sie den Körben Brot und Käse, packte sie in einen Leinenbeutel und reichte sie ihm. Der

Leprose stotterte verwirrt ein Dankeschön, er konnte nicht fassen, dass sich jemand um ihn kümmerte. Seine Hände steckten in abgegriffenen Handschuhen, wohl um die Ansteckungsgefahr beim unausweichlichen Kontakt mit Menschen zu verringern und mit der Linken hielt er einen langen Stab, mit dem er auf Märkten bei Kaufwünschen die ausgelegte Ware berühren durfte.

Kaum eine andere Krankheit war im Mittelalter so unheimlich und folgenschwer wie die Lepra. Man wusste, dass sie die Menschen, die von dieser verheerenden Seuche befallen waren, mit der Zeit entstellte und vor allem ihr Gesicht verwüstete. Die Angst vor Ansteckung war so groß wie die vor dem Höllenfeuer, und schon Kinder wussten, dass Aussätzige mit der Zeit Finger und Zehen verloren. Am meisten fürchtete man das „Löwengesicht", das einen ekelerregenden Anblick bot. Die meisten Menschen glaubten, dass eine so schwere Entstellung des menschlichen Körpers die verdiente Strafe für unverzeihliche Vergehen sei, dass Gott dem Kranken den Aussatz geschickt habe, um ihn für vergangene Missetaten zu demütigen. Es war klar, dass Leprakranke nicht in der menschlichen Gemeinschaft bleiben durften. Sie wurden aus Haus und Stadt vertrieben, ihr Hab und Gut fiel an die Kommune. Auch dieser Kranke hatte sich wie alle Leprosen zunächst einer „Lepraschau" unterziehen müssen, die von einer Ärztekommission vorgenommen worden war. Ein Priester hatte seine Totenmesse gefeiert, ein Zeichen, dass der Ausschluss aus der Gemeinschaft auch symbolisch vollzogen war. Von nun an musste sich der Aussätzige außerhalb der Stadtmauern aufhalten und weitab von menschlichen Siedlungen leben. Er war auf Almosenempfang und Bettelei angewiesen. Einen „Siechkobel" oder eine „Leprosie", wie sie manche mittelalterliche Stadt besaßen oder an wichtigen Verbindungsstraßen und Pilgerwegen angelegt wurden, befand sich in Freyburg noch nicht. Die Landesfürstin nahm sich vor, mit ihrem Gatten über den Bau eines „Gutleuthauses" zu sprechen.

Als der Aussätzige gegangen war, wagten sich Guda und die Mägde wieder näher an ihre Herrin heran. Voller Argwohn hatten sie beobachtet, wie die Landesfürstin den bedauernswerten Mann in den Arm genommen und ihn beschenkt hatte.

„Das könnte ich niemals – einen so entstellten Kranken in den Arm nehmen", rief Guda. „Nein, das würde mich zu viel Überwindung kosten. Vor allem wegen der Ansteckungsgefahr. Hast du denn keine Angst?"

Elisabeth lächelte. „Er ist unser Bruder in Christo. Scheust du dich vor deinen Brüdern?"

Eine der Dienerinnen schlug ein Kreuz. Man sah ihr an, dass sie die Szene, die sie erlebt hatte, nicht einordnen konnte. Elisabeth bat ihre Begleiterinnen, die Körbe wieder aufzunehmen und den Gang nach Freyburg fortzusetzen. Sie besaß nun keinen Mantel mehr, in dem sie das Obst bergen konnte. So raffte sie ihr Kleid und legte Äpfel und Birnen hinein. Kaum war die Helferinnenschar am Südtor der Stadt angelangt, als ihnen Landgraf Ludwig mit seinen engsten Vertrauten entgegenkam. Er hatte die Bauarbeiten an der Stadtkirche St. Marien in Augenschein genommen und ritt nun der heimischen Neuenburg zu. Als er seine Gemahlin erblickte, sprang er vom Pferd und zog den Hut. Seine Begleitung tat es ihm nach, doch wartete sie in geziemendem Abstand.

„Nun, meine Liebe, trägst du wieder meinen Hausstand zu den Armen?", fragte er lächelnd, doch mit

einem leicht vorwurfsvollen Unterton. „Du bist doch gestern erst in den Elendshütten gewesen."
„Von heute auf morgen ist die Not nicht zu vertreiben, mein Gemahl", erwiderte Elisabeth. „Ich werde wohl noch häufig diesen Gang tun, es sei denn, der Thüringer Hof erbarmt sich seiner ärmsten Untertanen und verzichtet auf einen Teil seines Reichtums."
Auf Ludwigs Stirn bildete sich eine Falte. „Du weißt, liebste Elisabeth, dass mein Herz nicht aus Stein ist. Ja, ich billige die Hilfe, die du den Ärmsten gewährst. Man hat mir auch bereits berichtet, was mit dem Aussätzigen geschehen ist, der dir über den Weg lief. Auch dazu sage ich nichts, obgleich ich die Gefahr der Ansteckung fürchte. Es ist ja nicht das erste Mal, dass du Umgang mit Leprosen pflegst. Einen hast du mir – darf ich dich daran erinnern? – während meiner Abwesenheit ins Ehebett gelegt. Nun, alles mit Maßen, meine gute Frau, alles mit Maßen, dann gibt es keine Verständigungsschwierigkeiten zwischen uns."
Elisabeth sah ihren Mann liebevoll an und schüttelte dann den Kopf. „Nächstenliebe mit Maßen, Ludwig, wie soll das gehen? Kann man einen kranken oder armen Menschen, in dem Christus fortlebt, nur mit Einschränkungen lieben? Ihm nur begrenzt oder zeitweise helfen? Lässt sich die Ausübung der Werke der Barmherzigkeit auf bestimmte Tage beschränken? Auf dienstags, donnerstags und samstags etwa? Hat Christus nur an besonderen Tagen zu den Menschen gesprochen? Hat er die Kranken nicht auch am Sabbat, zu einer den Pharisäern unpassenden Zeit, gesund gemacht?"
Die Fragen schossen wie Pfeile auf den verwirrt dastehenden Landgrafen zu. Er nahm sie auf und hörte doch nur halbherzig hin. Seine Gedanken eilten der

Zeit voraus. Er dachte an die Einladung Kaiser Friedrichs II. zu einem Hoftag in Cremona, die ihm gar nicht passte und von der er zu Elisabeth deshalb noch nicht gesprochen hatte, auch wenn ihm die Landgrafschaft Meißen und die Lausitzer Gegend als Lehen in Aussicht gestellt wurden. Doch vielleicht gab es ja einen Aufschub. Der Kaiser vertagte unliebsame Dinge gern und rückte sie in eine fernere Zukunft.
Ludwigs Ritter hielten sich noch immer im Hintergrund, doch verfolgten sie das Gespräch der beiden Regenten mit gespannter Aufmerksamkeit. Ludwig sah jetzt Entschlossenheit und Kampfbereitschaft in Elisabeths Augen, Augen, die ihn oft zärtlich und voller Liebe anschauen konnten. „Nun gut", sagte der Landgraf und wandte sich dann seinem Pferd zu, „du wirst wissen, was du tust. Ich werde dir meinen Segen nicht verweigern. Doch dein Tun steht bei Hofe unter keinem guten Stern. Daran solltest du denken." Dann, als nähme er erst jetzt wahr, dass seine Frau ihr Kleid gerafft hielt, fragte er: „Was trägst du übrigens dort vorn in deinem Gewand?"
„Was werde ich schon in meinem Gewand verbergen?", entgegnete Elisabeth spitz. „Ich trage dir heimlich deinen Hausstand fort, das möchtest du doch hören, nicht wahr? Oder glaubst du, ich trüge einen Strauß Rosen zu den Armen?"
Elisabeth ließ die Hände sinken in der Erwartung, dass die Äpfel und Birnen nun zu Boden kollern würden. Doch was aus ihrem Kleid fiel und zum Staunen aller Anwesenden die Erde vor ihr bedeckte, das waren Blumen: wunderschöne, dunkelrote Rosen.

Die Not kündigte sich durch Zeichen an. Irgendjemand hatte am Himmel ein seltsames Gebilde gesehen, er wusste am Ende nicht, ob es aus Wolken oder geheimnisvollem Dampf bestand. Vielleicht war es ein Schwall aus der Pforte der Hölle gewesen. Jedenfalls – das Zeichen trug die Form eines Esels, eines Esels mit Hörnern zwischen den Ohren. Das konnte nichts Gutes bedeuten. Hatte Konrad von Marburg nicht von den Luziferanern gesprochen, die sich auf versteckte Weise unter die frommen Leute mischten, um sie zu verderben? Der Teufel steckte mit ihnen im Bunde, ja, vielleicht waren sie sogar die Abgesandten der Hölle oder Belzebub selbst! Jawohl, Magister Konrad musste her! Doch Magister Konrad war im Lande unterwegs, seine Predigten zu halten, die Menschen weich zu kochen für den Kreuzzug – der bisher ein Kreuzweg gewesen war. Sollte er doch seine Kreuzzugspredigten unterbrechen und hier nach dem Rechten sehen, wo die dunkle Magie umging und die Menschen in Angst und Schrecken versetzte und niemand wusste, ob der Nachbar nicht schon den Bazillus des Untergangs in sich trug? Ein Esel mit Hörnern zwischen den Ohren! Am hellichten Tage sei er über den Himmel galoppiert, fast so schnell wie ein Rappe – dabei sind Esel doch träge und langsame Tiere. Aber vielleicht waren Teufelsesel schneller als edle Pferde, weil sie ihr Futter aus der Hölle bezogen, einen kraftvollen, Stärke verheißenden Fraß.

Die Bauern blickten bekümmert über die Felder, die sich unter der Sonne gelb färbten. Sie bröselten die Gerstenhalme auf und fanden die Hülsen leer, die Frucht unterentwickelt. Es hatte lange nicht geregnet. Es gab Zeiten, da regnete es zu wenig. Und jetzt war schon der zweite Sommer, der zu Kummer Anlass gab, weil das Korn nicht reifte, nur der Halm. Der Halm erklomm seine gewohnte Höhe, vorwitzig blickte er und ließ sich im sanften Augustwind schaukeln, als sei das Wachsen ein Kinderspiel. Die Bauern zuckten die Achseln und blickten zum Himmel auf. Regnen müsste es, ja, endlich regnen! Doch der Himmel war blau. Er hatte wochenlang keine Wolken getragen, nur dieses seltsame Zeichen, das manche für einen Esel gehalten hatten, für ein dämonisches Zeichen, das Unglück bedeutete. Wenn das Korn nicht reifte, konnte man kein Mehl gewinnen. Wenn das Mehl fehlte, konnte man kein Brot backen. So einfach war das. Aber auch so verhängnisvoll. Woher sollten die Menschen Brot nehmen, wenn der Bäcker nicht imstande war, es ihnen zu backen? Vielleicht konnte man irgendwo Brot kaufen, nicht hier, nicht in Thüringen, vielleicht in Meißen oder Hessen oder Sachsen. Das Landgrafenhaus war doch mit allen Ländern verwandt. Aber würde das Landgrafenhaus für seine Untertanen überhaupt Brot zur Verfügung stellen, wenn es selbst Hunger litt? Nein, ein Landgraf und seine Familie litten nie Hunger, das wussten die Bauern. Ein Landgraf forderte von dem wenigen, das sie ernteten, noch seinen Zehnten – und, wenn es ihm einfiel, auch mehr. Man könnte sich höchstens Geld leihen, um Brot zu kaufen. Geld gab es, ja, es war ein neues Zahlungsmittel, es wurde mit hohen Zinsen verliehen. Doch wer aus dem Volk war imstande, jemals die Zinsen zurückzuzahlen, geschweige denn das geliehene Kapital? Tauschgeschäfte waren aus der Mode gekommen. Man konnte nicht mehr einfach hingehen und zwanzig Liter Milch gegen einen Klafter Holz eintauschen. Alle Händler wollten die kleinen silbernen und kupfernen Münzen sehen, runde Pfennige mit dem Adler darauf oder dem Porträt eines Landesherrn. Meist

waren die kupfernen Münzen im Umlauf. Die Silberlinge klingelten in den Börsen der reichen Kaufleute oder in den Lederbeuteln der Ritter und Hofbeamten.
Vorgestern hatte noch ein Stück Brot auf dem Küchensims gelegen, gestern konnten die Kinder noch Brotkrümel in der Suppe essen, doch heute lehnten die Holzteller gespült und getrocknet gegen das Wandbord, wenn die Landgräfin auf ihren Gängen zu den Eisenacher Familien in die Küchen schaute. Die Hungersnot nahm bedrohliche Formen an! Elisabeth eilte in die Burg zurück, ließ den Hausmarschall kommen und offenbarte ihm die Notlage der Bevölkerung. Der Hausmarschall drehte verlegen den Hut, er sei nicht kompetent, ohne die Einwilligung des Fürsten das Gold und Silber aus den Schatullen zu nehmen, um Korn einzukaufen. Ludwig IV. war im Land unterwegs, man wusste nicht wo. Es konnte sein, dass er sich in Homberg aufhielt oder Nordhausen. Wohin sollte man ihm einen Boten entgegenschicken, die plötzliche Notlage im Lande zu schildern?
„Die Leute haben ihr Vieh. Das können sie schlachten. Das hilft ihnen über den Winter“, meinte der Hausmarschall.
„Wenn sie ihre Kühe schlachten, haben die Kinder morgen keine Milch mehr, und wenn sie die Esel und Pferde schlachten, müssen sie selbst vor dem Pflug gehen“, wandte die Landgräfin ein.
„Dann sollen sie ihre Hühner verspeisen!“, rief der Hausmarschall, und als dieser Hinweis nichts half, sagte er: „Sie werden im Wald Beeren und Früchte finden.“
Der Hausmarschall suchte weiter nach Entschuldigungen, weshalb er kein Geld herausrücken dürfe. Doch Elisabeth blieb beharrlich. Schließlich erbat sie sich mit fester Stimme die Herausgabe der Schlüssel.

Nur zögernd und widerwillig öffnete der Verwalter die Truhen mit dem Geldschatz. Die Landgräfin bediente sich fürstlich. Vierundsechzigtausend Goldgulden brachte sie unter die Leute. Das war die Summe, die Ludwig für den Verkauf von Ländereien erhalten hatte. „Solange meine Kinder leben und ich lebe, wird auch das Volk leben", sagte sie mit Nachdruck und erntete den Widerspruch und Spott der Hofhaltung.
Doch damit nicht genug. Zwar besaß nun jede Familie eine erkleckliche Summe, mit der sie die nötigsten Einkäufe tätigen konnte, doch die vollen Kornspeicher des Thüringer Hofes wollte die Landesfürstin nicht unberührt lassen. Sie ordnete zu, überwachte die Verteilung, damit es gerecht zuginge, sie sorgte dafür, dass in jedem Haushalt wenigstens drei Brote gebacken werden konnten.
Die Ritterfräulein und Hofdamen murrten, manche trugen ihre Abneigung gegen die Landesfürstin nun offen zur Schau und beschwerten sich bei ihren Schwägern und ihrer Schwägerin. Bei Heinrich Raspe und Konrad und erst recht der aufmüpfigen Agnes stießen sie auf offene Ohren. Dieser Verschwendungssucht musste Einhalt geboten werden! Am Ende würden die Fürstenfamilie und ihr Hofstaat noch Hungers leiden. Nur Sophie, die Witwe Hermanns I., hielt sich mit ihrer Kritik zurück. Es war offenkundig, dass sie Elisabeths Vorgehen missbilligte, doch sie schwieg und suchte Trost in der kleinen Kapelle, in der das ewige Licht wieder brannte, nachdem es so lange erloschen war, seit der Mainzer Bischof ihren Mann und seinen Sohn Ludwig mit dem Bann belegt hatte. Als Ludwig zurückkam, prasselte ein gewaltiger Regen nieder. Er schwemmte die trockene Erde fort und verdarb den Rest des Korns, das sich auf den Feldern gehalten hatte.

War das ein Tag! Wie Feuer loderte die Hitze über dem Tal. Von den Bergen herab drängte ein heißer Südwind. Nur in der Klosterkirche St. Maria der Benediktiner von Breitenau spendete der Schutzschild der dicken Mauern angenehme Kühle. Abt Gerard erhob sich von seinem Platz im Chorgestühl und schritt langsam durch die im Dämmerlicht schwebende Stille des Gotteshauses dem Ausgang zu. Draußen umfing ihn, beschattet vom Kreuzganggewölbe, der heiße Auguststag 1226. Der Abt schaute auf die Sonnenuhr am Kapitell einer mit Ornamentschmuck versehenen Säule und ging dann durch den Klostergarten vor das Tor. Von hier aus hatte er einen weiten Ausblick über das flammende, glitzernde Land. Der Weg züngelte langsam und zitternd wie eine Wagenspur durch das Tal den Hügeln zu und den lautlosen Wäldern, deren Grün die Sonne versengte. Kein Mensch, nicht einmal ein Hund war zu sehen, geschweige denn der sehnlich erwartete hohe Gast, der in einer Kutsche unterwegs war, die Dörfer im Grenzbereich des Thüringer Landes zu inspizieren, in den Enklaven und Domänen nach dem Rechten zu sehen.
Der Abt stand eine Weile still vor dem Tor und Müdigkeit befiel ihn. Das ungewohnte Wetter lähmte alle menschliche Kraft. Aus den nahen Wirtschaftsgebäuden drang kein Laut, nicht einmal das Grunzen eines Schweins oder das träge Muhen einer Kuh. Die Tiere schliefen im Stroh der Ställe oder dösten mit zwinkernden Augen, die Fliegenschwärme abwehrend, unter den Holunderbüschen auf der Weide. Plötzlich schrak der Abt aus seinen Gedanken auf: In der Ferne wirbelte eine Staubfahne, eine Wolke, die schnell größer wurde und näher kam. Aus dem weißen Dunst schälte sich ein mit zwei Schimmeln bespannter Reisewagen, der Kutscher

saß leicht gekrümmt auf dem Bock, und hinter dem Gefährt sah man zwei Reiter, die das Fahrzeug begleiteten. Sofort war Gerard hellwach! Das konnte nur die Fürstin sein, die allseits beliebte Landgräfin Elisabeth! Freudig eilte der Abt ins Haus, gab rasch ein paar Anweisungen, während der Bruder Pförtner die Mönche herbeiläutete. Als die Kutsche das Tal durchquert und die Flussbrücke erreicht hatte, stand die Klostergemeinschaft erwartungsvoll vor dem Portal, den hohen Gast auf ludowingischem Besitz zu empfangen.
Eine junge Frau sprang aus dem Wagen, zeigte sie wirklich keine Spur von Erschöpfung? Das graue, schlichte Reisekleid nahm ihr etwas von der Schönheit ihres Gesichtes, es dämpfte eher, statt zu schmücken. In feinen Roben aus Tüll und Seide würde ihre Gestalt vortrefflich aussehen. Guda und Isentrud, Elisabeths Begleiterinnen, luden das Gepäck aus, während die beleibte Zofe umständlich die Fußleiter herabtrat.
Die Mönche verneigten sich vor der Landesherrin. Elisabeth dankte den Gruß mit einem Lächeln. Abt Gerard geleitete sie unter Worten des Willkommens in die Klosterkirche, Dank zu sagen für die glücklich überstandene Reise, und darauf in das kleine Gästehaus des Konvents.
„Ihr werdet erschöpft sein von der langen Reise, Fürstin. Dürfen wir Euch eine Erfrischung reichen? Vielleicht ein Krüglein Wein?"
Bescheiden wehrte Elisabeth ab. „Ein Glas Wasser, Vater Abt, nicht mehr. Es ist große Not im Land. Die Menschen hungern. Da möchte ich nicht genießen, was sie sich niemals leisten können."
Die Landgräfin setzte sich an den breiten Buchenholztisch. Der Küchenbruder brachte ein Stück Brot, und

Abt Gerard schenkte Quellwasser aus dem irdenen Gefäß. „Lasst es Euch munden, Herrin."
Aber Elisabeth war erst zufrieden, als sie erfuhr, dass ihre Begleitung versorgt, die Reiter, die Tiere wohl untergebracht waren. Dann verharrte sie einen Augenblick schweigend, mit geschlossenen Augen, die Hände ineinandergelegt wie zum Gebet.
„Das Land verdorrt, Vater. Seht hinaus. Kein Wölkchen am Himmel. Die Ähren auf den Halmen sind fruchtlos und schwach. Überall, wohin ich kam auf meiner Reise, fand ich hungernde Menschen. Kinder mit großen Augen und eingefallenen Wangen. Mütter mit der lautlosen Frage auf den Lippen: Woher sollen wir Brot nehmen, unsere Familien zu ernähren? Es ist schlimm Vater, sehr schlimm ..."
Der Abt nickte. „Ich weiß, Fürstin. Es vergeht kein Tag, an dem das hungrige Volk nicht an unsere Klosterpforte klopft. Bruder Benedikt verteilt, was Küche und Keller hergeben. Wir haben drei kranke Mitbrüder, die schwach und kraftlos sind. Sie liegen in ihren Zellen und wir sehen uns außerstande, ihnen eine kräftige Speise zu reichen – wie soll das enden? Was hat Gott mit uns vor?"
Elisabeth erhob sich und trat lautlos ans Fenster, durch das die Helligkeit grell in den Raum kam. „Ja, was hat Gott mit uns vor?", wiederholt sie leise, wie im Selbstgespräch.
Abt Gerard ging zu ihr. „Selbst aus dem Nachbarland Westfalen kommen die Menschen. Vor Tagen kam eine Schar Bauern, um zu sehen, ob es hier etwas zu ernten oder zu kaufen gibt. Die Not muss auch dort schrecklich sein."
„Sogar aus Westfalen? Und Bauern, sagt Ihr?" Elisabeth wandte ihren Blick dem Klostervorsteher zu.

„Ja, werte Landgräfin. Bauern aus einem kleinen Dorf in der Nähe des Zisterzienserklosters Hardehausen."
„Hardehausen", wiederholte Elisabeth versonnen. „Eine junge Blüte im Garten des großen Bernhard aus dem ‚Tal der bitteren Kräuter'."
„Das sich in ein Tal des Lichtes – Clairvaux – verwandelt hat", ergänzte der Abt und lächelte.
„Und wie heißt der Ort, aus dem die Bauern kamen?"
„Rimbeck!", rief voreilig der Küchenbruder, der soeben hereingekommen war, um das Geschirr abzuräumen.
„Sie wohnen an den Ausläufern eines Bergrückens, den man Eggegebirge nennt. Eine Missernte hat sie an den Bettelstab gebracht. Nicht einmal die Mönche von Hardehausen sind in der Lage, ihnen zu helfen. Denn das Kloster leidet selbst Not. Die Kornkammern, so höre ich, sind leergefegt, die Tennen liegen öde und verlassen."
„Mein Gott", flüsterte Elisabeth. Sie wandte sich langsam dem Raum zu, und nun sah der Abt mit Erschrecken, wie müde mit einem Mal ihre Augen waren. Auch die Zofe, die in der Ecke Platz genommen hatte, beobachtete ihre Herrin besorgt. „Ihr solltet Euch ausruhen, Fürstin, ein Stündchen niederlegen."
Doch die Landgräfin von Thüringen wehrte ab. „Es ist keine Zeit zu verlieren, Vater Abt. Wir müssen etwas tun. Wenn ich mich nur mit meinem Mann beraten könnte! Landgraf Ludwig ist schon eine Weile mit Kaiser Friedrich zusammen. Der Staufer sitzt wieder einmal über seinen Kreuzzugsplänen, zu denen der Papst ihn ermuntert, und findet nicht den Weg ins Heilige Land. Mein Schwager Heinrich Raspe hält mir vor, dass ich mit meinen Unternehmungen zu viel des Guten tue, ja, selbst die Versorgung unserer Burgen gefährde. Mag der Hunger schon seit Monaten seine

gefährliche Rute schwingen – unsere Ministerialen haben noch nie wirklich Not gelitten. Wie kann ich anders, als den bedrohten Menschen in den Elendshütten zur Hilfe zu eilen? Meine Getreidewagen sind in der Landgrafschaft Thüringen unterwegs, die Leute mit dem Nötigsten zu versorgen. Gegen Abend wird auch hier, im Grenzbereich zu Hessen, ein Fuhrwerk eintreffen. Sagt selbst, Vater Abt, kann man je genug tun, wenn die Not zum Himmel schreit?"
„Wohl niemals, edle Frau."
Sie gingen nun schweigend durch die Gänge des Kreuzgangs, vorbei an der Erinnerungstafel für Werner von Grüningen, der das Kloster im Jahre des Herrn 1113 begründet hatte. Sie betrachteten die Bauten der Abtei, das erst vor drei Jahrzehnten vollendete Langhaus, den unfertigen Westbau, an dem die Arbeiten nur schleppend vorankamen. Wie Ruinenwände standen die Mauern im gleißenden Licht. „Die Bauleute sind überfordert bei der Hitze", sagte der Abt wie zur Entschuldigung. „Es fällt ihnen schwer, die Quadern zu bewegen."
„So lasst die Arbeit ruhen, bis Gott die Stunde bestimmt, sein Haus zu bauen", erwiderte die Landesmutter. „Er hat Abt Drutwin viel Zeit eingeräumt und auch Abt Heinrich. Warum sollte er bei Euch, Vater Gerard, ungeduldig werden? Er stellt uns auf die Probe: Er ließ die Not zu und erwartet, dass wir ihrer Herr werden. Das ist unsere vordringliche Aufgabe. Darin weiß ich mich einig mit dem großen Bruder Franziskus in Assisi, der die Armut vorlebt und die Brüderlichkeit. Wir sollen nicht an uns und unsere Pläne, wir müssen an jene denken, die vor Hunger nicht schlafen können. Mich treibt der Gedanke, Vater, über die Grenze nach Westfalen zu gehen, zu sehen, was mit den Menschen

im Klosterdorf Rimbeck ist. Haben sie den Weg sogar außer Landes bis zu Euch gefunden, muss ihre Bedürftigkeit ohne Grenzen sein."
„Ihr mutet Euch viel zu. Zu viel."
„Nein, nicht genug. Ich habe Kraft, solange ich helfen kann – um Christi willen."
Gegen Abend flaute die Schwüle ab. Ein leichter warmer Wind wehte durch das Tal, streifte auch das Kloster wie mit Seidenschleiern. Die Mauern strömten die eingefangene Hitze aus. Der Tag verhauchte flimmernd im Abendrot. Eine Stunde zuvor war der große Getreidewagen eingetroffen, halb leer, denn die Dörfer unterwegs hatten seinen Segen zu spüren bekommen. Die Fuhrknechte luden Sack um Sack im Klosterhof ab, doch dann gebot Abt Gerard Einhalt: „Es ist genug, Freunde. Denkt an unsere Brüder und Schwestern jenseits der Landesgrenze. Uns reicht der Vorrat. Lasst es nun gut sein."
Landgräfin Elisabeth hatte bestimmt, dass die Weiterreise am nächsten Morgen in aller Frühe erfolgen sollte, bevor der Sonnenball über den Wäldern im Osten stehen würde. Noch vor dem ersten Hahnenschrei wollte sie mit den Mönchen die Matutin beten und dem Frühgottesdienst in der Klosterkirche beiwohnen. Deshalb zog sie sich mit ihren Begleiterinnen nach dem Segen des Abtes schon bald ins Gästehaus zur Nachtruhe zurück.

Der Reisewagen der Landgräfin von Thüringen folgte zunächst den Windungen der Fulda, die wie blaue Schleifen in die graugrüne Waldlandschaft geknüpft waren, und wandte sich dann im leichten Winkel nach Nordwest, dem Tal der Diemel zu. Ursprünglich hatte Elisabeth von Breitenau gen Süden fahren wollen, um nach einigen Besuchen und Aufenthalten unterwegs, etwa auf der Felsburg, in Homberg, Spieskappel und Treysa, über Wetter nach Marburg zu gelangen, wo sie im frühen Herbst einzutreffen gedachte. Aber nun wollte sie Rimbeck und seine in Bedrängnis geratene Bevölkerung kennenlernen und ihre Not nach Kräften zu wenden versuchen.
Jedoch bewegte sie in dieser Stunde noch ein weiterer Plan. Sie war nicht weit entfernt von der über die Grenzen des deutschen Landes bekannten Benediktiner-Reichsabtei St. Maria und Petrus, in deren Klosterwerkstätten der begnadete Roger von Helmarshausen vor vielen Jahren seine unübertrefflichen Goldschmiedearbeiten geschaffen hatte. Die Landesherrin hatte einen seiner Tragaltäre betrachten und nie vergessen können: Wie fein und durchformt leuchteten die Silhouetten der Heiligen aus dem Metall! Die Malkünste des Mönches Herimann und seiner Schreibschule hatten ebenfalls die Aufmerksamkeit Elisabeths geweckt. Wie farbenprächtig und beschwingt schmückten die Initialen das Pergament. Nun wollte die Landesmutter die Werkstätten der großen Meister und jener Schüler aufsuchen, die das Erbe ihrer Lehrherren angetreten haben.
Die dreischiffige, flachgedeckte Basilika der Klosteranlage tauchte aus den Niederungen der Diemelwiesen auf. Und auch die gerade errichtete Krukenburg erregte die Aufmerksamkeit der hohen Frau. Erzbischof En-

gelbert von Köln hatte sie während der Streitigkeiten zwischen Helmarshausen und Paderborn anlegen lassen, und nun umfing sie die alte romanische, nach kleinasiatischem Vorbild erbaute Johanneskapelle. Warum sich Bischöfe wegen territorialer Machtansprüche streiten müssen, dachte Elisabeth, Bischöfe, die doch eigentlich Friedensfürsten sein sollten ...
Der Reisewagen holperte durch die äußere Klosterpforte, doch Elisabeth wollte nicht lange verweilen. In zwei, höchstens drei Tagesreisen, so hatte ihr Abt Gerard von Breitenau erklärt, könne sie das Ziel, das Klosterdorf Rimbeck, erreichen, und so mochte sie unterwegs nicht über Gebühr Aufenthalt nehmen. Die Reichsabtei Helmarshausen war zum Glück von der landesweiten Hungersnot nicht betroffen; der Wohlstand hatte in gesunden Jahren für genügend Vorräte gesorgt, aus denen die Mönche nun für die Bevölkerung schöpften. Elisabeth sah es mit Befriedigung und Dankbarkeit. Sie konnte sogar einige Einkäufe erledigen und Proviant aufnehmen und das ihr folgende Fuhrwerk bis unter die Plane beladen lassen.
Die Nachricht von der Reise der jungen thüringischen Landesmutter durch den Diemelgau eilte dem Reisewagen voraus. Obgleich Elisabeth sich hier nicht mehr auf eigenem Grund und Boden befand, auch nicht unmittelbar ordnen, weisen und befehlen konnte, hörten die Menschen gern ihren Rat, nahmen sie freundlich ihre Hilfe an. Ihr Ruf als fromme und wohltätige Frau hatte an der Landesgrenze nicht Halt gemacht, sondern sich fortgesetzt wie ein Echo durch die benachbarten Grafenhäuser und Fürstentümer des deutschen Reiches.
Wer von der Hungersnot nicht persönlich betroffen war, bot der beliebten Landgräfin seine Dienste an.

Abordnungen der Dörfer standen am Weg, den die Kutsche nahm, um die Ratschläge und Bitten der hohen Frau entgegenzunehmen und zu erkunden, wie man sich ihr dankbar erweisen konnte. Elisabeth wehrte Huldigungen und Ehrbezeigungen bescheiden ab mit dem Hinweis auf den Herrn Jesus Christus, der sich von der Menge nicht habe zum König machen lassen, weil er nach eigenen Worten zu den Armen, Kranken und Verlassenen gesandt worden war und sich ihrer habe annehmen wollen. In der Nachahmung seines Beispiels erkenne sie, Elisabeth von Thüringen, ihren Lebenssinn. Sie fühle sich jetzt besonders den Hungernden und Siechenden verpflichtet. Für Speise und Trank wolle sie augenblicklich sorgen, für die Ärmsten der Kranken demnächst in Marburg aber ein Hospital errichten, wo Menschen, die dächten wie sie, deren Leiden lindern würden.
Vor allem die Dörfer im Schatten des Desenberges und der darauf gelegenen Burg der Paderborner Bischöfe zeigten sich aufgeschlossen für die Anliegen der Landesmutter. Das sonst so reiche Bördegebiet hatte zwar auch Einbußen an Gemüse, Getreide und Obst hinnehmen müssen, aber unter der Hungersnot nicht wie andere Teile des Landes gelitten. In Rösebeck und Körbecke fand die hohe Frau rasch Gehör. Auf ihren Wunsch hin liehen ihr die Bauersleute zwei zusätzliche Fahrzeuge und beluden sie mit Korn. Und sogar einige Fuhrknechte stellten sie ab, damit sie die Fürstin und ihre Fracht begleiteten. Über Menne bewegte sich der Zug auf Nörde zu. Der gichtkranke Pfarrer schmückte gerade den Altar der Kapelle zum Fest Mariä Himmelfahrt, als Elisabeth zu einem stillen Gebet in das Haus Gottes trat. Lächelnd nahm sie dem alten Herrn die Blumen aus der Hand und stellte sie

in die vorbereitete Vase. Der Pfarrer erkannte sie nicht, denn es zierten sie weder Ring noch Seide, aber er war dankbar für die Hilfe der fremden Frau.
„Nur die Alten und ich sind im Dorf“, erzählte der Geistliche dem Gast. „Die Männer und Frauen und auch die Kinder sind auf den Feldern, um zu ernten, was uns der heiße Sommer gelassen hat.“
„So hungert auch ihr?“, fragte die Landgräfin bestürzt. „Es ist nicht so schlimm“, entgegnete der Priester. „Drüben, in Rimbeck, ein kleines Stündchen auf die Egge zu, dort leiden die Menschen große Not. Die Ernte ist verbrannt unter der sengenden Sonne, und was übrig blieb, hat ein Hagelschlag über Nacht vernichtet. Unwetter suchen uns heim in diesem Jahr. Wessen Vorboten mögen sie sein?“
Der Pfarrer schlug schnell ein Kreuz, die Zukunft war dunkel und ungewiss und ihm nicht geheuer. Aber dann lächelte er, als er in die sanften Augen der Fremden sah. Von der Frau ging so viel Ruhe und Sicherheit aus …

Seit Ludwig IV. seiner Gemahlin eröffnet hatte, dass er nun endgültig dem Aufruf zum Kreuzzug nach Palästina folgen müsse, war nur noch Schmerz in ihr. Elisabeth sah sich plötzlich allein inmitten des höfischen Gepränges wie auf einer Insel lebend, von der es kein Entrinnen gab. Sie wusste, dass sie nach der Abreise ihres Gatten noch mehr in die Repräsentation des Landgrafenhauses eingebunden sein würde, also nach außen hin die fehlerlose, selbstsichere, selbstbewusste Landesherrin würde darstellen müssen, dass man andererseits jeden ihrer Schritte und jede noch so kleine Handlung noch strenger beobachten und der kritischen Prüfung unterziehen würde. Die neue Situation bedeutete auch, dass man ihr von jetzt an von Seiten des Hofes nahelegen würde, ihre caritativen Dienste aufzugeben oder auf ein vor der höfischen Gesellschaft noch vertretbares Maß zu beschränken. Elisabeth dachte nicht daran, sich diesen Zwängen widerspruchslos zu unterwerfen, vor allem weigerte sie sich, sich mit dem Gedanken vertraut zu machen, ihre geliebten Patienten in den Hospitälern, die Bettler und Notleidenden in den armseligen Behausungen oder vor dem Burgtor im Stich lassen zu müssen. Ihre Schwiegermutter und ihre Schwäger würden ihren Tätigkeiten mit Argusaugen folgen und nach Mitteln und Wegen suchen, ihren Umgang mit den Armen zu verhindern. Nur gut, dass sie in dieser Beziehung in Konrad von Marburg einen Verbündeten hatte, der die niedrigen Dienste an den Kranken und Sterbenden guthieß und sie in ihrem christlichen Liebeswerk bestätigte. Andererseits war er ein strenger Seelenhirt, der sich selbst große Opfer abverlangte und sie in gleicher Härte auch von ihr forderte. Wenn Konrad ihr auftrug, sich zu geißeln, um des eigenen Willens ganz Herr zu werden, musste sie sich in eine entlegene Kammer des Fürstenhofes zurückziehen, um sich unbemerkt zu demütigen, denn hinter vielen Türen lauerten ihr nicht freundlich gesonnene Späher, die über jede ihrer Bewegungen im Hause der Herrschaft Bericht erstatteten.

Nun also musste Ludwig ins ferne Palästina ziehen ... Oft hatte er darüber gesprochen, die Notwendigkeit des Befreiungskrieges einerseits gutgeheißen, sich andererseits vor der Trennung von seiner geliebten Familie gefürchtet. Seit Konrad von Marburg seine Gattin ermahnt hatte, dass zu einer treu sorgenden Frau auch die ehelichen Pflichten gehörten, die Elisabeth gern zugunsten eines Keuschheitsgelübdes vernachlässigt hätte, sah er dessen Einfluss bei Hofe nicht mehr nur unter negativen Vorzeichen. Eher fürchtete er die Einwirkungen seiner Brüder, vor allem Heinrich Raspes, unter denen seine Gattin schon jetzt täglich zu leiden hatte.

Dem Aufruf zu Kreuzzügen hatten sich die Ludowinger nie verschlossen. Ludwig III., der Fromme, war mit dem Kaiser Friedrich Barbarossa zum dritten Kreuzzug aufgebrochen, war jedoch nicht wie der Staufer über Land, sondern via Italien per Schiff ins Heilige Land gereist, hatte an der Belagerung Akkons teilgenommen und war auf der Rückreise gestorben. Sein Bruder und Nachfolger Hermann I., der Vater Ludwigs IV., nahm an dem von Heinrich VI. initiierten Kreuzzug teil und war 1198 Zeuge der Gründung des Deutschen Ritterordens in Akkon gewesen. Nun musste sich Elisabeths Gemahl dem Aufruf stellen.

Die Geschichte der Kreuzzüge war bisher alles andere als erfolgreich und schmeichelhaft für die Betreiber verlaufen. 1215 hatte sich der junge König Friedrich II.

nach seiner Krönung in Aachen zur Durchführung eines Kreuzzuges verpflichtet und dieses Gelübde bei der Kaiserkrönung 1220 erneuert. Papst Honorius III. war mit dem hauptsächlich von ihm vorbereiteten Kreuzzug von Damiette gescheitert und trachtete, diesen Misserfolg durch einen neuen Heereszug ins Heilige Land wettzumachen. Der noch zögerliche Kaiser Friedrich versprach dem Papst schließlich, den Kreuzzug spätestens im Sommer 1225 zu beginnen. So verschickten Papst und Kaiser an eine Reihe deutscher Fürsten Einladungsschreiben, sich an diesem militärischen Unternehmen zu beteiligen. Zu den Adressaten gehörte auch Ludwig IV. Für seine Teilnahme sollte der thüringische Landgraf viertausend Mark Silber erhalten. Während der Abwesenheit des Regenten sicherte der Papst seinem Land apostolischen Schutz zu. Da Ludwig nach den Worten des Heiligen Vaters „unter den anderen Fürsten keinen geringen Platz einnehme" und folglich Gott zu umso größeren Diensten verpflichtet sei, folgte Ludwig dem Appell, zumal der Kaiser die in Aussicht gestellten viertausend Mark Silber um tausend erhöhen wollte und freie Fahrt und Verpflegung zusicherte. Doch Friedrich II. schob den für 1225 geplanten Kreuzzug wegen Krankheit, anderweitiger politischer Verpflichtungen und mangelnder Vorbereitung in Deutschland abermals auf. Der Papst drohte dem Herrscher den Kirchenbann und die Forderung von einhunderttausend Unzen Gold an, wenn er den Kreuzzug nicht endgültig 1227 antrete.

Landgraf Ludwig besprach im Frühsommer 1226 auf dem Hoftag von Cremona in Italien die Details der Reise. Darauf schrieb ihm Papst Honorius am 11. Januar 1227, dass er im August mit Friedrich II. den Kreuzzug antreten möchte. Den Pontifex Maximus ereilte jedoch bald darauf der Tod, so dass sein Nachfolger Gregor IX. am 16. April die Bitte seines Vorgängers wiederholte, der Ludwig und sein Gefolge gut einen Monat später entsprachen.

Als Ludwig von Elisabeth Abschied nahm, trug sie ihr drittes Kind unter dem Herzen: Gertrud, die ihren Vater nie kennenlernen sollte. Ludwig ritt mit seinem Gefolge zunächst nach Schmalkalden, dem Sammelplatz des thüringischen Kreuzfahrerheeres. Für die Knappen und jungen Krieger war der Aufbruch ein begehrtes Abenteuer. Sie malten sich in Gedanken bereits aus, wie sie nach langer Schiffsfahrt durch das Mittelmeer die Muselmanen von den christlichen Stätten vertreiben und ihre Festungen unter Siegesgeschrei schleifen würden. Die Ritter hatten ihnen zum Minnetrinken reichlich Gerstensaft gespendet, beim ersten Schluck „Bibere in nominibus sanctorum" gerufen und dabei die Namen verschiedener Heiliger genannt. St. Georg, der sagenhafte Ritter, Symbol christlicher Tapferkeit, würde ihnen als einer der vierzehn Nothelfer seinen Beistand im Kampf gewiss nicht entziehen. Wer einen Drachen mit der Lanze vom Pferd aus töten konnte, dem gelangen noch ganz andere Dinge, von denen die Knappen und Soldaten die heldenhaftesten Vorstellungen besaßen. Durch das Minnetrinken würden die überirdischen Kräfte populärer Heiliger auf die Zecher übergehen, sie gleichsam unverwundbar machen. Ludwig hielt nicht viel von dieser Sitte, die auch die Kirche missbilligte, weil sie oftmals in Trunksucht endete, doch wollte er den begeisterten Kreuzfahrern die Siegeszuversicht nicht nehmen.

Elisabeth begleitete ihren Mann zwei Tage, dann musste sie in die heimische Residenz zurückkehren.

Am 26. Juni 1227 nahm sie unter Tränen von ihm Abschied, nicht ahnend, dass sie ihn lebend nie wiedersehen würde. Unter den Teilnehmern des thüringischen Zuges befanden sich viele Adelige. Außerdem reisten der Priester Werner von Marburg, der Schreiber und Notar Konrad von Würzburg sowie Ritter und Ärzte mit. Die Reise nach Süditalien, zum Treffpunkt mit Kaiser Friedrich, dauerte nur knapp sechs Wochen. Von Thüringen zog das Heer durch Franken und Schwaben nach Augsburg, weiter durch Bayern über den Brenner ins Etschtal und an der Ostküste Italiens entlang südwärts über Ravenna, Ancona nach Troja, wo Ludwig Anfang August von Friedrich II. freundschaftlich empfangen wurde. Unterwegs hatten sich ihm weitere Aufgebote zugesellt.
Der Kaiser brach nach dreitägiger Pause mit Ludwig IV. nach Bari und Monopoli auf. Am 16. August erreichten sie Brindisi, wo sich bereits viele Kreuzfahrer und Pilger eingefunden hatten. Die große Menschenansammlung und das feuchtheiße Klima begünstigten den Ausbruch einer Typhusepidemie. Hinzu kam der Mangel an Nahrung. Schon auf dem Wege nach Brindisi fühlte sich Kaiser Friedrich nicht wohl. In Begleitung des thüringischen Landgrafen wich er auf die kleine Insel St. Andrea aus, um die Ansteckungsgefahr zu mindern. Hier erkrankte auch Ludwig IV., und zwar so schwer, dass er sich in Otranto nicht ins Heilige Land einschiffen konnte. Nachdem Patriarch Gerold und Bischof Leo Brancaleo von S. Cruce in Jerusalem ihm die letzte Ölung gespendet hatten, verschied der Landgraf am 11. September 1227. In weiße Wachstücher gewickelt, wurde sein Leichnam zunächst in Otranto beigesetzt. Als seine Begleiter aus Palästina zurückkehrten, exhumierten sie seine Gebeine und ge-

leiteten sie in feierlichem Zug in die thüringische Heimat.
Papst Gregor IX. versuchte den Ausbruch der Seuche und den Tod des beliebten Landgrafen dem Kaiser anzulasten und sprach über ihn die Exkommunikation aus. Wiederholt habe Friedrich II. den Termin für den Aufbruch des Heeres hinausgezögert, die Kreuzfahrt vielleicht sogar vorsätzlich scheitern lassen und deshalb schwere Schuld auf sich geladen. Der Kaiser versuchte sich zu rechtfertigen. Die Kreuzzugspläne seien mehrfach ohne sein Zutun und gegen seinen Willen geändert worden. Er schilderte auch die näheren Umstände der durch seine und Ludwigs Erkrankung heraufbeschworenen Lage. Gegen ärztlichen Rat sei er mit dem Landgrafen von Thüringen und einem Teil seines Heeres an Bord gegangen, doch unterwegs habe Ludwig einen Rückfall erlitten, an dem er bei der Zwischenlandung in Otranto gestorben sei. Die Fürsten hätten angesichts der schwierigen Situation und des Todes des Landgrafen auf einen Abbruch des Feldzuges gedrängt. Friedrich wiederholte das Unternehmen im Sommer 1228 und erreichte im März 1229 die heiligen Stätten, gewann sie durch einen Vertrag mit dem Sultan für die Christenheit zurück und setzte sich selbst die Krone des Kreuzfahrerkönigs aufs Haupt.

Landgraf Ludwig hatte seiner Gattin beim Abschied seinen Ring geschenkt. Er war von ovaler Gestalt. In der Mitte der Unterseite trug er das Relief einer sechsblättrigen Rose. Die flache Kapselfassung, von einem ziselierten, gedrehten Bandfries umgeben, enthielt im Zentrum einen schwärzlich roten Cabochon, einen gewölbt geschliffenen Edelstein, der mittig quer durchbrochen war. Auffallenden Edelsteinen schrieb man gern geheime Kräfte zu.
„Nimm diesen Siegelring, meine Teure, er soll ein Kenn- und Wahrzeichen deines Trostes sein", hatte Ludwig beim Abschied gesagt. „Wenn er an deiner Hand zerbricht, so wisse, dass mir etwas zugestoßen ist und ich vielleicht auf dem Weg in die Ewigkeit bin."
Tatsächlich zersprang der Ring am Todestag des Landgrafen. Von bösen Ahnungen gequält, verbrachte die Landesfürstin die kommenden Wochen, bis die Nachricht vom Tode ihres Gemahls Eisenach erreichte. Die erste Empfängerin der erschütternden Botschaft war jedoch die Witwe Sophie, der die Boten meldeten: „Fürstin, Euer Sohn ist tot!" Elisabeth lag im Wochenbett. Sie hatte wenige Tage zuvor ihr drittes Kind entbunden. Sophie ließ sich in allen Einzelheiten berichten, was sich während des Kreuzzuges ereignet hatte. Sie schlug ihren schwarzen Witwenschleier vor das Antlitz und verharrte minutenlang in stummer Trauer. Dann wies sie Verwaltung und Küche an, dem berittenen Trupp reichlich Botengeld zu geben und ihn fürstlich zu bewirten. Zu Elisabeth wurden die Unglücksboten nicht vorgelassen. Darauf machte sich Sophie auf den Weg zum Katharinenkloster, um am Grabmal ihres Gatten zu beten und um sich die Worte zurechtzulegen, mit denen sie der Wöchnerin die schlimmen Neuigkeiten übermitteln konnte. Eine Schar auser-

wählter Damen begleitete sie an das Bett der Landgräfin.
„Meine Tochter, Ihr sollt Euch nicht quälen mit dem, was nach göttlichem Willen meinem geliebten Sohne, Eurem Mann, widerfahren ist."
Elisabeth schreckte von ihrem Lager auf. Das Schicksal ihres Oheims Heinrich von Schlesien kam ihr spontan in den Sinn, der in die Hände von Feinden gefallen und später durch seine Gattin Hedwig, ihrer Mutter Schwester, befreit worden war. Wohl um das Unglück in ihrer Vorstellung nicht zu groß zu machen, nahm sie an, Ludwig sei in Gefangenschaft geraten.
„Wenn mein lieber Mann gefangen ist, so kann er mit Gottes und unserer lieben Freunde Hilfe loskommen", antwortete sie mit zitternder Stimme.
Doch dann musste Sophie ihr die ganze Wahrheit bekennen. Elisabeths Herz krampfte sich zusammen. Sie glitt aus dem Bett, warf sich auf die Knie und neigte den Kopf bis zur Erde. „Nun ist mir alle Welt tot!", presste sie atemlos hervor. Sie überließ sich ihrem Schmerz, ungeachtet der Menschen in ihrer Umgebung, die scheu und mitfühlend neben ihrem Lager standen und sich dann leise zurückzogen. Nur Fürstin Sophie und Guda blieben bei ihr. Weinend lief Elisabeth in der Kemenate hin und her, sie raufte sich die Haare, dann schrie sie, dass man es in den benachbarten Räumen hörte und die beiden Frauen meinten, sie sei von Sinnen. Ihr Jammern ging allen Bewohnern der Wartburg zu Herzen. Nach diesen Ausbrüchen der Verzweiflung lag sie wie tot auf ihrem Bett, verweigerte Nahrung und Trank und allen Zuspruch. Schließlich fasste Guda sich ein Herz und sagte: „Betrachtet, liebe Fürstin, das Leid der Gottesmutter, die ihren toten Sohn im Schoß trägt."

Konrad von Marburg fand für den Zustand, in dem sich seine Schutzbefohlene befand, kein Verständnis. Mit harschen Worten rügte er sie, weil sie nicht klaglos hinnähme, was Gott ihr zugedacht habe. Hatte Elisabeth ihm nicht geistlichen Gehorsam gelobt? Wo blieb ihre Demut, ihre seelische Stärke, wenn sie sich jetzt vom bohrenden Schmerz über den Verlust ihres Gatten hinreißen ließ?
Guda hielt sich tagelang in der Nähe ihrer Herrin auf und tröstete sie mit dem einfachen Gebet:

„Ave Maria, Gottes Mutter und Magd,
all meine Not sei dir geklagt,
du hilf mir von Sünde.
Ave Maria, aller Gnaden voll,
erbarme dich und gnade mir wohl
und heil' meiner Seel' ihre Wunden."

Ahnte Elisabeth das böse Spiel, das der Hof mit ihr zu inszenieren beabsichtigte? Dass man sie zahlreichen Anfeindungen aussetzen und schließlich gar ihrer Wittumsgüter berauben würde? Bis ihr kirchlicher Schutz gewährt wurde, lebte sie in äußerst bedrängten häuslichen Verhältnissen in Eisenach. Am Tag nach ihrem Auszug aus der Wartburg ließ sie in der Franziskanerkirche ein erhebendes „Te Deum" anstimmen.

Der erste, der sich der Behandlung der jungen Witwe durch den Thüringer Hof widersetzte, war Konrad von Marburg. Er hatte Gregor IX. wohl noch vor Wintereinbruch 1227 über die missliche Lage Elisabeths unterrichtet und mit seinem Schreiben erreicht, dass der Papst sie seines Beistandes versicherte. Der frühere Kardinalbischof Ugolino von Ostia bestellte Konrad von Marburg zu ihrem Schutzherrn, schrieb jedoch auch mehrere Briefe an die Landgräfin. In einer an die „dilecte in Christo filie lantgrauie thuringie" gerichteten Botschaft äußert sich der Papst erfreut über den Lebenswandel der jungen, leidgeprüften Frau und ermuntert sie, als „Braut des Herrn" in der Liebe zu Christus zu bleiben. Als Lohn winke ihr ein „königliches Diadem", das ihr die Gottesmutter aus den Schätzen ihres Sohnes zuerkenne. Der Papst empfahl ihr, „in allen Nöten und Bedrängnissen" Maria als Helferin anzurufen. Der kühle, erfahrene Jurist, Neffe und zweiter Nachfolger Innozenz III., der philosophische Denker im Sinne Aristoteles, der Bewunderer Franz von Assisis, erwies sich als eiserne Faust im Umgang mit dem Kaiser und skrupelloser Verfechter seiner Ideen – aber auch als Tröster geschundener Seelen und Garant persönlicher Anteilnahme am Schicksal hart getroffener Menschen.

Nach und nach sickerten Einzelheiten des Todes Ludwigs IV. und der Überführung seiner Gebeine von Süditalien nach Deutschland durch. Die dem thüringischen Heer vorausgeschickten Boten hatten nur erste Kunde von den Ereignissen geben können. Ludwigs Hofkaplan Berthold hatte seinen Herrn von Schmalkalden aus begleitet und war Augenzeuge der erschütternden Begebenheiten während des Kreuzzuges gewesen. Er berichtete, dass die Gebeine Ludwigs IV. nach Rückkehr der Gefolgsleute aus dem Heiligen Land exhumiert und das Fleisch durch siedendes Wasser abgelöst worden war, um sie für den langen Transport über die Alpen zu präparieren. Die Nächte verbrachte die Begleitmannschaft wachend und betend in Gotteshäusern. So gelangte der Leichenzug schließlich nach Bamberg.
Inzwischen hatte sich die Situation in Eisenach so zugespitzt und Elisabeth befand sich in einer so misslichen Lage, dass die Familie ihrer Mutter Gertrud einschritt. Eine Tante von ihr, Äbtissin Mechthild von Kitzingen, erschien im Frühjahr 1228 mit Gefolge auf der Wartburg und protestierte nachdrücklich gegen die Behandlung ihrer Nichte, mit der Folge, dass die verwitwete Landgräfin schon bald mit ihren Kindern die Reise nach Kitzingen antrat. Die Abtei war mit Gütern reich gesegnet. Elisabeth wollte am fürstlichen Leben dort nicht teilnehmen und sehnte sich zurück in die Armutsviertel Eisenachs. Die Äbtissin wusste sich schließlich keinen Rat mehr und schickte die Nichte zu ihrem Onkel, Bischof Ekbert von Bamberg.
Elisabeth bedankte sich einerseits für den Schutz, den man ihr angedeihen ließ. Doch sie bestand weiterhin darauf, für sich selbst zu sorgen. Bischof Ekbert suchte häufig das Gespräch mit der Landgräfin, denn er

hatte Pläne mit ihr, über die er jetzt, so kurz nach ihres Gatten Tod, noch nicht reden wollte. Doch machte er ihr über ihre bisherige Lebensweise Vorhaltungen.

„Darüber, Elisabeth, komme ich einfach nicht hinweg: Im Schuppen einer Gastwirtschaft habt Ihr gehaust, Ihr, eine Königstochter, im Dreck! In einem ehemaligen Schweinestall habt Ihr mit Euren Kindern Eure erbärmlichen Tage verbracht!"

„Ich lebte wie die meisten Menschen – die arm wie Christus sind."

Bischof Ekbert wischte dieses Argument vom Tisch. „Einen Skandal ungeheuren Ausmaßes muss ich Euer Handeln nennen. Das hätte ich von Euch nie erwartet."

„Ein Skandal ist mein Leben nur in Euren Augen und in denen der Vertreter des Thüringer Hofes, Onkel", rechtfertigte sich Elisabeth. „Die meisten Menschen haben mich wie eine Schwester geliebt und als ihresgleichen angenommen."

„Wie könnt Ihr Euch mit diesen Menschen vergleichen, Nichte!", brauste der Bischof auf. „Hat Eure Herkunft Euch nie davon abgehalten, Euch mit Armen, Alten und Kranken auf eine Stufe zu stellen und Euch mit ihnen zu – verschwistern? Eure Mutter würde sich im Grabe umdrehen, wenn sie wüsste, was aus Euch geworden ist."

„Ich habe ohne den Wohlstand gelebt, den Ihr und meine Verwandten gewohnt seid, das ist wahr. Ich wollte meine Tage so verbringen, wie es die meisten Menschen in diesem Lande tun. Damit entsprach ich dem christlichen Ideal des einfachen Lebens, so wie der Herr es in Palästina pflegte. Außerdem hat Magister Konrad ..."

Der Bischof erhob sich erbost von seinem Thronsessel und ging einige unruhige Schritte vor Elisabeth auf

und ab. „Nennt bitte nicht diesen Namen in meiner Gegenwart! Ich weiß, der Papst ist ein Förderer seines seelsorglichen Wirkens hier im Lande, doch ich bin mit seiner Tätigkeit ganz und gar nicht einverstanden. Ihr seid ihm hörig, das weiß ich seit langem. Seine Macht zwingt Euch in die Knie."
„Mein Gemahl, Gott hab ihn selig, hat ihn an unseren Hof geholt. Jetzt schützt er mich – auch vor Landgraf Konrad und Heinrich Raspe."
Bischof Ekbert blieb vor seiner Nichte stehen und schüttelte den Kopf. „Ihr habt am ludowingischen Hof immer für Aufsehen gesorgt, indem Ihr die Kleidung der Armen bevorzugtet, ohne Schuhe zur Kirche gingt, die fürstlichen Repräsentationsvorschriften missachtetet – Ihr dürft Euch nicht wundern, wenn die Landgrafen Euch nicht wohl gesonnen sind. Man sagt auch, Ihr hättet mit ihrem Vermögen Schindluder getrieben, indem Ihr es mit vollen Händen unter die Armen verteiltet."
Elisabeth warf sich ihrem Onkel vor die Füße. „Das ist nicht wahr! Ich habe nur von dem genommen, was Ludwig und mir gehörte und was mir aus meiner Mitgift zustand."
„Steht auf, mein Kind. Ich bin nicht Euer Richter. Jedoch verstehe ich auch Eure Widersacher. Der Ruf ihres Hauses steht auf dem Spiel. Und die thüringische Herrschaft gehört zu den angesehensten des Reiches."
Es entstand eine kleine Pause. Bischof Ekbert musterte die Verwandte, doch Elisabeth hielt den Kopf gesenkt. Sie trug ein graues Gewand mit einer Kordel um die Taille. So ein Strick gehörte auch zum braunen Kleid der Franziskaner. „Ich möchte Euch fragen, Nichte Elisabeth, ob Ihr nicht wieder in den Stand der Ehe

treten wollt", sagte der Bischof nach einer Weile. „Es gibt genug ansehnliche Freier, die es gut mit Euch meinen und die Euch ehrlicher beschützen als die Ludowinger. Die Gattin Friedrichs II. ist gestorben. Durch Eure Heirat könnten wir unser Haus mit dem von Hohenstaufen verbinden."
Die Landgräfin trat zwei Schritte vor. „Das darf niemals geschehen, Onkel!", rief sie erregt. „Ich bleibe meinem Ludwig treu, treu über den Tod hinaus. Im Übrigen habe ich Magister Konrad Keuschheit und Ehelosigkeit gelobt."
„Schon wieder dieser Name!", entfuhr es dem Bischof. „Ihr seid vollends in seinen Bann geraten. – Nun gut! Ich bin Euer Oheim. Ich möchte Euch nicht zu Dingen zwingen, die Euch nicht behagen. Doch kann ich Euch mit Nachdruck ermahnen, über meinen Vorschlag nachzudenken. Damit Ihr dazu Ruhe findet, rate ich Euch, auf meiner Burg Pottenstein so lange Wohnung zu nehmen, bis Ihr zu einem Entschluss gekommen seid."
„Der Aufenthalt auf Pottenstein entspricht nicht meinem Wunsch."
„So muss ich doch Gewalt anwenden, auch wenn sie mir widerstrebt."
Der Bischof entließ seine Nichte grußlos, doch streckte er ihr zum Abschied den Fischerring zum Kusse hin.
„Ich werde mir eher die Nase abschneiden und durch diese Verstümmelung jeden Freier abschrecken", erklärte Elisabeth später gegenüber ihren Gefährtinnen.
Burg Pottenstein lag etwa vierzig Kilometer östlich von Bamberg. Sie war kalt und unwirtlich, jedoch im Vergleich zu den Elendsquartieren, in denen Elisabeth in Eisenach gehaust hatte, ein geräumigerer Aufenthalts-

ort. Als der Leichenzug ihres verstorbenen Gatten Bamberg erreichte, durfte sich die Landgräfin der Trauergemeinde anschließen. Sie begleitete den Sarg ihres Mannes ins schöne und von ihr geliebte Kloster Reinhardsbrunn, wo sich die Mitglieder der Landgrafenfamilie bereits versammelt hatten, darunter die Witwe Sophie, ferner die Brüder Ludwigs, Heinrich Raspe und Konrad neben den wichtigsten Repräsentanten Thüringens. Mitte Mai 1228 wurde Ludwig IV. in der Familiengruft beigesetzt. Da an seinem Grab seltsame Wunder geschahen, verehrten ihn einige Menschen bald als Heiligen. Er ging als Ludwig der Heilige in die Geschichte ein, doch offiziell heiliggesprochen wurde er nie.

Ihr könnt Eure Kinder in diesen feuchten und verliesähnlichen Gebäuden nicht länger beheimaten", warnte Konrad von Marburg die im Elend hausende Elisabeth von Thüringen. Seit sie mit seiner Billigung von der Wartburg nach Eisenach umgezogen war, nahm er an ihrem Leben besonders Anteil, mal streng, dann liebevoll, auf jeden Fall nicht immer zum Wohle der jungen Witwe, wie Augenzeugen beobachteten. Seine Sprache konnte rau, ja barsch sein, wenn es um Anleitungen ging, die vermeintlich dem Seelenheil dienten. Obgleich Elisabeth durch den Verlust ihres Gatten zutiefst getroffen und ihr Lebenswillen erschüttert war, legte er ihr immer wieder neue Prüfungen auf, durch die sie ihre Gottnähe und Selbstverleugnung bestätigen sollte.

„Euren Sohn Hermann werdet Ihr dem Fürstenhof nicht entziehen können, denn er wird einmal Herr dieses Landes sein, wenn Euer Schwager Heinrich Raspe die Regierungsgeschäfte in seine Hände legen muss. Sophie hat Aussichten, Gattin eines Regenten zu werden. Wie man hört, hat das Haus Brabant Absichten in dieser Hinsicht geäußert. Was aber ist mit Gertrud, Eurer Jüngsten, die ihren Vater nicht gekannt hat, der auf dem Weg nach Jerusalem bereits gestorben war, als Ihr Eurer Tochter das Leben schenktet? Ohne Eurer Entscheidung vorgreifen zu wollen, Fürstin, ich könnte mir denken, dass Gertrud im Kloster Altenburg in der Obhut der frommen Frauen eine gute Erziehung genießen und später eine ihrer Herkunft gemäße Stellung bekleiden würde. Wie denkt Ihr darüber?"

Elisabeth sah von ihrem Spinnrad auf, auf dem sie Wolle für die Franziskaner und ihre Schutzbefohlenen spann. „Ich sehe ein, Bruder Konrad, dass meine Kinder das entsagungsvolle Leben, das ich zu führen gedenke, nicht teilen können. Sie sind noch jung, sie brauchen Kraft zum Wachsen. Mit einer Schüssel Gemüsesuppe am Tag und einem Stück Kantenbrot werden sie nicht gedeihen. Aber ich habe auch nicht die Absicht, sie zu verlassen. Sie brauchen mich, ihre Mutter, und ich verzehre mich in Sehnsucht nach ihnen, wenn ich sie zwei, drei Tage nicht um mich habe."

Konrad von Marburg lächelte. „Diese Mutterliebe schmückt Euch wie ein Diadem, edle Frau. Doch habt Ihr nicht gelobt, Euch von Tand und Zierden loszusagen? Ihr müsst Euer Herz bekämpfen, ja, selbst wenn es gegen die Vernunft ist, und auf Eure Kinder verzichten."

„Wollt Ihr das oder ist es der Wille Gottes, damit ich vollkommen werde?", rief Elisabeth erschrocken.

„Es ist Gottes Wille, Fürstin. Ich spreche im Auftrag der Kirche, die seine Lehren verwaltet, und somit auch in seinem."

Elisabeth schlug die Hände vors Gesicht, antwortete jedoch nicht. Konrad wartete einen Augenblick, bis sich Elisabeth gesammelt hatte. „Bedenkt, mit wie vielen Kranken und elenden Menschen Ihr täglich zu tun habt. Ihr wascht und pflegt sie, verbindet ihre Wunden, entfernt ihren Auswurf, ihren Eiter und Kot. In einer solchen Umgebung können Kinder nicht wachsen. Ihr steht vor einer wichtigen Entscheidung, edle Frau. Entweder Ihr trennt Euch von Eurer so lieb gewonnenen Aufgabe und Pflicht, Christus in den Elenden zu dienen und schenkt Euer Herz ganz Euren Kindern, oder Ihr vertraut Eure Kinder der liebevollen Obhut anderer Menschen an und bleibt bei Eurer Berufung. Ihr müsst mir heute keine Antwort auf meine Rede geben, Fürstin. Ich bin in den nächsten Wochen mit dem Franziskaner Gerhard Lützelkolbo und dem Dominikanerbruder Konrad Torso im Lande

unterwegs, um Ketzer aufzuspüren und sie zur Rückkehr zum wahren Glauben zu bewegen. Antwortet mir, wenn ich zurück bin. Doch dann sehe ich Eurer Entscheidung mit Aufmerksamkeit entgegen."
Konrad von Marburg verbeugte sich, schritt rückwärts zur Tür und ließ Elisabeth mit ihren Sorgen allein.
Guda, die treue Freundin, fand Elisabeth weinend vor, als sie von Botengängen zu den Kranken zurückkehrte.
„Er ist hart und grausam", entfuhr es ihr, als sie von dem Gespräch mit Magister Konrad erfahren hatte.
„Aber gerecht!", rief Elisabeth. „Er duldet keine Halbheiten und ist um das Wohl der Seelen besorgt."
„Ich weiß nicht, ob man wirklich so handeln darf, wie man sich von ihm erzählt." Guda wusch sich die Hände, was sie nach jedem Krankenbesuch tat. Dann spülte sie die Krüge und Kannen, in denen sie Milch und Suppe befördert hatte. „Magister Konrad soll äußerst hart gegen die Ketzer vorgehen. Sie sollen bekennen und sogleich bereuen. Und zum Zeichen ihrer Unterwürfigkeit werden ihnen die Köpfe geschoren. Wer zögert oder leugnet wird verbrannt. Dazu ist nicht einmal ein Gerichtsverfahren nötig. Der Papst hat wohl zu voreilig gehandelt, als er Konrad mit solchen Vollmachten ausstattete."
Elisabeth sprang auf. „Guda, wie kannst du es wagen, die Weisungen des Heiligen Vaters zu hinterfragen! Das geziemt dir nicht – und mir auch nicht."
„Wie kommt es dann, dass Erzbischof Siegfried von Mainz und andere Bischöfe, wie man hört, bei Gregor IX. über Magister Konrad Beschwerde geführt und seine Grausamkeiten angeprangert haben?"
„Davon weiß ich nichts und will ich auch nichts wissen!", rief Elisabeth aufs Höchste erregt. „Konrad ist mein Seelenführer und auf meine Heiligung bedacht,

und du weißt, er hat mich oft gut beraten, zumal jetzt, in meinem Witwenstand. Es geziemt sich nicht, über ihn zu urteilen."
Guda brach das Gespräch ab. Sie wusste, dass sie bei ihrer Herrin und Freundin mit einer Beschwerde über einen kirchlichen Vertreter oder sein Verhalten nichts ausrichten würde. Für die Landgräfin war Konrad von Marburg eine integre Person, an der es nichts auszusetzen gab. Dabei war er in jüngster Zeit gerade in den Rheingauen als Ketzerrichter aufgetreten und hatte eine Brandspur lodernder Scheiterhaufen hinterlassen. Als Elisabeth ohne Konrads Wissen einmal ein aussätziges Mädchen zu sich genommen hatte, züchtigte er sie aufs Schwerste. Konnte die Landgräfin solche Demütigungen wirklich als heilsam empfinden?
Magister Konrad hatte der Landgräfin zwölf Merksätze als Grundlage für ihre Seelenführung hinterlassen:

Ertrage geduldig Verachtung in freiwilliger Armut.
Lass dir die Demut am Herzen liegen.
Lass fahren menschlichen Trost und Lüste des Fleisches.
Sei barmherzig gegen den Nächsten.
Habe Gott stets in deinem Herzen
und in deinen Gedanken.
Danke Gott dafür, dass er dich durch seinen Tod
von der Hölle und dem ewigen Tode erlöst hat.
Weil Gott vieles für dich gelitten,
so trage auch du dein Kreuz geduldig.
Weihe dich, Körper und Seele, ganz deinem Gotte.
Erinnere dich oft daran, dass du das Werk
der Hände Gottes bist und strebe danach,
auf ewig mit Gott vereint zu werden.
Was du willst, das dir die Menschen tun,
das tu auch ihnen.

Denke immer daran, wie kurz des Menschen Leben ist,
und dass die Jungen so gut wie die Alten sterben.
Darum strebe immerfort nach dem himmlischen Leben.
Bereue stets deine Sünden und flehe zu Gott,
dass Er sie dir vergebe.

Ich denke, es ist an der Zeit, dass ich mich in das St. Katharinenkloster zurückziehe, Heinrich. Es ist nicht gut, wenn ich weiter unter deinem Dach lebe. Du bist der regierende Fürst, und ich will dir nicht im Wege stehen."

Heinrich Raspe stand von dem Tisch auf, an dem er einige Schreibarbeiten erledigte. „Wie kommst du darauf, Mutter, dass du mir lästig sein könntest? Du hast Hausrecht hier, solange du es wünschst. Allerdings gebe ich zu bedenken, dass die Gemeinschaft mit Ludwigs Witwe auf Dauer zu Spannungen führen wird."

Landgräfin Sophie verharrte unter der Tür. Den angebotenen Stuhl wollte sie nicht annehmen. Sie trug ein dunkles Kleid, ihren Kopf bedeckte ein durchsichtiger schwarzer Schleier.

„Es ist Brauch, dass die verwitweten Frauen von Landesfürsten ihre letzten Lebensjahre in einem Kloster verbringen. Ich möchte es nicht anders handhaben. Gott Dank hat dein Vater, mein geliebter Hermann, vorgesorgt, als er das Katharinenkloster in Eisenach stiftete und zugleich zum Witwensitz erklärte. Dort bin ich dem Grabmahl meines Mannes nahe. Er hat in seinem Leben viel Unrecht getan. Vielleicht kann ich durch eine angemessene Lebensweise seine und meine Schuld sühnen."

Heinrich Raspe trat um den Schreibtisch herum und nahm seine Mutter in die Arme. „Ich möchte so wichtige Fragen nicht gern im Stehen oder im Vorübergehen mit dir erörtern, Mutter. Wollen wir diese Unterhaltung nicht auf eine ruhige Stunde verlegen?"

Fürstin Sophie schüttelte den Kopf. „Da mein Entschluss schon länger feststeht, möchte ich nur deine Einwilligung. Diskutieren möchte ich ihn nicht. Wie ich höre, hast du andere Sorgen."

Der Landgraf nickte. „Du weißt, dass unser Hof von Zeit zu Zeit nicht nur mit dem Mainzer Erzbischof in Fehde liegt, sondern auch mit den weltlichen Herren, die sich auf unserem Territorium breit gemacht haben. Mal sind es die Grafen von Schwarzenberg, dann die von Orlamünde, der Burggraf von Altenburg oder die Herren von Kranichfeld, Tannroda und Plankenhein, auch die Grafen von Kefernburg und von Gleichen und wie sie alle heißen. Dazu kommt der Wind, der uns aus den Städten Erfurt, Mühlhausen und Nordhausen ins Gesicht bläst."

„Du musst mir nichts erzählen, mein Sohn", rief Gräfin Sophie. „Dein Vater und auch mein Sohn Ludwig, Gott habe sie selig, haben den Widerstand des Adels und der Städte gespürt. Immer wieder die Kämpfe im eigenen Land, um sich zu behaupten. Es ist ein Kreuz, Heinrich."

Der Unterhalt des Hofes sowie die Kleinkriege kosteten Geld, Geld, das aus den Einkünften der Domänen und aus Regalien wie Zoll-, Münz- und Postrecht erwirtschaftet werden musste. Da es keine zentrale Verwaltung gab, wurden die Einnahmequellen verpachtet und die Pächter trieben zu ihren Gunsten ein Mehrfaches der festgelegten Steuern ein. Die Einkünfte aus den Gütern, die größtenteils noch aus Naturalien bestanden, reichten den Thüringer Fürsten zur Hofhaltung auf Dauer nicht aus. Ihre Vögte ersannen weitere Steuern, vor allem im Kriegsfall. Die so genannten Exactiones hatten allmählich zur Verarmung des Landes beigetragen. Landesherrliche Beden, Abgaben von Geld und Getreide zu Walpurgis und Michaelis, erschwerten zusätzlich die Lage der Bauern. Diese Art der Grundsteuer orientierte sich an der guten oder schlechten Ernte.

Heinrich Raspe sah das weite, fruchtbare Land vor sich, das sich vor seinem Fenster wie ein ausgerollter bunter Teppich auftat. Wälder, Wiesen, bebaute Ackerflächen so weit das Auge reichte. Von der Wartburghöhe sah alles so friedlich aus. Kein Kriegslärm, kein Familienstreit, keine feindseligen Auseinandersetzungen zwischen Nachbarn und Sippen, kein Murren gegen die Obrigkeit. Doch wenn man die Schritte ins Tal hinunter lenkte, vernahm man schon von Weitem die Laute des Alltags. Es waren nicht nur die Geräusche der Arbeit. Die gesellschaftlichen Ränge, das soziale Gefälle ließen die Stimmen der Unzufriedenheit und des heimlichen Widerstandes immer lauter werden. Eines Tages würden sie sich in einem mächtigen Chor Gehör verschaffen. Offenen Aufständen konnte man gewaltsam begegnen. Man wusste, wo der Gegner war und konnte ihn mit Waffengewalt in die Knie zwingen. Doch der unterschwellige, verdeckte Widerstand blieb eine nicht erkennbare Gefahr.
Die Gefahr war die Streulage Thüringens, ein Land, das nicht als ein geschlossenes und übersichtliches Terrain zu überblicken war, das sich gesprenkelt von der Lahn bis zur Saale erstreckte und das mit der Burg Windeck an der Sieg im Westen und mit dem Kloster Lippoldsberg im Norden, mit Grünberg im Süden und Cronschwitz an der Weißen Elster im Osten ohne Vasallen und Ministerialen nicht zu regieren war. Die Zersplitterung des Herrschaftskomplexes hatte viele Ursachen, eine lag zweifellos in der Rodungstaktik der Ludowinger, die mit dem im 11. Jahrhundert aus Mainfranken eingewanderten Ludwig dem Bärtigen begonnen hatte und von seinem Sohn Ludwig dem Springer fortgeführt worden war. Um die südwestlich von Gotha gelegene Schauenburg war eine kleine, nur aus wenigen Dörfern

bestehende Rodungsherrschaft entstanden, in deren Bereich die 1080 erstmals erwähnte Wartburg errichtet wurde. Der Bau oder der Erwerb von Burgen als Zentren der Machtentfaltung, die Stiftung von Klöstern und eine geschickte Heiratspolitik waren gute Voraussetzungen für die Vergrößerung des Besitzes. Man tat gut daran, sich mit der kirchlichen Obrigkeit, die in Gestalt der Mainzer Bischöfe als Grundeigner auftrat, gut zu stellen, ihre Interessen zu verfechten oder sich im entscheidenden Augenblick, der Unterstützung durch andere Adelshäuser gewiss, gegen sie und notfalls auch gegen den König in Gestalt Heinrichs VI. zu verbünden. Ludwig der Bärtige und Ludwig der Springer waren gute Taktiker gewesen, die den Grundstock für Thüringens Macht gelegt und ihr Interessengebiet nach Sachsen und Hessen ausgedehnt hatten. Doch nicht allein der Anhäufung von Besitztümern, Gerichtsrechten und Herrschaftstiteln war die wachsende Machtposition zu verdanken, sondern auch dem verdienten Gewinn an Autorität und politischem Einfluss unter anderen Adeligen, was von König Lothar von Supplinburg 1131 mit der Verleihung eines Landgrafentitels honoriert worden war.
Gräfin Sophie riss den Landgrafen aus seinen grüblerischen Gedanken und brachte das Gespräch auf ihre Schwiegertochter. „Es will mir nur nicht in den Kopf, dass Elisabeth auch jetzt, nach dem Tode ihres Mannes, nicht von ihrer Lebensweise ablässt und die Regeln des Hofes ignoriert. Sie kann nicht weiter die Wohltäterin spielen und so tun, als gehe sie alles andere nichts an. Zudem verschleudert sie deinen Besitz an die Armen."
Heinrich Raspe schüttelte unwillig den Kopf. Er ging in seinem Arbeitszimmer ein paar Schritte auf und ab, wobei er die Fäuste gegeneinander schlug. Schließlich

blieb er vor einem Eichenschrank stehen, entnahm ihm einige Pergamentstücke und breitete sie auf der Tischplatte aus. Die Fürstin trat näher. „Nach deutschem Recht fallen die Güter eines verstorbenen Regenten an die Verwandten, also an uns. Wir haben das Recht, sie zu verwalten. Der Witwe und ihren Kindern steht ein angemessener Lebensunterhalt bei Hofe zu. Ich habe meiner Schwägerin bisher dieses Recht nicht streitig gemacht. Doch muss ich auf ihre Mitgift zurückgreifen, wenn sie weiterhin Arme und Kranke aus unseren Vorratskammern speist."
„Darin pflichte ich dir bei, Heinrich. Du und dein Bruder Konrad seid auch unserer Familie und den Edelleuten verantwortlich", unterstrich Sophie mit Nachdruck. „Allerdings möchte ich nicht in Zwist mit meiner Schwiegertochter leben. Sie hat dem Hof zwar genug geschadet, doch ich kann nicht in Unfrieden mit ihr in ein Kloster eintreten. Die Armen und Kranken lieben sie, doch die Ritter und Höflinge lassen insgeheim kein gutes Haar an ihr."
Heinrich Raspe wies auf ein besiegeltes Dokument. „Ich habe mit meinen Beratern beschlossen, auch die Wittumsgüter unserer Schwägerin und Schwiegertochter in die gemeinsame Verwaltung einzubeziehen. Dadurch werden wir für das entschädigt, was Elisabeth an unsere Untertanen verschleudert."
„O Gott!" Fürstin Sophie hielt sich die Hand vor den Mund und starrte ihren Sohn erschrocken an. „Das wirst du tun? Damit wird sich Elisabeth nie einverstanden erklären."
Heinrich Raspe zuckte die Schultern. „Sie wird sich fügen müssen, wenn sie hier länger leben will. Den ersten Zugriff werde ich in Marburg machen. Das ist ein aufstrebender Ort, der seinen Wert hat."

Landgräfin Sophie wandte sich erregt ab. „Damit möchte ich nichts zu tun haben, Heinrich. Nein, mach diesen Handel mit Elisabeth aus. Ich möchte Frieden, Frieden mit ihr – aber auch meinen Seelenfrieden."
Sophie ging grußlos. Ihr Sohn starrte ihr einen Augenblick nach, dann legte er die Pergamentstücke an ihren Platz und verschloss den Eichenschrank.
Elisabeth widersprach Heinrich Raspes Plänen in der Tat mit großer Entschiedenheit. Sie bestand auf einen eigenen Haushalt, um ihr Speisegebot befolgen zu können, wonach nur rechtmäßig erworbene oder geerntete Nahrungsmittel auf ihren Tisch und den der Armen und Kranken kommen sollten. Diese Produkte sollten mit den Einnahmen aus ihren Wittumsgütern angekauft werden. Heinrich Raspe hielt dagegen, dass sie ihren Unterhalt aus der landgräflichen Küche zu beziehen habe, wie es das Gesetz vorschreibe; was gleichbedeutend mit dem Verzicht auf den gesonderten Haushalt war. Elisabeth war äußerst erregt, als sie vor diese Wahl gestellt wurde. Noch am selben Tag verließ sie die Wartburg und suchte in Eisenach bei einem Schankwirt eine billige Unterkunft. Doch manche Eisenacher fürchteten die Rache der Ludowinger, weshalb sie sich scheuten, der Landgräfin eine angemessene Wohnung zur Verfügung zu stellen. Später wurde ihre Flucht als gewaltsame Vertreibung ausgelegt, was jedoch so nicht stimmte. Die Landgrafenfamilie verstieß sie nicht, doch legte man ihr den Abgang von der Wartburg durch Vasallen nahe. Da sie ohne ihre Kinder ging, die ihr am nächsten Tag nachgebracht wurden, wirkte ihre Flucht überstürzt und etwas kopflos auf die Familie.
Kaplan Berthold notierte: „Also blieb die liebe Frau Elisabeth etliche Zeit bei dem jungen Fürsten. Er ließ

sie wohl pflegen und warten, aber die heilige Witwe konnte auf die Dauer die reichliche, köstliche Pflege und die fürstliche Ehre nicht ertragen. Sie bedachte, dass die Armen entgelten müssten, was die Fürsten und Herren in Wollust verzehrten. Darum dachte sie von Tag zu Tag daran davonzuziehen und wollte lieber mit armen, gottgefälligen Leuten Entbehrung leiden als in fürstlicher Gewalt und Wollust Sünde und Untugend treiben. Darum kam sie wieder in Armut und Entbehrung, die sie um Gottes willen gerne erduldete."

„Gebe ich ihr eine Unterkunft", sinnierte Jakob Carstensen, „so komme ich womöglich mit dem Fürstenhof in Konflikt. Man könnte meine Bereitschaft als Auflehnung gegen die Herren Landgrafen auslegen, und alle meine Geschäfte mit der Wartburg wären dahin."

„Sie ist eine Irre", stellte Jost Kleibrink sachkundig fest. „Keine hohe Frau, die einigermaßen denken und ihre Lage überblicken kann, stellt sich freiwillig außerhalb der Fürstengemeinschaft. Am Ende wird uns noch angekreidet, dass wir sie in unseren bescheidenen Häusern aufgenommen und ihr und ihren Kindern Quartier gegeben haben. Nein, wir wollen den Jähzorn des neuen Landesherrn nicht heraufbeschwören. Es könnte nur zu unserem Nachteil sein."

„Habt ihr gehört?", meldete sich Marie Drolshagen zu Wort, „am Tage nach dem Verlassen der Wartburg soll sie in der Franziskanerkirche ein festliches ‚Te Deum laudamus' angestimmt haben. Daran erkennt man, wie doppelgesichtig sie ist."

Nur die Bettler, die Pflegebedürftigen, die Armen sagten nichts. Sie erschienen schweigend wie ein dunkler Schwarm stimmenloser Vögel vor dem Elendshaus ihrer Wohltäterin und hielten Nachtwache, damit ihr kein Leid zugefügt würde.

Sophie, die Witwe Hermanns I., hielt es im Katharinenkloster nicht lange aus. Es war nicht der neue, auf Einfachheit und Entsagung ausgerichtete Alltag, der Zweifel an ihrer veränderten Lebensweise aufkommen ließ, sondern vielmehr das Los ihrer Schwiegertochter Elisabeth, das sie zum Grübeln und Nachsinnen anhielt. Die Wartburg hatte für die einstige Regentin Sophie gleichsam hoch über den Köpfen der Eisenacher gelegen. Von dort oben, aus reiner, unverdorbener Luft, konnte sie auf die Menschen im Tal hinabblicken, ohne ihre Schicksale aus nächster Nähe wahrnehmen zu müssen. Jetzt aber, auf Augenhöhe mit diesen Menschen, empfand sie deren Alltag als Bedrückung, ihren Kampf um das tägliche Überleben als ständige Herausforderung. Was musste die Bevölkerung in Eisenach nicht alles aushalten und ertragen? Waren diese kräftezehrenden Anstrengungen um das tägliche Brot nicht zuletzt auch auf die unbesonnenen und egoistischen Verordnungen des Thüringer Hofes zurückzuführen, auf eine Gesetzgebung, die von allen Untertanen gleichermaßen Abgaben vorsah, ohne je geprüft zu haben, ob diese Leistungen trotz harter Fronarbeit je erbracht werden konnten? Die Steuereintreiber und Finanzbeamten gehörten zu den verhasstesten Personen im Lande, das hatte Fürstin Sophie bald herausgefunden, denn man warf ihnen vor, einen Teil der dem Fürstenhof zustehenden Abgaben in die eigene Tasche zu wirtschaften und damit den Druck auf die Bevölkerung zu erhöhen. Nun begriff sie, warum so viele Menschen verarmt waren und ihren bescheidenen Besitz hatten veräußern müssen, warum Kinder unterernährt und hungrig durch die Gassen liefen und ihre Mütter mit verhärmten Gesichtern ihrer täglichen Arbeit nachgingen.

Sophie erlebte ihre Schwiegertochter Elisabeth inmitten der Not ihrer Untertanen, sah, wo und wie sie mit ihren bescheidenen Mitteln half, wie verständnisvoll sie riet und welche Dankbarkeit ihr dafür zuteil wurde. Ja, Elisabeth von Thüringen war beliebt, was man von ihr, Sophie, während ihrer Regentschaft nie hatte behaupten können, weil sie den Plänen ihres Gatten gleichgültig zugestimmt und die Anordnungen des Hofes widerspruchslos geduldet hatte.

Elisabeth aber war auf der Wartburg Opposition gewesen. Widerspruch nicht aus Prinzip, sondern aus Überzeugung. Sie hatte sich gegen unhaltbare Verfügungen aufgelehnt, sich für die minimalen Rechte der Untertanen eingesetzt und sie verteidigt, wenn der Arm des Gesetzes zu hart zugriff und seine Kompetenzen überschritt. Gegen Ausbeutung, gegen Missachtung der Menschenwürde war sie aufgestanden und hatte ihre Stimme erschallen lassen, mochten es Ludwig, ihr Gemahl, oder der Hof mit seinen Rittern und Beamten gern hören oder nicht. Sie hatten ihre Weigerung, etwas von den erpressten Gütern zu essen oder anzunehmen, als jugendliche Trotzhaltung der Ungarin gewertet. Doch dahinter steckte mehr, dahinter verbarg sich Solidarität mit den geschundenen Menschen. Sie wollte den Menschen ihre Würde wiedergeben. Diese Offenheit und Ehrlichkeit hatten der Landgräfin Feinde eingetragen, doch die Zahl der Freunde unter den Armen, Alten und Kranken war ungleich gestiegen, davon konnte sich die Landgrafenwitwe Sophie überzeugen, je deutlicher sie den Puls des Volkes spürte. Und das Katharinenkloster lag nur einen Steinwurf weit vom Herzen dieses Volkes entfernt.

Nach dem Tode Ludwigs war der Fürstenhof massiv gegen Elisabeth aufgetreten, hatte ihr das Leben erschwert, wo immer es möglich war, versucht, sie um ihre verbrieften Rechte zu bringen und sie möglichst aus der Nähe der Wartburg zu verbannen. Sophie dachte jetzt mit Schaudern daran. Nein, an diesem Komplott durfte sie sich nicht länger beteiligen. Zu eng war sie bisher in die Verschwörungen ihrer Söhne und Hofbeamten verstrickt gewesen. Jetzt mussten sie ein Ende haben! Sie wusste, dass Elisabeth nach ihrer schweren Arbeit bei den Pflegebedürftigen und den Besuchen in den Armenhäusern den Tag mit einem Kirchenbesuch beschloss. Wenn sie ihre Kinder in der Obhut ihrer Freundinnen wusste, ging sie für ein halbes Stündchen in die Katharinenkirche hinüber. Hier oder bei den Franziskanern begann sie ihr Tagwerk, hier beschloss sie es mit dem Gotteslob.

An einem dunklen, regnerischen Abend im Oktober wartete Landgräfin Sophie nach der Abendandacht in der Kirche des Katharinenklosters auf ihre Schwiegertochter. Elisabeth erschrak, als die Schwiegermutter plötzlich aus dem Schatten einer Säule hervortrat. Unwillkürlich wich sie einen Schritt in die Dunkelheit zurück, doch Sophie erfasste rasch ihren Arm und zog die junge Frau zu sich heran.

„Entschuldigt, Elisabeth, meinen späten Besuch. Ich wollte Euch nicht erschrecken."

„Ihr müsst Euch nicht entschuldigen, werte Mutter, denn Ihr seid hier zu Hause und nicht ich."

„Ich denke, wir sind beide dort zu Hause, wo Gott wohnt und wo sein gutes Herz für uns schlägt."

Elisabeth stutzte. Die Antwort ihrer Schwiegermutter überraschte sie.

„Wenn Ihr gekommen seid, dass wir beide das gute Herz Gottes loben und preisen, so heiße ich Euch willkommen und freue mich auf Euren Besuch", lächelte Elisabeth.

Die beiden Frauen gingen im Kreuzgang des Klosters eine Weile auf und ab, bevor Sophie das Wort ergriff.
„Wir haben Euch großes Unrecht getan, Elisabeth. Ich weiß es, und ich möchte nichts beschönigen. Meine Söhne und ich waren nach dem Tode unseres lieben Ludwig, Eures geliebten Mannes, voller Hass gegen Euch. Wir sahen unsere Ordnung bei Hofe durch Euch gestört und ..."
„Sprecht nicht weiter, Fürstin", unterbrach Elisabeth. „Wir wollen die Vergangenheit ruhen lassen."
„Das erleichtert meine Rede, wenn Ihr mir aus dem, was geschehen ist, keine Vorwürfe macht, meine Liebe", sagte Sophie aufatmend. „Der Weg zu Euch ist mir nicht leicht gefallen. Ich wollte Euch um Verzeihung bitten und Euch zugleich meine Hilfe antragen."
„Eure Hilfe?"
„Ja, Elisabeth. Ich möchte Euch eine Stütze sein im Streit, den meine Söhne gegen Euch austragen. Viel kann ich nicht tun, denn mein Einfluss auf sie ist gering. Doch will ich Euren Willen stärken, wenn Ihr um Euer Recht kämpft. Mehr noch wünsche ich, mich Eurer Kinder anzunehmen – wenn Ihr Euren täglichen Verpflichtungen bei den Armen und Kranken nachkommt. Ich will sie Euch nicht entziehen, versteht mich recht, sie sollen in Eurer Nähe bleiben, wie Ihr es wünscht. Doch bei Hofe, bei Hofe will ich ihr Sachwalter sein. Ich will, dass ihr Ruf als Fürstenkinder nicht geschmälert wird und dass man ehrerbietig von ihnen spricht. Desgleichen wünsche ich, dass ihnen das Erbe erhalten wird, das ihnen zusteht."
„Das wollt Ihr wirklich tun?", fragte Elisabeth erstaunt. „Und Ihr habt nichts Übles im Sinn?"
Sophie lächelte, doch die Landgräfin konnte es in der Dunkelheit nicht sehen. „Nein, Elisabeth, ich habe

nichts Übles im Sinn. Im Gegenteil, meine Absichten sind aufrichtig und ehrlich. Ich werde das Katharinenkloster verlassen und vorübergehend wieder zur Wartburg übersiedeln. Ich glaube, dass ich dort mehr für Euch tun kann als hinter Klostermauern. Wenn Ihr wisst, wie Ihr Eure Zukunft einzurichten gedenkt, werde ich mich an den Ort, den ich mir erwählt habe, zurückziehen. Bis dahin, bitte, lasst mich Euch eine Stütze sein."

Elisabeth nahm die Frau, die in einem schlichten schwarzen Umhang vor ihr stand, in die Arme und drückte sie fest an ihr Herz. Sie spürte, dass sie in Sophie, die so oft gegen sie integriert und sie abgelehnt hatte, nun eine Verbündete besaß – wenn auch nur noch für die kurze ihr verbleibende Zeit.

Doch nicht nur die Landgräfin Sophie verbürgte sich für die ungarische Königstochter, auch Ludwigs Ritter fassten sich eines Tages ein Herz und beratschlagten, wie sie der jungen Witwe zu ihrem Recht verhelfen könnten. Sie wählten Walter von Vargila zu ihrem Sprecher. Er trat vor Heinrich Raspe hin und sprach: „Wir haben Reden vernommen, deren wir uns sehr betrüben und von ganzem Herzen schämen, dass man solche große Unehrbarkeit und Ungerechtigkeit an dir erfunden hat und von dir sagt. Ach, lieber Herr, was hast du getan? Die betrübte Witwe deines allerliebsten Bruders und die edle Königstochter von Ungarn, die du billig solltest getröstet, gewürdigt und geehrt haben, die hast du unehrlicher- und lästerlicherweise ausgetrieben aus ihrer Wohnung, aus ihrem Gute und Habe, und hast sie verwaist und arm und dürftig gemacht, und bettlerisch gelassen in großem Elende. Die Waisen und Kinder deines Bruders, denen du nach Vermögen ein treuer Vormund gewesen sein solltest,

die musste man um der Armut willen von der Mutter trennen und ihr nehmen. O wie sehr hast du der brüderlichen Treue vergessen! Was könnte dir ein armes, krankes Weib, eine betrübte, eine elende Witwe für Schaden getan haben, wenn du sie eine Zeitlang auf dem Schlosse hättest bleiben lassen? Leider hast du ein gar großes Übel getan: Du hast Gott sehr erzürnt, du hast dich selbst verunehrt, das ganze Thüringer Land beschämt. Deinen guten Leumund hast du angeschwärzt, und ich fürchte wahrlich, der grimme Zorn Gottes werde schwer über dieses Land ergehen, es sei denn, dass du dich gütlich richtest mit der seligen, tugendlichen Frau, deiner Schwester und Schwägerin Elisabeth, und ihr genug tust und Recht gewährst nach demjenigen, was man erkennen wird!"
Es waren große und beschämende Worte, die Heinrich Raspe über sich ergehen lassen musste. Nicht jeder Herrscher hätte sie widerspruchslos hingenommen. Im Gegenteil: Er hätte sich seiner verletzten Ehre wegen Genugtuung durch einen Zweikampf verschafft. Doch Schwager Heinrich nahm die Anklage hin, ohne sich zu rechtfertigen. Später, als er voller Reue vor der jungen Witwe knien wollte, wurde er von der Landgräfin emporgehoben und, wie zuvor Landgräfin Sophie, an ihr Herz gedrückt.

Ich trage mich mit dem Gedanken, nach Marburg zu gehen", sagte Elisabeth unvermittelt. „Ich weiß zwar, dass Magister Konrad diesen Schritt jetzt noch nicht gutheißen wird, aber ich möchte ihn bald tun."

Guda wandte sich seufzend ihrer Herrin zu. „Marburg ist Euer Besitz, teure Freundin. Ihr werdet es dort einfacher haben als hierzulande." Und nach einem Augenblick der Stille fuhr sie fort: „Ich werde Euch folgen, wohin Ihr auch geht."

Guda erntete einen dankbaren Blick der Landgräfin. „Der Magister verlangt jedoch zugleich, dass ich mich von meinen Kindern trenne, damit sie eine standesgemäße Erziehung bekommen und nicht in Elendsquartieren hausen müssen."

Die braunen Augen der Freundin wurden feucht. „Er weiß nicht, was Vaterfreuden sind, geschweige, wie eine Mutter empfindet. Auf die Kinder zu verzichten, würde Euer größtes Opfer sein, hohe Frau. Lasst es nicht zu!"

„Darf ich mich ihm widersetzen?" Elisabeths Stimme klang zaghaft und nachdenklich. „Weiß jemand besser als er, was zu meinem Seelenheil nötig ist? Er entscheidet nicht zuletzt mit Billigung des Heiligen Vaters, unter dessen Schutz ich stehe."

Guda wollte gerade zornerfüllt zum Ausdruck bringen, wie anmaßend Konrad von Marburg sei und in welche zwanghafte Abhängigkeit er die Landgräfin brächte, als die Unterhaltung der beiden Frauen jäh durch einen ins Zimmer stürzenden Jungen unterbrochen wurde. Er war schnurstracks hergelaufen und rang nach Luft. „Gnädige Frau, die alte Becksche schickt mich. Ihre Schwiegertochter liegt in den Wehen, doch das Kind will nicht kommen. Ob Ihr nicht einen Rat wüsstet, lässt sie fragen."

Elisabeth erhob sich sofort und band die Schürze ab. „Ich bin zwar keine Hebamme, aber ich will tun, was ich kann. Komm, Junge, bring mich zu der Schwangeren. Dich, Guda, bitte ich, hier zu warten, ob noch Hilfesuchende kommen. Ich hoffe, bis zur Abendandacht zurück zu sein."

Vor dem Haus, um die Türschwelle, lagerte eine Schar Bettler. Sie hatten von den Helferinnen soeben ihre Mahlzeit empfangen und aßen mit großem Appetit. Als Elisabeth an ihnen vorüberschritt, rappelten sich die Menschen auf und grüßten sie ehrerbietig. Die Landgräfin erwiderte ihren Gruß freundlich und legte jedem im Vorbeigehen flüchtig die Hand auf Schulter oder Kopf. „Kommt heute Abend wieder", rief sie ihnen zu. „Wir wollen ein kleines Fest feiern." Und zu den Helferinnen sagte sie: „Stellt bereit, was wir in den Vorratskammern haben. Vielleicht haben wir nachher die Ankunft eines neuen Erdenbürgers zu feiern. Er soll nicht in Armut geboren werden. Vom ersten Lebenstag an muss er unsere Liebe spüren."

Abends brannte ein Feuer im Hof. Die Landgräfin erschien mit einem Bündel auf dem Arm und zeigte es herum. „Ist es ein Mädchen? Ein Junge?", fragten die Menschen neugierig.

„Es ist ein neues Kind Gottes", lächelte die hohe Frau. „Wir wollen es auf Wunsch der Eltern auf den Namen Elisabeth taufen lassen. Ihr Vater und ihre Mutter leben in einer gotterbärmlichen Elendshütte. Dort kann das Kind nicht bleiben. Wir werden ihm und seinen Eltern eine neue Unterkunft besorgen."

„Bis Ihr ein würdiges Quartier für sie gefunden habt, können die drei bei mir unterkriechen", schlug Gertraude Isenberg vor.

„Du haust doch selbst in einem finsteren Stall", ent-

rüstete sich einer der Bettler. „In einem solchen Loch fühlt sich niemand wohl."
„Ich danke dir für das Anerbieten", sagte die Landgräfin und verneigte sich vor der Frau. Dann wandte sie sich an den Bettler: „Gertraude handelt in christlichem Geist, weil sie teilt, was sie selbst kaum besitzt. Um sie zu ehren, werde ich das Angebot annehmen, bis wir eine würdige Bleibe für die Familie gefunden haben."
Als das Glöcklein zur Abendandacht läutete, erschien Guda in Begleitung von Isentrud von Hörselgau im Hof. „Schaut, was uns Isentrud gebracht hat!", rief Guda und schwenkte ein Bündel Pergamentpapiere. „Bruder Rodeger aus Erfurt schickt Euch diese Botschaft. Es sind Worte des hochverehrten Franz aus Assisi, die er auf seinen Wanderungen durch Umbrien zu Bruder Leo gesprochen hat." Elisabeth nahm die Bögen mit einem Jauchzer der Freude in Empfang und drückte sie an ihr Herz. Bruder Rodeger war als einer der ersten in Deutschland in die Gemeinschaft des heiligen Franziskus eingetreten und inzwischen zum Kustos der thüringischen Klöster ernannt worden. Bei einem seiner ersten Besuche in der Region führte ihn sein Weg auch auf die Wartburg, wo er um Almosen für sein Kloster bat. Dabei lernte er die Landgräfin Elisabeth kennen, die sich seiner Anliegen annahm und dafür sorgte, dass in Eisenach ein Franziskanerkloster errichtet wurde. Bruder Rodeger war Elisabeths Seelenfreund geworden, doch Ludwig, ihr Gemahl, hatte die Verbindung mit Argwohn betrachtet und Konrad von Marburg davon in Kenntnis gesetzt. Seither war Rodeger dem Thüringer Hofe fern geblieben. Er wusste, dass Elisabeths Liebe der franziskanischen Gemeinschaft galt und dass sie wünschte, der grauen

Schleier nehmen zu dürfen, um sich ganz in den Dienst der Armen zu stellten. Es war die Zeit, in der die Landgräfin die eheliche Verbindung gern zugunsten eines totalen Wirkens für die Not leidende Bevölkerung aufgegeben hätte. Einmal war sie im Bettlergewand vor den Spiegel getreten. „So werde ich aussehen, wenn ich einst vor den Türen betteln gehe", lauteten ihre Worte. Doch Magister Konrad hatte sie ernst an ihre Pflichten als Fürstin, Gattin und Mutter gemahnt.

Das Kapitel von Bruder Franz über die vollkommene Freude hätte Elisabeth am liebsten sogleich verschlungen. Doch noch hatte sie Gäste. Die Bettler fühlten sich im Hof in der Wärme des flackernden Holzfeuers wohl. Das neugeborene Kind lag an der Brust seiner Mutter, die noch geschwächt war, es aber im klammen Bett des halbfinsteren Raumes daheim nicht ausgehalten hatte. Guda und Isentrud sollten später, wenn sie allein waren, abwechselnd vorlesen, was Bruder Franz mit Bruder Leo auf ihrer Wanderung im fernen Italien über die vollkommene Freude besprochen hatte.

In Eisenach, und erst recht auf der Wartburg konnte Elisabeth also nicht bleiben, das stand fest. Nach Meinung der Adeligen hatte sie sich den Aufenthalt am fürstlichen Hofe selbst verscherzt, indem sie ihn nicht respektiert und sich über sein geltendes Zeremoniell hinweggesetzt hatte. Sie war eigene Wege gegangen, obgleich die strenge höfische Erziehung ihr seit der ersten Stunde in Thüringen eingebläut hatte, dass sie, die Königstochter, zur Repräsentantin eines großen Landes berufen sei und sich entsprechend zu verhalten habe. Hoheit und Anmut sollte sie ausstrahlen, Erhabenheit und Stolz. Das Gegenteil war der Fall gewesen. Dass auch ein

Mensch, der seine vornehme Geburt nicht als Markenzeichen vor sich hertrug, sondern der mit dem Wunsch lebte, sich nicht hervorzutun, der seine Mitmenschen vielmehr als gleichwertige und gleichberechtigte Wesen behandelte und ihre Not, wo sie spürbar war, zu lindern versuchte, und dabei immer noch Hoheit und Erhabenheit ausstrahlte, – diese Vorstellung überstieg den Horizont der adeligen Herrschaft. Krankheit und Armut waren für die einen Strafen, von Gott gewollt, wer weiß für welche Vergehen der Vergangenheit. In diese Schicksalsläufe durfte man nicht eingreifen, sie nicht zu ändern versuchen. Die Betroffenen mussten selbst eine Lösung für die Misere finden, und wenn sie es nicht schafften, dann hatten sie ihr Los in Demut zu ertragen. Die neue Denkweise aber sah in den Leiden der Menschen eine Parallele zu den Leiden Christi, die er aus Liebe zur sündigen Menschheit auf sich genommen hatte, um sie vor der Verdammnis zu bewahren.
Die Freunde Ludwigs verhandelten mit der neuen Regierung des Landes über einen würdigen Abgang Elisabeths von der Wartburg. Noch im Jahr der Bestattung ihres Gemahls bezog die einundzwanzigjährige Elisabeth im Sommer 1228 auf Betreiben des Magisters Konrad in der Lahnaue unterhalb Marburgs Wohnung. Bis zur Vollendung des einfachen Hauses wohnte Elisabeth in dem Dörfchen Wehrda an der Lahn in einer verfallenen Hütte.
Marburg war damals noch nicht die bekannte Bergstadt, die es durch den Einfluss der Landgräfin und ihre Tätigkeit werden sollte. Ludwigs weitschweifende Pläne, die Stadt auszubauen, waren durch seinen Kreuzzugstod ins Stocken geraten. Sie bestand aus einigen Gebäuden aus Lehm und Holz und aus nur wenigen Steinbauten. Dem heiligen Kilian war eine

Kapelle geweiht. Ein größeres Gotteshaus, eine ecclesia major, war auf besondere Weise mit der Landgrafenfamilie verbunden: Hier hatte Ludwig IV. im Jahre 1222 die Nachricht von der Geburt seines Erben Hermann empfangen. 1297, während der Regierungszeit des einzigen Enkels der heiligen Elisabeth und ersten Landgrafen von Hessen, Heinrich, wurde der Abbruch der Kirche eingeleitet. An ihrer Stelle entstand die Stadtpfarrkirche St. Marien.
Elisabeth verwendete einen Teil ihrer Wittumsgüter, soweit sie ihr für diesen Zweck zugestanden wurden, für ihre caritativen Aufgaben. Für den ihr vorenthaltenen Teil ihres Vermögens wurde ihr eine Abfindung in Aussicht gestellt, von der sie einen Großteil an Arme zu verschenken gedachte. Am liebsten hätte sie ihr ganzes Vermögen weggeben, doch hier gebot Konrad von Marburg, der immer mehr Einfluss über Elisabeths Leben gewann, Einhalt. Er reduzierte die tägliche Abgaberation auf Pfennige und statt von ganzen Broten auf Brotschnitten, weil er einen vorzeitigen Aufbrauch der Güter und die Existenzgefährdung des Hospitals befürchtete. Am Karfreitag des Jahres 1229, am 24. März, legte Elisabeth in der Kapelle der Minoritenkirche ihre Hände auf den entblößten Altar, widersagte jedem Prunk und jedem eigenen Willen und nahm das graue Kleid der Hospitaliterinnen, während ihr der Franziskanerbruder Burghart das Haar abschnitt. Mit ihr trat auch Guda, die wie Isentrud aus einer Thüringischen Ministerialenfamilie stammte, in den weiblichen Krankenpflegeorden ein, der sich an der Armut des im Juli 1228 in Rom heiliggesprochenen Franz von Assisi orientierte. Die Kapelle des Hospitals war das erste Gotteshaus nördlich der Alpen, das dem beliebten Poverello geweiht war.

Die Anwesenheit der einstigen regierenden Landgräfin und ihrer kleinen Helferinnengemeinschaft sprach sich bald in der Umgebung herum. Aus dem ganzen Umkreis machten sich die Menschen auf den Weg zu ihr, denn neben Nahrung konnten die Gäste auch ein gutes Wort erwarten. Die einst residierende, aber gerade von der Not leidenden Bevölkerung als Autorität geschätzte Landesmutter wurde immer mehr zu einer Mutter der Armen. Die Bettler standen mitunter schon im Morgengrauen im Hof der Siedlung und warteten ungeduldig auf das Erscheinen ihrer Gönnerin. Der Bedarf an Speise und Trank überschritt gelegentlich die Vorratshaltung, und mehr als einmal zog Elisabeth über Land, um bei wohlhabenden Bauern selbst Nahrungsgüter für ihre Hunger leidenden Schutzbefohlenen zu erbetteln. Greisenhände und Kinderhände, knochige Frauenhände und abgearbeitete Männerhände streckten sich ihr entgegen und sie füllte alle, so gut sie es vermochte.
Zu ihren eigenen Hilfskräften gesellten sich Brüder des Franz von Assisi, die Elisabeth tatkräftig unterstützten und ihr viel Arbeit abnahmen.
Es blieb nicht aus, dass manche Menschen sich zweimal am Tag in die Reihe der Almosenempfänger stellten, um einige Speisevorräte zusätzlich zu empfangen. Doch Elisabeth hatte angeordnet, dass jemand, der dabei erwischt würde, dass er einem anderen Bedürftigen seine Zuteilung entzog, geschoren werden solle. Das war eine schon im Alten Testament gebräuchliche Strafe, die als große Schande galt. Einmal wurde ein junges Mädchen mit dichten blonden Zöpfen zum zweiten Mal in der Wartereihe entdeckt. Da ließ die Landesfürstin keine Milde walten. Zwei Knechte schnitten der Bürgertochter das schöne Haar ab. Es

gab eine große Aufregung und heiße Tränen flossen. Doch auf diese Weise kam eine Grundordnung in das Almosenwesen.
Auf einem unbebauten Gelände entstand auf Initiative der Landgräfin ein dem heiligen Franziskus geweihtes Hospital, das mehrere Gebäudekomplexe umfasste. Es handelte sich zunächst um einen einfachen, langgestreckten Saalbau, der in der Mitte durch einen breiten Gang geteilt war. Auf der einen Seite lagen die weiblichen, auf der anderen die männlichen Patienten. Dazu gehörte in Sichtweite eine Kapelle, damit die Kranken an den Gottesdiensten teilnehmen konnten. Die Wohnung Elisabeths befand sich außerhalb des Hospitalbereichs, da sie dort eine Leprakranke verbarg und pflegte. Konrad von Marburg wohnte im Hospital, was seiner einfachen Lebensführung entsprach. Zum Hospital gehörten auch Wohntrakte für die weiblichen und männlichen Angehörigen der Hospitalgemeinschaft sowie einige Wirtschaftsgebäude. Wenn man Elisabeth fragte, warum sie dieses Hospital gebaut habe und sich ganz im Dienst der kranken Menschen aufreibe, so antwortete sie wohl:
„Wenn ich Kranke pflege, so ist es, als ob ich diesen Dienst Christus selbst erweise. Ein Kranker ist von Gott besonders begnadet, denn er leidet nicht ohne seine Fügung." Fast gleichzeitig entstand in Gotha dank der früheren Initiative Ludwigs IV. das Hospital zur heiligen Maria Magdalena.
Durch die Pflege der sieben Werke der Barmherzigkeit befolgte Elisabeth das Gebot der Nächstenliebe. Arme wurden im Hospital kostenlos behandelt, von den anderen erwartete man eine Abgabe, die ihrem Besitzstand angemessen war. Später konnten sich gesunde Menschen ins Hospital „einkaufen", um an ihrem Le-

bensabend versorgt zu sein. Die Krankenpflege beschränkte sich im Kern darauf, Patienten zu ernähren, zu lagern und zu waschen. Ihr Aufenthalt im Hospital war zeitlich begrenzt. Neben der körperlichen Pflege gehörte auch die seelsorgliche Betreuung zu den Aufgaben der Pflegekräfte. Eine heilmedizinische Behandlung entwickelte sich erst im Laufe der Zeit, auch der Ärztebestand war noch unzureichend. Oft bot ein Hospital kaum Platz für mehr als zwanzig bis dreißig Personen, die meist alle in dem großen Saal untergebracht waren, wobei die Geschlechter lediglich durch den Mittelgang oder durch eine Säulenreihe voneinander getrennt waren. Das Hospital musste sich in der Regel selbst versorgen. Eigene landwirtschaftliche Betriebe erwirtschafteten die Nahrungsgüter, oft traten auch Stiftungen an ihre Stelle. Elisabeth von Thüringen konnte auf ihr Erbe zur Finanzierung größerer Ausgaben zurückgreifen, doch mit der Zeit wuchs auch die Spendenbereitschaft begüterter Gönner. Im Franziskus-Hospital bediente Elisabeth von Thüringen die ihr anvertrauten Kranken persönlich. Sie sorgte nicht nur für ihr leibliches Wohl, sondern durch Gespräche und Gebete auch für ihre seelischen Bedürfnisse. Hier sollte ein Zentrum der Hoffnung entstehen, aus dem die Genesenden mit neuer Kraft für den Alltag entlassen wurden, die Sterbenden aber mit der Aussicht auf Gottes Barmherzigkeit in Frieden scheiden durften.
Die Hospitäler der Landgräfin Elisabeth von Thüringen waren die ersten Pflegestätten weiblicher Caritas. Bisher hatte die Armen- und Krankenfürsorge in den Händen von Orden und Pfarreien gelegen. Doch die Städte erstarkten und zogen immer mehr Menschen an. Zum ökonomischen kam auch ein gesellschaftlicher Umbruch, der den regierenden Fürsten die Herr-

schaft immer mehr erschwerte. Von dem Zehnten, den die Gläubigen in den Pfarrkirchen bisher entrichtet hatten, kam etwa ein Viertel den Aufgaben der tätigen Nächstenliebe zugute. Die Armen hießen vielfach „Freunde Gottes". Die Orden fühlten sich immer stärker in die Pflicht genommen, für Kranke und Arme zu sorgen. Hinzu kam die Beherbergung von Reisenden und Pilgern. Die Satzungen der Häuser lehnten sich an die des Hospitaliterordens des heiligen Johannes und an die des Heilig-Geist-Ordens an, der 1204 unter Innozenz III. in Rom am rechten Tiberufer neben der Kirche Santa Maria in Sassia ein großes Haus samt Findelkindstation erhalten hatte. Die Pflegebrüder trugen ein Kreuz auf der Brust und auf der Rückseite ihrer Kutte. Die Lazarusbrüder sorgten vornehmlich für die Aussätzigen, die in eigenen Häusern Aufnahme fanden und abseits von den übrigen Kranken versorgt wurden. Es gab auch wohltätige Stiftungen, die ihre Mittel für die Armen- und Krankenpflege zur Verfügung stellten.
Wer in ein Hospital aufgenommen wurde, musste zunächst beichten und die heilige Kommunion empfangen. Auch Elisabeth und ihre Mitarbeiterinnen achteten in ihren drei Hospitälern in Eisenach, Gotha und Marburg auf die Einhaltung dieser Regel. Ihre Tante Hedwig hatte in Schlesien für ein ausreichendes System von Stiftungen gesorgt, die für die Kranken eintraten. Auch die Landgräfin Sophie setzte sich für die organisierte Krankenpflege ein. Elisabeths Sorge galt vor allem den Wöchnerinnen, die vor ihrer Niederkunft die nötige Betreuung erhielten. Den Aussätzigen galt ihr besonderes Mitleid. Manchmal quartierte sie sie sogar in ihrem eigenen Haus ein, was den Widerstand des Magisters Konrad hervorrief. Einmal

hatte die Fürstin ein aussätziges Mädchen zu sich genommen. Konrad züchtigte Elisabeth und schaffte die Kranke fort. Doch widerstand Elisabeth dem Befehl ihres Seelenführers und nahm auch einen an der Krätze leidenden Jungen bei sich auf, der später bei ihrem Tod anwesend war.
Die Aussätzigen waren die ärmsten Kranken, denn sie wurden von der Öffentlichkeit fern gehalten. Im Grunde handelte es sich um Leprose, die „ausgesetzt" waren. Manchmal äußerte Elisabeth den Wunsch, wie eine Aussätzige ausgegrenzt zu werden, losgelöst von der Welt, getrennt von allem Irdischen, nur den Blick auf Gott und die kommende Herrlichkeit gerichtet. Dem Provinzial der Franziskaner in Deutschland, Bruder Gerhard, hatte sie einmal anvertraut: „Ach, lieber Vater, von ganzem Herzen möchte ich wie die Aussätzigen behandelt werden, auf dass man mir wie ihnen eine Hütte aus Stroh und Heu erbaute, vor die Tür ein Leintuch hinge und einen Kasten hineinstellte, damit die Vorübergehenden ihr Almosen hineinwürfen." Es war nämlich auch üblich, dass der Aussätzige nach der Totenmesse unter Vortrag des Kreuzes vom Priester in eine einsame Hütte geführt wurde, wo er fortan bleiben musste. Zum Zeichen seines Todes für die Welt schüttete man Erde auf das Dach der Hütte mit den Worten: „Sei der Welt abgestorben und lebe für Gott." Vor der Hütte wurde ein Kreuz aufgerichtet und ein Almosenkästchen befestigt.
In den vier Marburger Jahren galt Elisabeths selbstlose Arbeit ganz der Kranken- und Armenpflege. Über den sinnvollen Einsatz ihrer Finanzen wachte Konrad von Marburg mit peinlicher Genauigkeit. Er vertrat die Ansicht, dass wahlloses Almosengeben der Bettelei Vorschub leiste, die echte Armut jedoch nicht wirklich

lindere. Er vertraute die Leitung des Hospitals später dem Deutschen Ritterorden an, nachdem eine Übertragung an die Johanniter gescheitert war. Das war ein Krankenpflegeorden, der im Verlauf des Dritten Kreuzzuges 1189/90 durch Lübecker und Bremer Kaufleute im Hospital St. Marien der Deutschen in Jerusalem gegründet worden und 1198 in einen Ritterorden mit Sitz in Akkon umgewandelt worden war. Der Ritterorden erfreute sich des Wohlwollens Papst Honorius III., der festlegte, dass die Pflege für Arme und Kranke nach der Regel der Johanniter, die der Kleriker und Ritter sowie der übrigen Brüder nach der Regel der Templer zu erfolgen habe.
Elisabeth geriet immer stärker in den Einfluss Konrads von Marburg. Der Magister ging manchmal mit jähzorniger Härte gegen die Entscheidungen seiner Schutzbefohlenen vor. Als sie einmal dem Kloster Altenberg bei Wetzlar einen Besuch abstattete, wo ihre jüngste Tochter Gertrud weilte, baten die Nonnen den Magister Konrad, die Landgräfin in die Klausur eintreten lassen zu dürfen. Konrad antwortete ausweichend, doch ließ er Elisabeth und ihre Begleiterin Irmengard später durch seinen Begleiter derart auspeitschen, dass die Striemen noch drei Wochen an ihren Körpern zu sehen waren. Irmengard wollte eine solche Behandlung nicht hinnehmen. Doch Elisabeth tröstete sie: „Gern müssen wir solches erdulden, sind wir doch Schilf, das am Flussufer wächst. Schwillt der Fluss, so beugt sich das Schilf und taucht unter, und das Wasser fließt darüber hinweg, ohne es zu verletzen. Hört aber die Überschwemmung auf, so richtet sich das Schilf wieder empor und wächst in seiner Kraft fröhlich und erquickt weiter. So müssen wir uns bisweilen beugen und demütigen, um uns dann froh und erquickt wieder aufzurich-

ten." Irmengard war die junge Frau, die sich zweimal um Almosen angestellt und deren Kopf deshalb geschoren worden war. Das Erlebnis wirkte in ihr so tiefgreifend fort, dass sie sich bald der Landesfürstin anschloss und zu einer ihrer getreuesten Gefolgsleute wurde.
Zuweilen tröstete sich Elisabeth selbst, wenn sie an den gestrengen Magister Konrad dachte. „Fürchte ich schon einen sterblichen Menschen so sehr, um wie viel mehr muss ich meinen allmächtigen Herrn und Richter fürchten?" Magister Konrad aber ging noch einen Schritt weiter: Durften schon die Kinder ohne seine Erlaubnis nicht zur Mutter nach Marburg kommen, so entschied er jetzt, dass die engsten und langjährigen Freundinnen nicht bei Elisabeth bleiben durften. Er schickte die adeligen Hofdamen, die mit ihrer Herrin das Gelübde lebenslanger Enthaltsamkeit abgelegt hatten, fort. Stattdessen besorgte er ihr einen Laienbruder für die wichtigsten Geschäfte, eine fromme, aber offenbar nicht sympathische Magd und eine taube, unfreundliche Witwe, Hedwig von Seebach, die die Geduld der hohen Frau oftmals auf eine harte Probe stellte.
„Das Leben der armen Schwestern habe ich gewählt", tröstete Elisabeth die Gefährtinnen, „weil es das verachtetste ist; gäbe es ein verachteteres, so würde ich es vorziehen. Ich hätte einem Bischof oder Abt, der Besitz hat, Gehorsam geloben können. Ich hielt es aber für besser, ihn dem Magister Konrad zu geloben, der nichts hat, sondern ein Bettler ist, damit ich in diesem Leben keinen Trost hätte."
Elisabeth war sich neben der Betreuung von Alten und Kranken für keine Arbeit zu schade. Sie wollte stets die geringsten Dienste übernehmen, spann Wolle für das Kloster Altenburg und empfing einen geringen Lohn,

um ihren Lebensunterhalt zu bestreiten, nähte Totenkleider für die Verstorbenen. Sie verrichtete einfache Küchenarbeit, scheuerte Geschirr und Hausgerät und aß mit den Dienerinnen an einem Tisch. Ihre hoheitsvolle Gestalt, die auch im Kleid der Armen ihre Würde nicht verloren hatte, nötigte den Helferinnen oft Respekt ab. Elisabeth aber duldete keine Rangunterschiede. Als sich einmal eine Mitarbeiterin scheute, bei der Mahlzeit neben ihr auf der Bank zu sitzen, nahm Elisabeth sie kurzentschlossen scherzend auf den Schoß. Manchmal verschenkte sie selbst ihr ärmliches Kleid an Menschen, die noch zerrissener daherkamen und lag dann im Winter, wenn sie nichts anzuziehen hatte, oft daheim unter ihrer Bettdecke. „Ich liege hier wie in einem Sarge", bemerkte sie fröhlich zu dieser ungewöhnlichen Situation. Sie ließ sich von ihren Freundinnen und Helferinnen „du, Elisabeth" rufen, was einigen Frauen missfiel, denn sie achteten die hohe Stellung der Landgräfin.
Eines Tages erhielt die Fürstin Besuch aus ihrer ungarischen Heimat. Graf Paviam zog mit großem Gefolge durch Marburg, erkundigte sich bei der Bevölkerung, wo Elisabeth von Thüringen anzutreffen sei. Man gab ihm bereitwillig Auskunft, ein Bauer erbot sich sogar, den Fremden zu der Unterkunft zu begleiten. Seine verwunderten Blicke, die sich auf einen kleinen Palast oder zumindest auf ein ansehnliches Haus eingestellt hatten, wichen einem blanken Entsetzen, als er die Landgräfin in ihrer bescheidenen Wohnung neben dem Hospital antraf.
„Noch nie hat man eine Königstochter spinnen sehen!", rief der Graf, als er Elisabeth am Spinnrocken sitzend antraf. Vor Schreck bekreuzigte er sich. Elisabeth jedoch erhob sich lächelnd und ging dem vor-

nehmen Gast entgegen. „Arbeit hat noch niemandem geschadet, auch das Spinnen nicht. Wenn jeder das Wenige zu seinem Lebensunterhalt beitrüge, dessen er bedarf, so gäbe es mehr zufriedene Menschen."
Der Graf schüttelte den Kopf. Einen Augenblick zögerte er, die dargebotene Hand zu ergreifen, denn ihre Haut war rau und nicht so gepflegt wie die Hände der vornehmen Frauen, und der Ärmel des grauen Kleides, das Elisabeth trug, verriet die Spuren ihrer niedrigen Dienste. „Ich freue mich über Euren Besuch, Graf", hieß sie den hohen Gast willkommen, „doch ich fürchte, Ihr seid nicht erschienen, um die Arbeit in einem Krankenhaus kennenzulernen."
„So ist es also doch wahr, was man sich in Adelskreisen berichtet", seufzte der Besucher.
„Was erzählt man sich, Graf? Ich fürchte mich nicht vor dem, was Ihr mir offenbart."
„Euer Vater ist in berechtigter Sorge um Euch. Er schickt mich, Euch heimzuholen, wenn sich der Verdacht erhärtet."
„Welcher Verdacht? Habe ich mir etwas zu Schulden kommen lassen?"
„Ich wollte mich davon überzeugen, wie weit es mit einer Königstochter aus einem angesehenen Fürstengeschlecht kommen kann", entgegnete der Graf von Mitleid gerührt. „Mein Eindruck täuscht mich nicht. Ihr seid erbärmlicher dran als das elendste Bettelweib, von denen eine Anzahl vor Eurem Hause sitzt."
Elisabeth lächelte. „Wenn Ihr meinen Standort so einschätzt, bin ich zufrieden, Graf. Es war mein Wille und meine Absicht, gering zu gelten und mich durch nichts hervorzuheben als durch Schlichtheit und Einfachheit. Das sagt auch meinem Vater, den ich durch Euch herzlich grüße."

Graf Paviam blickte sich um. Man sah, dass ihn innerlich fröstelte. In seinen Augen stand der Abscheu, den er empfand. „So viel Elend auf einmal“, bemerkte er kopfschüttelnd. „Nein, Fürstin, das Umfeld hier ist nicht der rechte Ort für mich.“
Die Kranken seitab in den Betten hatten beim Eintritt des Grafen und seiner zwei Diener neugierig die Köpfe erhoben und die Begegnung der beiden Adeligen verfolgt. Nun achteten sie auf jeden der Schritte, die der wohlbeleibte, vornehme Herr tat. Denn er trat auf Zehenspitzen auf, als bahne er sich seinen Weg durch Straßenkot. Diese Bewegungen erheiterten die Kranken, denn sie erinnerten sie an einen aufgerichteten Bären, der umsichtig durch die Bettreihen tänzelte.
„Wie gefällt es euch denn hier?“, rief der Graf in die Runde, wohl eher, um von sich abzulenken, als aus ehrlichem Interesse an der Krankenpflege im Hospiz.
„Setzt Euch hier auf den Kübel und lasst Euch den Allerwertesten abwischen“, krähte ein spitznasiger Geselle und fuhr mit der Hand über sein Hinterteil. Die anderen lachten. „Vielleicht lasst Ihr Euch lieber ein Klistier einführen, damit Eure Gedärme ins Schwitzen kommen und die Verdauung klappt“, brüllte ein bärtiger Schmied, dem Funken aus der Esse ein Auge verbrannt hatten. Einer der Diener wollte sich auf den Mann stürzen, um die Beleidigung seines Herrn zu strafen, doch Elisabeth hielt ihn zurück. „Dies ist ein Haus des Friedens“, mahnte sie. „Auch wenn die Sprache unter den Kranken manchmal rau ist, ich dulde keinen Zank und keine Handgreiflichkeiten.“
Der Graf griff, um den peinlichen Augenblick zu überbrücken, eher aus Verlegenheit nach einer Spinnwirtel, die mit leichten Drehrillen und mit einer konischen Durchlochung zur Aufnahme der Spindel

versehen war, drehte sie wie einen Fremdkörper in seinen Händen und wollte sie gerade an ihren Platz zurücklegen, als die Hospitalschwester Elisabeth, eine Krankenhaushelferin gleichen Namens wie die Landesfürstin, zu ihm trat und kurz ihre Bedeutung erklärte: „Zum Spinnen wird die Wolle oder der Flachs so präpariert, dass der herausgezogene und von Hand zusammengedrehte Faden immer Fasern nach sich zieht. Mit der Handspindel spinnen wir so: Wir wickeln den von Hand gedrehten Faden auf einen Stab aus Holz oder Knochen auf. Um den Faden haltbarer und fester zu machen, setzen wir auf den Spindelstab eine aus Ton gebrannte Kugel oder Scheibe, die als Schwungrad dient." Der Graf betrachtete das Schwungrädchen nun mit geheucheltem Interesse, hob es gegen das Licht und reichte es dann kopfschüttelnd der Hospitalschwester.
Graf Paviam drängte es, das Franziskushospital zu verlassen. So erfuhr er nichts von der geplanten großen Schenkungsaktion, die Landgräfin Elisabeth mit ihren Freundinnen sorgfältig vorbereitet hatte. Sie hatte, nicht zuletzt auf Betreiben Konrad von Marburgs, von ihren Schwägern inzwischen die zugesagten zweitausend Mark als Abfindung für das einbehaltene Wittum erhalten. Von diesem ansehnlichen Kapital gedachte sie fünfhundert Mark an Arme und Kranke im Umkreis von zwölf Meilen – das entsprach anderthalb Tagesritten – zu verteilen. Diese Summe bedeutete für die Empfänger einen Betrag von hoher Kaufkraft, und entsprechend strömten unzählige Menschen in der Hoffnung auf finanzielle Zuwendung zusammen. Am Abend des Schenkungstages blieb Elisabeth bei den Armen und Schwachen, die die Rückreise in ihre Dörfer noch nicht angetreten hatten. Sie händigte ihnen

jeweils sechs Pfennige aus und schenkte ihnen Brot. Dann ließ sie ein großes Feuer entzünden. Die Menschen zeigten sich dankbar und begannen vor Wohlbehagen zu singen. „Seht, ich sagte Euch, wir müssen die Menschen nur froh machen", ermahnte Elisabeth voll Freude ihre Gefährtinnen.
Elisabeth von Thüringen hat mit der Zeit auch das übrige Geld der Abfindungssumme an Arme und Kranke verteilt, sofern es nicht für den Unterhalt des Hospitals verwendet wurde. Ihre Freigebigkeit stieß allerdings wiederholt auf die Kritik ihres Seelenführers und Nachlassverwalters Magister Konrad, der als Vorsteher des Hospitals auf die wirtschaftliche Tragfähigkeit des Hospizes bedacht war.
In der Kapelle des Hospitals sollte Elisabeth nach ihrem Tode aufgebahrt und auch bestattet werden. Als die päpstliche Kommission später die Wunderheilungen auf die Fürsprache der Landesfürstin protokollierte, wurde die rechte Ecke des Chores des Hospitals, „wo der Leichnam der Herrin Elisabeth, der einstigen Landgräfin bestattet ist", als Ort der mit Vernunft nicht erklärbaren Ereignisse angegeben. Nach mittelalterlichem Brauch war die Kapelle, wie in der damaligen Zeit üblich, an das Hospital angebaut und mit diesem so verbunden, dass die Kranken aus ihren Stuben und Sälen den Gottesdienst in der Kapelle mitverfolgen konnten.
Noch einmal erhielt Elisabeth von Thüringen in ihrem letzten Lebensjahr den Besuch eines Ritters. Auch er zog wie der Gast aus Ungarn im Hospital die neugierigen Blicke der Patienten auf sich. Der treue Walter von Vargila suchte seine Herrin im Auftrag des Hofes auf, um sie nach ihrem Verhältnis zu Konrad von Marburg zu befragen.

„Es gehen die seltsamste Gerüchte um, hohe Frau, und ich bitte Euch, sie zerstreuen zu helfen", sagte der Vasall ihres Gemahls, der in all den Jahren immer treu zu Elisabeth gestanden hatte. Die Landgräfin streifte ihr Gewand ab und zeigte dem Ritter ihren von den Ruten der Bußübungen zerschundenen Rücken. Da sagte der Ritter nichts mehr und wandte sich mit zerfurchter Stirn ab.

Elisabeths Lebenskraft war langsam verbraucht. Den großen Anstrengungen bei der Krankenpflege, den kräftezehrenden Bußübungen und den Spannungen, denen die junge Frau zeitlebens ausgesetzt gewesen war, hielt ihr geschwächter Körper nicht länger stand. Die Landgräfin spürte, dass Gott sie bald zu sich rufen würde und widmete alle Gedanken der zukünftigen Herrlichkeit im Paradies.
Als Konrad von Marburg erkrankte und an sein Ende dachte, fragte er Elisabeth, wie sie sich ihre Zukunft nach seinem Tode vorstelle.
„Darüber werde ich keinen Gedanken verschwenden, Vater", erwiderte die Fürstin. „Denn ich sehe meinen eigenen Tod vor Augen."
Ihre Sorge galt ihrer Seele. Ob Gott sie gnädig bei sich aufnehmen würde? Oder würden die Strafen des Fegefeuers sie noch lange von der Anschauung des Schöpfers fernhalten? Doch neben der Frage nach dem eigenen Seelenheil galt ihre Sorge den ihr anvertrauten Menschen, darunter auch einem Kind, dessen Patin sie geworden war. Seine Mutter war vor der Entbindung in das Franziskushospital gekommen und von der Landgräfin reich beschenkt worden, doch später war sie mit ihrem Mann heimlich davongelaufen und hatte das Kind elternlos zurückgelassen. Elisabeth hatte dem Stadtrichter aufgetragen, nach der verschwundenen Mutter zu fahnden, doch nirgends war eine Spur von ihr. Darauf hatte Elisabeth inständig zu Gott gebetet, er möge die Mutter auf den guten Weg zurückführen, und siehe da – sie erschien reumütig vor dem Portal und bat die Fürstin um Verzeihung.
Kurz vor ihrer tödlichen Erkrankung besuchte Gertrud von Leinbach die Landgräfin in ihrem Hospital. In ihrer Begleitung befand sich ihr Sohn Berthold, ein nach

der Mode der Zeit herausgeputzter, stolzer junger Mann, der sich von der Armut der Menschen und der Krankenpflege offenbar kaum beeindrucken ließ.
„Warum dienst du deinem Herrn und Gott nicht?", fragte Elisabeth ihn mit leisem Vorwurf.
Die Frage berührte Berthold und er bat: „Liebe Herrin, bittet Ihr Gott für mich, dass er mir die Gnade gebe, ihm zu dienen."
Beide gingen darauf zur Kirche, wo sie sich niederknieten. Elisabeth begann aus ganzem Herzen zu beten. Da schien ein inneres Feuer den jungen Mann zu verzehren und er rief dreimal: „Ich bitte Euch, Herrin, hört mit dem Beten auf, denn ich verbrenne innerlich." Berthold bat bald darauf um Aufnahme in den Orden der Minderbrüder.
Vier Tage nach der Vorausschau ihres eigenen Todes erkrankte Elisabeth. In den zwölf Tagen bis zu ihrem Hinübergehen zum himmlischen Vater befasste sie sich mit den Dingen, die noch zu ordnen waren. Sie beichtete, aber sie hatte nichts zu bekennen, was sie nicht schon oft bekannt hatte. Dann empfing sie den Leib des Herrn. Auf die Frage des Magisters, was mit ihrem Hab und Gut zu geschehen habe, antwortete sie, dass alles den Armen gehören solle. Nur den schlechten Rock, mit dem sie bekleidet war, wolle sie behalten und in ihm auch begraben werden.
Das Gleichnis von der Auferweckung des Lazarus beschäftigte sie, und sie sprach mit den Ordensleuten, die an ihrem Sterbebett weilten, darüber. Die Frauen weinten, doch Elisabeth sagte: „Weinet nicht über mich, ihr Töchter Jerusalems, sondern über euch."
Die Zeugen sagten später aus, einen süßen Gesang vernommen zu haben, als die Landgräfin, das Gesicht zur Wand gekehrt, dagelegen habe. Als sich Elisabeth

später noch einmal umwandte, sagte die Magd: „Herrin, wie süß hast du gesungen."
„So hast du also den Gesang gehört? Zwischen mir und der Wand sang jauchzend ein Vögelein, und es regte mich an, mitzusingen", entgegnete Elisabeth. Angst vor dem Teufel überschattete zeitweise ihre letzten Lebensstunden.
Dann senkte sich allmählich der Schleier des Todes über das Sterbebett. Die Fürstin empfahl alle Anwesenden noch einmal der Gnade Gottes und sagte: „Nun ist die Zeit gekommen, da der allmächtige Gott seine Freunde zu sich rufen wird."
Darauf schlief sie ein. Elisabeth von Thüringen starb in der Nacht vom 16. zum 17. November 1231, gerade einmal 24 Jahre alt.
Die Nachricht vom Tode der edlen Frau verbreitete sich in Windeseile in Marburg und in der ganzen Umgebung. Aus Städten und Dörfern, Klöstern, Burgen und Hospitälern eilten die Menschen herbei, um einen letzten Blick auf den Leichnam der Landgräfin zu werfen, der zwar bleich, aber ohne Zeichen des Todes im offenen Sarge ruhte. Weil der Strom der Beterinnen und Beter nicht abriss, entschloss man sich, das Begräbnis hinauszuschieben. Doch die Verehrung der Menschen, vor allem der Armen und Kranken, der Lieblinge der Landesfürstin, nahm groteske Formen an. Man griff nach allem, was an Elisabeth erinnerte. Dass ihr Gewand zerstückelt und die Tücher, die ihr Gesicht bedeckten, in kleine Teile zerschnitten wurden, konnte man noch hinnehmen, doch als man sich an der Leiche verging, Haare, Nägel und gar Ohren und Brustwarzen abschnitt, war die Bestattung dringend geboten.
Kaum jedoch war der Leichnam der Erde übergeben, geschahen zahlreiche Wunder am Grab. Ein Zister-

ziensermönch, der lange Jahre an einer Gehirnkrankheit gelitten hatte, fühlte sich plötzlich geheilt und beschwor den Vorgang in Gegenwart Konrads von Marburg, der alle Geschehnisse protokollierte.

Vor allem Mütter mit kranken Kindern kamen voller Hoffnung zu der verstorbenen Landgräfin. Kaum war der strenge Winter vorbei, eilten sie in der vorösterlichen Zeit aus allen Teilen Deutschlands nach Marburg, um an ihrem Grabe um die Heilung ihrer Kleinen zu bitten. In Handkarren, Körben, Tragetüchern, auf den Rücken der Eltern und Großeltern wurden die Kranken herbeigeschafft. Beatrix von Büdingen, ein neunjähriges Mädchen, dessen Rücken ein mächtiger Buckel und dessen Hals ein großer Kropf verunstaltete, konnte sich beim Betteln nur, die Hände auf die Knie gestützt, gebeugt von Haus zu Haus fortbewegen. Zehn Tage harrte seine Mutter bereits auf den kalten Steinfliesen der Kirche aus, während Embricho, der Großvater, der das Kind hergetragen hatte, ununterbrochen betete. Doch kein Zeichen einer Wandlung zeigte sich an dem entstellten Körper. Andere Besucher murrten, weil ihnen der Zugang zum Grab Elisabeths verwehrt wurde. Alle hofften darauf, ihre Kranken für eine Weile auf die Grabplatte legen zu dürfen. Neben dem Grab kauerte weinend Isentrud aus Slizzenrod mit ihrem fünfjährigen Jungen Dietrich. Eine dicke Haut war von Geburt an über seine Augen gewachsen, so dass er nichts sehen konnte. Neben ihnen flehten Gertrud aus Buttigler mit ihrer Nachbarin Jutta für die daheim liegende sechzehnjährige gelähmte Berchtrad. Sie trugen eine kleine, wächserne Nachbildung der Kranken bei sich. Der gichtkranke Friedrich aus Geilenhausen drängte sich vor und erbat die Heilung seines zwölfjährigen Sohnes. Christine, ein siebenjähriges Mäd-

chen mit Auswüchsen an Brust und Rücken und einem entstellten Gesicht wurde von seiner Mutter emporgestreckt, damit Elisabeth es besser sehen könne.
Manche der Kinder hatten geringere Leiden als andere. Unwillen kam auf, warum man denen, die schwerer an ihrem Schicksal zu tragen haben, den Platz am Grabe wegnehme. Nicht alle gingen getröstet heim. Die Mutter der Beatrix erhob drohend ihre Stimme: „Ich werde alle warnen, dein Grab zu besuchen. Denn du hast sie nicht geheilt." Die Grabwächter drängten die Mutter beiseite. Auf dem Heimweg begegnete ihnen Bertheidis von Vronhausen, die mit ihrer Tochter Lutgardis und ihrem dreijährigen Enkelkind auf dem Wege zum Grabe war. Sie berichteten voller Stolz jedem, der es hören wollte, die Landgräfin habe ihr Enkelkind von den Toten auferweckt! Sieben Tage sei es krank gewesen und darauf gestorben. Die Mutter habe sich verzweifelt über die Leiche geworfen, während die Großmutter Elisabeth um Hilfe anrief. Da habe das Kind zu atmen begonnen ... – Jetzt wollten sie in Marburg ein Gelübde erfüllen.
Der Großvater Embricho schüttelte den Kopf. Ihnen hatte die Landesfürstin nicht geholfen. Enttäuscht zogen sie weiter, der Heimat entgegen. Doch plötzlich stöhnte Beatrix voller Schmerzen auf. Sie konnte nicht mehr weiter. Die Gruppe rastete bei einer Quelle und das Mädchen fiel sofort in einen tiefen Schlaf, während Mutter und Großvater ihr klägliches Mahl verzehrten. Da schrie Beatrix auf. Sie glühte am ganzen Körper und, welch Wunder: Buckel und Kropf begannen langsam zu schwinden. Es war, als würde eine Flamme das Wachs einer Kerze verzehren. Beatrix von Büdingen war geheilt! Die Freudenschreie der Familie drangen bis zu den Einwohnern von Rosseberg. Voller

Erregung kehrten die drei zum Grab der Landgräfin zurück, um ihr von ganzem Herzen Dank zu sagen. Bertheidis von Vronhausen und ihre Tochter Lutgardis dankten zusammen mit ihrem Enkelkind für die Wiedererweckung vom Tode. Die Frauen weinten, darunter auch Isentrud, die ihr blindes Kind an sich gepresst hielt. Da fiel ein Sonnenstrahl durch das Fensterloch herab, traf die Augen des Jungen und öffnete sie wie mit einem scharfen Messer. Zum ersten Mal blinzelte das Kind seine Mutter an. Als der Leutepriester Crafto das Gesicht der siebenjährigen Christine mit der Erde des Grabes bestreute, verwandelte sich das entstellte Antlitz des Kindes, die Auswüchse an Brust und Rücken bildeten sich zurück.

Auf der Kanzel stand Konrad von Marburg und blickte unverwandt auf das Geschehen. Er dachte, dass Elisabeth, die zu Lebzeiten großzügig mit ihren Gaben umging, sie auch nach ihrem Tode mit vollen Händen austeilte. Und viele weitere Heilungen geschahen auf wundersame Weise: Blinde erhielten ihr Augenlicht zurück, Taube konnten hören, Fallsüchtige, Jähzornige und Geistesverwirrte wurden von ihren Leiden geheilt, nachdem sie Elisabeth angerufen hatten.

Konrad von Marburg, der Elisabeth von Thüringen mit sadistischer Härte zur Heiligkeit gedrängt und keine Gelegenheit ausgelassen hatte, ihr Seelenleben zu beeinflussen, fühlte sich bald nach ihrem Tod, nicht zuletzt als Protektor des von ihr gegründeten Franziskanerhospitals, aufgefordert, die sich am Grab der Verstorbenen ereignenden wunderbaren Begebenheiten aufzuzeichnen. Als Erzbischof Siegfried III. von Mainz am 10. August 1232 in Marburg weilte, nutzte Konrad die Anwesenheit des Oberhirten, die Heiligsprechung der Landesfürstin in Rom anzuregen. In seiner Predigt während eines Gedenkgottesdienstes rief er die Volksmenge auf, die durch Elisabeth bewirkten Wunder dem Erzbischof am nächsten Tag zur Kenntnis zu geben. Diese Anregung wurde von den Menschen mit Begeisterung aufgenommen, doch wartete der Erzbischof, der auf die Befragung nicht vorbereitet war, das Ergebnis nicht ab. Er schützte dringende Geschäfte vor, reiste ab und überließ Konrad von Marburg die weitere Prozedur. Der Magister hielt also die Befragung ab, notierte, was er erfuhr, mit Sorgfalt und schickte seine Aufzeichnungen schon bald nach Rom. „Dienstbereit in schuldiger Unterwürfigkeit und kindlichem Gehorsam und Ehrfurcht" beschrieb er in einem Schreiben an Gregor IX. die Wunder, die sich am Grab der hochherzigen Verstorbenen ereignet hatten. Er betonte, dass er zugleich im Namen des Erzbischofs Siegfried III. von Mainz und des Zisterzienserabtes Raimund von Eberbach an Seine Heiligkeit schreibe.

In dem Bericht heißt es: „Wir haben den Brief Eurer Paternität empfangen und den Auftrag, Euch all das, was wir uns, bloß die Ehrfurcht vor der göttlichen Majestät vor Augen haltend, über den Umgang und das Leben Elisabeths seligen Angedenkens, einstens Landgräfin, und über die Wunder, welche Gott an ihrem heiligen Leichnam wirkt, durch geeignete Zeugen erforscht und mit vorsichtigem Eifer und wacher Sorgfalt in den Schriften aufgezeichnet, treu bewahren, unter unsern Siegeln durch treue, eigens dazu bestimmte Boten zu übermitteln, nachdem wir diesen apostolischen Auftrag erhalten haben. Wir haben nun gehorsam Euren Aufträgen, wie wir es schuldig sind, den Lebenswandel der besagten Landgräfin und ihre Wunder, die Gott bei ihrem heiligen Leichnam bewirkt hat, so sorgfältig und eifrig, als wir nur konnten, erforscht und übersenden sie Eurer Heiligkeit in dieser Schrift. Über den Lebenswandel haben wir ebenso uns, wie auch ihre frommen und gottesfürchtigen Dienerinnen sorgfältig befragt und, nachdem wir sie vorsichtshalber schwören ließen, das herausgefunden, was die nachfolgenden Aufzeichnungen enthalten, die ich, der demütige Prediger Konrad, wortwörtlich aufgezeichnet und zunächst für Euch bestimmt habe. Und nichts von dem, was wir jetzt wieder gehört hätten, hat das Gewissen von uns dreien veranlasst, an dieser Reihe der Aufzeichnungen etwas zu ändern, indem wir etwas wegstrichen oder hinzufügten."

Konrad von Marburg überlegte jedes Wort mit Bedacht, denn er hatte dem Papst wohl des öfteren auf dessen Wunsch über Leben und Wirken Elisabeths von Thüringen berichtet. In seinem Brief schlug er einen vertraulichen Ton an. „Es dürfte Euch bekannt sein, Heiliger Vater, dass Bruder R., Euer Pönitentiar, mir einige Male schrieb, ich möchte Euch berichten über die Wunder, die der Herr durch die Frau Elisabeth, einst Landgräfin in Thüringen, gewirkt hat, die mir Eure Heiligkeit zum Schutze anvertraut hatte. Darum habe ich die Gelegenheit benützt, als jüngst am Tage des hl. Laurentius der Herr Erzbischof von Mainz auf meine Bitte hin, weil ihm das geoffenbart worden war, zwei Altäre in der Basilika, in der der Leib der Genannten begraben ist, weihte und ich dort eine große Volksmenge zur Predigt und zur Weihe der Altäre zusammengerufen hatte, und während der Predigt, ohne mich vorher darüber beraten zu haben, in dem Wunsche, das Verlangen Eurer Heiligkeit nach dem Zeugnis der besagten Wunder zu erfüllen, allen Anwesenden, die infolge der Verdienste der Landgräfin eine

Heilung empfangen hatten, befohlen, sich vor dem Erzbischof von Mainz und anderen Prälaten, die anlässlich der Weihe zusammengekommen waren, um die erste Stunde des kommenden Tages womöglich mit Zeugen einzufinden, um in Treue Zeugnis zu geben darüber, welche Gnade sie bei der Anrufung empfangen hätten. Als nun infolgedessen eine große Menge Menschen zusammengekommen war, die alle behaupteten, Heilungen durch Elisabeth empfangen zu haben, da ließ der Erzbischof von Mainz, weil er zu anderen wichtigen Geschäften eilen musste, nur das Bedeutendere aufschreiben und mit seinem Siegel und mit dem Siegel anderer Prälaten bekräftigen; die Zeugnisse der meisten Prälaten und großen Herren, die anwesend waren, wurden ausgelassen, weil sie ihre Siegel nicht dort hatten. Um Euch aber nicht bloß über die Wunder, sondern auch über ihr Leben besser zu unterrichten, will ich Euch ihren Lebenslauf mitteilen."

Deshalb verfasste Konrad von Marburg einen kurzen Lebensabriss, die „Summa vite", die allerdings keine vollständige Biografie der Landesfürstin war, sondern nur ihre letzten Lebensjahre beinhaltete, in denen Konrad Sachwalter und Berater der früh verwitweten und unter dem Schutz des Papstes stehenden Elisabeth war.

„Zwei Jahre, bevor sie mir anvertraut wurde, als noch ihr Gatte lebte, wurde ich ihr Beichtvater und fand sie damals klagend, dass sie durch die Ehe gebunden sei und das irdische Leben nicht in der Blüte der Jungfräulichkeit beschließen könnte", schrieb er an den Heiligen Vater. „In dieser Zeit, in der ihr Gatte zum Kaiser nach Apulien aufbrach, herrschte in Deutschland eine drückende Teuerung, so dass viele Hungers starben. Schon zeichnete sich Elisabeth durch viele Tugenden aus. So wie sie in ihrem ganzen Leben die Trösterin der Armen war, so begann sie jetzt, die Hungrigen zu speisen, und ließ ein Hospital bauen neben ihrer Burg. In diesem sammelte sie viele Kinder und Schwache. Allen verteilte sie auch, wenn sie um Almosen kamen, reichliche Liebesspenden. Nicht bloß dort, sondern im ganzen Gebiete ihres Mannes schöpfte sie ihre ganzen Speicher aus den vier Fürstentümern ihres Gatten aus, um schließlich auch ihren ganzen Schmuck und alle ihre kostbaren Kleider zum Nutzen der Armen verkaufen zu lassen.

Es war ihre Gewohnheit, zweimal am Tage, früh und abends, alle ihre Kranken persönlich zu besuchen, und zwar so, dass sie die abstoßendsten unter ihnen persönlich pflegte, einige ernährte, andere bediente und andere wieder auf ihren Schultern trug und viele andere Leistungen für sie verrichtete. Der Wille ihres Mannes stand dem nicht entgegen.

Als ihr Mann gestorben war und Eure Heiligkeit sie meiner Sorgfalt anvertraut hatte, da fragte sie mich, weil sie zur höchsten Vollkommenheit strebte, ob sie als Einsiedlerin oder im Kloster oder in einem anderen Stande größere Verdienste erwerben könne. Daran vor allem dachte sie unaufhörlich, dass ich ihr erlauben sollte, an den Türen zu betteln, wie sie es mit vielen Tränen von mir verlangte. Als ich ihr das schroff untersagte, antwortete sie: ‚So will ich tun, woran Ihr mich nicht hindern könnt', und am Karfreitag, als die Altäre entblößt waren, legte sie in einer Kapelle ihrer Stadt, wo sie die Minderbrüder untergebracht hatte, in Gegenwart einiger Minderbrüder ihre Hände auf den Altar und verzichtete auf Eltern und Kinder, auf den eigenen Willen und allen Glanz der Welt und auf alles,

was der Erlöser im Evangelium zu verlassen riet. Als sie aber auch auf ihren Besitz verzichten wollte, habe ich sie zurückgerissen, damit sie einesteils die Schulden ihres Mannes zurückerstattete, andernteils wegen der Bedürftigen, die sie meinem Willen gemäß mit ihrem Wittum unterstützen sollte.
Als das geschehen war, folgte sie mir gegen meinen Willen nach Marburg, das an den äußersten Grenzen ihres Landes gelegen ist, da sie meinte, dass sie von der Unruhe der Welt und von dem weltlichen Glanze des Landes, in dem sie zu Lebzeiten ihres Gatten ruhmreich gelebt hatte, verlockt werden könnte. Dort in Marburg errichtete sie ein Hospital, wo sie die Kranken und Schwachen sammelte und die Elendsten und Verächtlichsten an ihren Tisch setzte. Als ich sie deshalb tadelte, erwiderte sie mir, dass sie von ihnen besondere Gnade und Demut empfange, und wiederholte mir als zweifellos sehr kluge Frau ihr früheres Leben und sagte, dass es für sie notwendig sei, so die Gegensätze durch einander zu heilen.
Da ich so sah, dass sie vorwärtskommen wollte, nahm ich ihr ihre ganze überflüssige Dienerschaft und befahl ihr, sich mit drei Leuten zu begnügen: Einem Laienbruder, der ihre Geschäfte führte, einer frommen, aber sehr unansehnlichen Jungfrau und einer vornehmen, tauben und sehr strengen Witwe, damit durch das Mädchen ihre Demut vermehrt werde und durch die abstoßende Witwe sie in der Geduld geübt würde. Während nun die Magd den Kohl bereitete, wusch die Herrin die Teller und umgekehrt. Unter anderem nahm sie einen gelähmten Knaben zu sich, der weder Vater noch Mutter hatte und ständig an Blutfluss litt. Jenen legte sie des Nachts zur Übung ihrer Vollkommenheit in ihr Bett und litt viele Schmerzen um seinetwillen,

da sie ihn manchmal sechsmal, bisweilen auch öfters auf den eigenen Händen nachts zur Verrichtung seiner natürlichen Bedürfnisse tragen musste. Seine Leintücher, die, wie es bei solchen zu sein pflegt, beschmutzt waren, wusch sie mit eigenen Händen. Als er gestorben war, nahm sie ein aussätziges Mädchen zu sich, ohne dass ich davon wusste, um es zu pflegen, verbarg es in ihrem Hause und leistete ihm jeden menschlichen Dienst. Sie gab ihm nicht bloß Speise, machte ihm das Bett, wusch es, sondern zog ihm auch die Schuhe an und demütigte sich, wobei sie klugerweise ihre Dienerinnen besonders bat, dass sie deshalb nicht gescholten werden möge. Als ich davon hörte, habe ich sie, Gott verzeih es mir, schwer gezüchtigt, weil ich fürchtete, dass sie dadurch angesteckt werden könnte. Ich nahm ihr schließlich die Aussätzige weg. Als ich nun zur Predigt in ein fernes Land zog, da nahm sie einen armen, krätzigen Knaben zu sich, der so ganz mit Krätze bedeckt war, dass er kaum ein Haar auf seinem Kopfe hatte, um ihn von der Krätze zu heilen, und wusch ihn und suchte ihn medizinisch zu behandeln. Ich weiß nicht, von wem sie es lernte. Und dieser Knabe saß bei ihrem Tode an ihrem Bette.

Vor Gott bezeuge ich außer diesen ihren Taten, dass ich selten eine Frau gefunden habe, die mehr der Betrachtung ergeben war. Mönche und Nonnen haben oft gesehen, wie ihr Antlitz wunderbar leuchtete, wenn sie vom Gebete kam, und wie gleichsam Sonnenstrahlen aus ihren Augen hervorbrachen. Wenn sie, was öfters geschehen ist, stundenlang in Entzückung geriet, nahm sie nachher gar keine oder nur ganz wenig Speise.

Als schließlich die Zeit des Todes nahte und sie doch noch gesund war, ich aber von einer schweren Krank-

heit gequält wurde, fragte ich sie, wie sie sich nach meinem Tode ihr Leben einrichten wolle. Da sagte sie mir bei Gelegenheit dieser Frage, ohne zu zögern, ihren Tod voraus. Am vierten Tag nach dieser Unterredung verfiel sie in eine Krankheit, in der sie mehr als zwölf Tage verbrachte. Am dritten Tag vor ihrem Verscheiden ließ sie weltliche Personen nicht mehr vor, auch nicht die Vornehmen, die oft gekommen waren, sie zu besuchen. Als jene fragten, warum sie so ausgeschlossen würden, sagte sie zu denen, die um ihr Lager saßen, dass sie über die letzten Dinge und das letzte, strenge Gericht und über den allmächtigen Richter nachsinnen wolle. Dann legte sie am Sonntag vor der Oktav des hl. Martin nach der Matutin ihre Beichte bei mir ab, aber sie erinnerte sich an nichts, was sie mir nicht schon öfters gebeichtet hätte. Und als ich sie fragte, was mit ihrem Besitz und Gerät geschehen sollte, antwortete sie, dass alles, was sie noch zu besitzen scheine, den Armen gehöre, und verlangte von mir, dass ich ihnen alles austeilte, außer dem schlechten Mantel, in den sie gehüllt war und in dem sie begraben werden wollte.
Als das geschehen war, empfing sie um die erste Stunde den Leib des Herrn. Dann sprach sie bis zur Vesper oft von dem Besten, was sie in der Predigt gehört hatte, und besonders von der Auferweckung des Lazarus und wie der Herr bei seiner Auferweckung geweint hätte. Und als bei diesen Worten einige Mönche und Nonnen zu Tränen gerührt wurden, sagte sie: ‚Ihr Töchter Jerusalems, weinet nicht über mich, sondern über euch.' Danach verstummte sie, und süße Töne wurden ohne Bewegung ihrer Lippen in ihrer Kehle gehört, und als die um ihr Lager Sitzenden sie fragten, was das wäre, fragte sie sie, ob sie nicht einige mitsingen

gehört hätten. Danach lag sie von der Dämmerung an gleichsam jubelnd da und mit dem Zeichen völliger Hingabe bis zum ersten Hahnenschrei und sagte dann: ‚Seht, es naht die Stunde, in der die Jungfrau geboren hat.' Dann empfahl sie alle, die bei ihr saßen, demütig Gott und entschlief sanft. Zisterziensermönche und andere Ordensbrüder kamen, als sie ihren Tod vernommen hatten, aus allen Gegenden in das Hospital, in dem sie begraben werden sollte. Dort blieb sie bis zum vierten Wochentag unbeerdigt, weil die Andacht des Volkes es so forderte, und sie zeigte außer ihrer Blässe kein Anzeichen des Todes, da ihr Körper weich war, wie wenn sie lebend wäre. Und sie verbreitete einen süßen Geruch. Und am nächsten Tage nach ihrem Begräbnis begann der Herr sogleich durch seine Magd Wunder zu wirken. Denn ein Mönch aus dem Orden der Zisterzienser wurde an ihrer Grabstätte von einer seelischen Krankheit geheilt, unter der er mehr als vierzig Jahre gelitten hatte, und das hat beschworen vor mir und vor dem Pfarrer von Marburg ..."

Die Wunderberichte fasste Konrad von Marburg kurz und beschränkte sich darauf, in wenigen Worten den Namen des Geheilten und die Art seines Gebrechens anzugeben. Meist handelte es sich um gelähmte, blinde, stumme und epileptische Menschen. Aber auch von der Wiedererweckung dem Tode naher Personen sprach er. Der sachliche Bericht des Konrad von Marburg löste in Rom nicht die gewünschte Begeisterung aus. Dem Papst erschienen die ihm zugesandten Schriftstücke für ein Kanonisierungsverfahren vielmehr noch nicht ausreichend, und so setzte er noch im Oktober 1232 eine Kommission mit dem Ziel einer weiterreichenden Untersuchung ein. Die Kommission, die aus dem Erzbischof von Mainz, dem Abt von Eberbach und Konrad von Marburg bestand, machte sich sofort an die Arbeit und berichtete im Februar 1233 in der „Epistola examinatorum miracolorum sante Elyzabet ad dominum papam“ über die Ergebnisse ihrer Nachforschungen. Bei der Zeugenvernehmung über wundersame Geschehnisse erweiterte die Kommission die Zahl der Befragten und kam auf annähernd sechshundert.

Zu Fuß, zu Pferde, im Karren, auf den Schultern von Angehörigen kamen Menschen zum Grab Elisabeths, um sie um Heilung anzuflehen. Die Erhörung der Bitten sprach sich wie ein Lauffeuer herum und erhöhte den Grad ihrer Verehrung. Selbst aus Trier und Utrecht wallfahrteten die Menschen zum Grab der verehrten Landesfürstin.

Die Antwort Roms auf die „Miracula sancte Elyzabet“ und die „Summa vite“ erlebte Konrad von Marburg nicht mehr: Sein gewaltsamer Tod im Sommer 1233 beraubte das Heiligsprechungsverfahren seines eifrigsten Förderers. Im Juli 1233 hatte er ein Inquisitionsverfahren gegen Heinrich III. von Sayn angestrengt und damit einen mächtigen und einflussreichen Vertreter des niederrheinischen Adels der Ketzerei beschuldigt. Zu seinem Leidwesen widerriefen sämtliche Zeugen, gaben zu Protokoll, von dem Magister zu ihren Aussagen gezwungen worden zu sein oder gestanden, aus persönlichem Hass gegen den Grafen ausgesagt zu haben. Konrad von Marburg zog seine Anklage nicht zurück, beharrte vielmehr auf seinem Standpunkt. Als der Magister mit seiner Begleitung nach Beendigung des Mainzer Prozesstages nach Marburg aufbrach, verzichtete er auf ein militärisches Schutzgeleit, das ihm der König und der Mainzer Erzbischof angeboten hatten. Am Fuße der Marburger

Lahnberge wurden er und seine beiden Begleiter von Anhängern des Grafen von Sayn überfallen und ermordet.
Der Tod des verhassten Inquisitors stieß kaum auf Mitgefühl, wurde mancherorts vielmehr mit Erleichterung aufgenommen, denn Konrads hasserfüllten Ketzerverfolgungen waren unzählige Menschen zum Opfer gefallen. Auch wenn sich einige Mörder bald den Behörden stellten oder dingfest gemacht werden konnten, wurden sie dennoch nur mit milden Strafen bedacht. Zu groß war die Schuld, die Konrad von Marburg auf sich geladen hatte. Die Richter sprachen Graf von Sayn 1234 von der Anklage der Häresie frei und rehabilitierten ihn völlig.
Der Leichnam Konrads von Marburg wurde neben Elisabeths Grab bestattet. Der Deutsche Orden, der das Franziskushospital schließlich verwaltete, errichtete 1248 am Ort der Mordtat eine Sühnekapelle.
Nach dem Mord an Konrad von Marburg ergriff Konrad von Thüringen die Initiative im Heiligsprechungsverfahren der verstorbenen Landesfürstin und bewog Gregor IX., im Oktober 1234 abermals eine Kommission einzusetzen, der Bischof Konrad II. von Hildesheim vorstand. Bischof Konrad und der Zisterzienserabt Hermann von Georgenthal vernahmen die durch Rundschreiben der Kommission nach Marburg einbestellten Zeugen von weiteren Wunderheilungen. In den Jahren 1232 bis 1234 kamen noch dreiundzwanzig zu den bestätigten 106 hinzu. Darunter befand sich auch eine Heilung des Erbacher Abtes Raimund, der als Kommissar im Jahre 1233 große Teile der „Miracula sancte Elyzabet" aufgezeichnet hatte und in Marburg selbst gesund geworden war. Er konnte als Zeuge in eigener Sache auftreten.

Die päpstliche Kommission verfasste außerdem eine ausführliche Lebensbeschreibung der Landgräfin, die die „Summa vite" des Konrad von Marburg ersetzen sollte. Zu diesem Zweck befragte man die vier Hofdamen im Umfeld Elisabeths, die ihre engsten Freundinnen und Dienerinnen waren und zu den wichtigsten Zeugen für ihr von Gott erfülltes Leben gehörten. Die päpstliche Kommission lud zunächst Guda vor und erkundigte sich nach ihren Beobachtungen. Guda war im Alter von fünf Jahren der vierjährigen Elisabeth zugesellt worden und mit ihr zusammen aufgewachsen. Nachdem man Guda nahegelegt hatte, auch über die geringsten Einzelheiten, deren sie sich erinnerte, zu berichten, ließ sich die Hofdame nicht lange nötigen. „Ich denke, dass Gott vom ersten Atemzug ihres Lebens mit ihr war", begann sie. „Denn so lange ich denken kann, zielten alle ihre Handlungen auf Gott hin, selbst im Spiel. Ich entsinne mich, als Elisabeth fünf Jahre alt war und noch keinen Buchstaben kannte, warf sie sich einmal der Länge nach vor den Altar, vor sich einen Psalter, und tat als ob sie daraus lese. Ich erinnere mich auch, dass sie bei ihren Spielen oft die Nähe der Kapelle suchte. Und selbst wenn sie das kleine Gotteshaus nicht betreten konnte, so küsste sie doch wenigstens die Türschwelle oder das Gemäuer. Oft täuschte sie ihre Spielkameradinnen, indem sie vorgab, sie zu haschen. Dann eilte Elisabeth auf einen Sprung in die Kapelle, kniete nieder und beugte den Kopf zu Boden. Eine Weile verharrte sie so mit gefalteten Händen vor dem Altar, bevor sie ihr Spiel draußen fortsetzte. Beim Ringspiel und auch bei anderen Spielen hoffte Elisabeth mit Gottes Hilfe zu gewinnen. Sie versprach ihm dann einige ‚Vaterunser' und ‚Ave Maria', und wenn sie gewonnen hatte, gab sie den zehnten Teil von ihrem Gewinn ärmeren Mädchen. Allerdings verpflichtete sie die Mitspielerinnen, als Dank für das Geschenkte einige ‚Vaterunser' und ‚Gegrüßet seiest du, Maria' zu beten. Es konnte auch sein, dass sie ein Gewinnspiel auf dem Weg zum Erfolg abbrach, um Gott gewinnen zu lassen. Selbst beim Tanzvergnügen brach sie ihren Reigen ab und sagte: ‚Einer ist mir genug, die anderen will ich Gott überlassen.'"

Als ein Kommissionsmitglied Guda fragte, wie lange sie mit Elisabeth von Thüringen zusammen gewesen sei, antwortete sie, dass sie ihr auch nach dem Tode des Landgrafen gedient habe, bis sie aus der Hand des Magisters Konrad das graue Gewand empfangen und die Gelübde abgelegt habe. Und zugleich mit ihrer Herrin habe auch sie das graue Kleid genommen.

Die päpstliche Kommission entließ Guda mit aufrichtigen Dankesworten. Als nächste bat sie Isentrud von Hörselgau in den Zeugenstand, die zu Lebzeiten des Landgrafen Ludwig etwa fünf Jahre an der Seite Elisabeths ihren Dienst verrichtet und auch nach dessen Tod noch über ein Jahr bei ihr geweilt hatte, bis die junge Witwe das graue Schwesternkleid genommen hatte. Sie galt als Vertraute der Landgräfin und war in viele Geheimnisse eingeweiht.

„Von Eurer Aussage, Isentrud von Hörselgau, wird entscheidend abhängen, welches Charakterbild der ehrenwerten Toten wir dem Heiligen Vater übermitteln können", beschwor Abt Raimund die junge Frau. „Ihr habt in entscheidenden Jahren das Leben Elisabeths von Thüringen geteilt. Wir trauen Euch eine genaue Beurteilung ihres gottesfürchtigen Lebenswandels zu. Sagt also frei und ungezwungen heraus, an was Ihr Euch erinnert und wie Ihr die Dinge beurteilt."

Isentrud von Hörselgau musste nicht lange überlegen. Es hatte sie schon längst gedrängt, ein Urteil über ihre Freundin abzugeben, endlich offen darüber sprechen zu dürfen, wie sie Elisabeth erlebt hatte und welcher Segen von ihr für Land und Leute ausgegangen war. Dabei wollte sie jedoch auch die Verletzungen nicht ausklammern, die ungerechtfertigten Anschuldigungen seitens des fürstlichen Hofes, die Demütigungen, die die angeheiratete Verwandtschaft ihr zugefügt und die sie schweigend ertragen hatte.

„Verzeiht, Euer Gnaden, wenn ich vielleicht nicht der Reihe nach erzähle, was Ihr von mir erwartet. Zu viel auf einmal drängt sich über meine Lippen. Da kann es schon einmal zu Eselssprüngen kommen. Aber ich werde mich dennoch um eine sorgfältige Schilderung der Ereignisse bemühen."

Der Abt nickte und gab mit einer Handbewegung zu verstehen, dass das Wort Isentrud gehöre. Der Schreiber hielt erwartungsvoll die Feder bereit.

„Ich habe meine gnädige Herrin immer fromm, demütig, erfüllt von Nächstenliebe und ganz dem Gebet ergeben erlebt", begann die Hofdame. „Oft gab sie allen ein Beispiel, eilte allein schnellen Schrittes zur Kirche voraus, so dass die Mägde mitunter murrten und unwillig waren. Wisst Ihr, sie gab den Frauen oft Gelegenheit, unwillig zu sein. Einmal nahm sie heimlich einen kranken Bettler auf, der zum Fürchten aussah, denn er litt an einer schrecklichen Kopfkrankheit. Mit eigenen Händen schor Elisabeth ihm das ekelhafte Haar, wobei sie seinen Kopf in ihren Schoß legte. Das tat sie in einem stillen Winkel des Hauses, damit die Menschen nicht Anstoß nähmen. Als einige Mägde sie jedoch dabei überraschten und sich ereiferten, lächelte sie nur."

Der Abt machte eine Geste, die Isentrud zum Schweigen aufforderte. Die Feder des Schreibers kratzte noch einen Augenblick über das Pergament, bis der Satz vollendet war. Abt Raimund lehnte sich in seinem Stuhl zurück und sah die Zeugin nachdenklich an.
„Was Ihr bisher zu Protokoll gegeben habt, deckt sich mit den Aussagen, die ich aus manchen Gesprächen mit anderen Zeugen gewonnen habe, Frau Isentrud. Nun komme ich auf eine etwas delikate Angelegenheit zu sprechen, und ich bitte Euch, offen und unumwunden Eure Meinung zu sagen. Es betrifft das Verhältnis der edlen Landgräfin zu ihrem Seelenführer und Beichtvater Konrad von Marburg, eine verdiente, jedoch nicht immer glückliche Gestalt. Sagt, wie denkt Ihr über ihn?"
Die Frage traf die Hofdame im grauen Schwesterngewand unvorbereitet und wie ein Pfeil. Isentrud hatte damit gerechnet, dass man sie nach diesem umstrittenen Mann fragen würde und doch im Stillen gehofft, der Antwort ausweichen zu können. Doch nun bohrten sich die Augen des Abtes in die ihren und es gab kein Entrinnen.
„Nun, Vater Abt, Ihr säßet wohl nicht hier, wenn es den Magister Konrad nicht gegeben hätte. Er schrieb schon bald nach dem Tode meiner Herrin nieder, wie sie gelebt hatte und welche Wunder an ihrem Grabe geschahen."
Der Abt lächelte. Er spürte, dass ihm Isentrud von Hörselgau ausweichen wollte. „Das ist bekannt und löblich", sagte er. „Er war auch der erste Promotor ihrer Heiligsprechung. Doch schildert ihn mir bitte näher."
Isentrud dachte einen Augenblick nach. „Meine Herrin hat noch zu Lebzeiten ihres Gemahls und mit seinem

Einverständnis dem Magister Konrad Gehorsam gelobt und ihm in die Hand versprochen, ewige Keuschheit zu bewahren, wenn sie den Tod ihres Gatten überlebe. Das geschah im Kloster der heiligen Katharina in Eisenach. An eine Angelegenheit erinnere ich mich besonders, und sie hat mich lebhaft beschäftigt, weil ich sie ..."
„Nun?"
„... weil ich sie ungerecht fand", ergänzte Isentrud.
„Was war das für eine Sache?"
„Einmal rief Magister Konrad meine Herrin zu einer Predigt, doch sie konnte der Einladung nicht Folge leisten, weil die Landgräfin von Meißen überraschend ihren Besuch angekündigt hatte. Darauf schickte Konrad von Marburg einen Boten zu ihr und ließ ihr sagen, wegen dieses Ungehorsams werde er in Zukunft nicht mehr für ihr Seelenheil Sorge tragen. Meine Herrin war sehr bestürzt und eilte am nächsten Tag zu ihm, um ihn reumütig um Verzeihung zu bitten. Doch Konrad weigerte sich, die Entschuldigung anzunehmen. Da fiel Elisabeth ihm zu Füßen. Er aber entkleidete sie bis auf das Hemd und züchtigte sie."
„Das war nicht der einzige Fall, dass er sie schlug", sagte der Abt finster. „Selbst in seinem Brief an den Papst hat er sich eines ähnlichen Falls bezichtigt. Doch fahrt fort! Was habt Ihr noch von diesem Magister Konrad zu berichten?"
„Er riet, nein, er befahl ihr, nur die Güter ihres Gatten zu gebrauchen, die sie guten Gewissens nutzen könne. Elisabeth legte dieses Gebot so streng aus, dass sie sich selbst in Gegenwart ihres Ehemannes beim Mahle aller Speisen enthielt, die möglicherweise durch Steuern und Eintreibungen von den Bauern beschafft worden waren. Sie aß nichts von dem, wovon sie nicht

wusste, dass es aus rechtmäßigem Erwerb und von den Ländereien ihrer Familie stammte. Saßen die Ritter und Herren des Hauses nun zu Tisch, so tat sie, als ob sie speise, doch in Wirklichkeit brach sie das Brot oder schnitt sie das Fleisch nur zum Schein und schob es hin und her. Natürlich entging Landgraf Ludwig nicht, was seine Gemahlin tat, und als die drei Dienerinnen den Herrn baten, ihr nicht zu zürnen, sagte er: ‚Ich würde es selbst gern so tun, wenn ich nicht die üble Nachrede meines Gesindes fürchten müsste. Ich will jedoch, wenn es Gott gefällt, auch meine Lebensweise ändern.' Die Befolgung der Anweisungen des Magisters Konrad ging so weit, dass meine Herrin sich scheute, außerhalb des Hofes Speisen zu sich zu nehmen, von denen sie nicht wusste, woher sie stammten. Oft stand sie hungrig vom Tisch auf und wäre doch mit trockenem Brot zufrieden gewesen, wenn sie es ruhigen Gewissens hätte verzehren können. Ja, trotz der verschiedenen Gänge am Tisch ihres Gatten wurde sie von Hunger und Durst geplagt."

„Und ihr Gemahl hat diese Situation stillschweigend hingenommen?", fragte Abt Raimund betreten.

„Der Landgraf teilte ihr insgeheim mit, aus welchen Gütern die Speisen stammten, die man auftrug. Einmal, ich entsinne mich, saß sie mit ihrem Gatten zu Tisch vor vielfältigen Gerichten, deren Herkunft unbestimmt war. Da nahm sie nur eines der fünf gebratenen Vöglein und gab die anderen ihren Mägden. Oft litt sie unter dem Mangel, den ihre Mägde ertrugen – denn sie wollten es ihrer Herrin gleich tun – mehr als unter dem eigenen. Häufig erkundigte sich die Landesfürstin bei den diensthabenden Verwaltern, woher die Speisen und Getränke kamen, die aufgetragen wurden. Stammten sie aus dem Fürstenbesitz, so

klatschte sie in die Hände und rief heiter: ‚Wohl uns, heute werden wir essen und trinken können!'
Einmal musste Elisabeth ihrem Gatten auf einen großen Hoftag folgen. Dort fand sie keine Speise, die sie ruhigen Gewissens hätte genießen können, außer einem groben, harten und schwarzen Brot. Da zudem Freitag und Fasttag war, so weichten sie und die Ihren dieses Brot in warmem Wasser auf. Mit dieser geringen Speise als Kräftigung ritt sie an diesem Tage noch acht deutsche Meilen."
Der Magen des Schreibers knurrte. Er blickte erschrocken von seiner Arbeit und entschuldigte sich roten Kopfes bei den Kommissionsmitgliedern, die der Vernehmung aufmerksam gefolgt waren.
„Ihr müsst Euch nicht entschuldigen", lächelte der Abt. „Ihr seid mir nur zuvorgekommen. Auch mich beschleicht ein seltsames Gefühl in der Magengegend, wenn ich an diesen Speiseplan denke. Hat der Landgraf diese Gepflogenheiten tatsächlich geduldet?", wandte sich Abt Raimund an Frau Isentrud.
„Sie trugen ihm viel Spott und Tadel ein, das ist wohl wahr. Nicht nur außerhalb der Burg, auch in den eigenen Reihen mehrten sich die kritischen Stimmen. Man sorgte sich um das Ansehen der fürstlichen Familie in der Öffentlichkeit. Jedoch darf nicht verschwiegen werden, dass die edle Frau jene Bauern und Landwirte, denen durch die Beschlagnahmung ihrer Ernte übel mitgespielt wurde, zu entschädigen trachtete."
Der Abt von Eberbach ging kommentarlos zu einem weiteren Punkt der Zeugenbefragung über. „Kommen wir nun zu einem wesentlichen Teil des Informativprozesses, nämlich den der Gottes- und Nächstenliebe unserer teuren Elisabeth. Dass sie eine überaus fromme Frau war, ist bereits aktenkundig und durch die

Aussagen vieler Männer und Frauen bestätigt worden."

Isentrud lächelte. Sie entsann sich plötzlich einer merkwürdigen Gepflogenheit, einer geheimen Absprache zwischen der Landesfürstin und ihr. Dem Abt entging das Lächeln nicht, und er erkundigte sich nach dem Grund.

„Werter Vater", sagte Isentrud von Hörselgau, „es steht außer Zweifel, dass Elisabeth von Thüringen das Gebet, die Zwiesprache mit Gott, über alles liebte und daraus auch die Kräfte für ihre tätige Nächstenliebe bezog, die sich in vielen Formen äußerte. Ja, man darf mit Fug und Recht sagen: Sie betete unentwegt, selbst des Nachts. Landgraf Ludwig bat sie, sich zu schonen. Manchmal hielt er ihre Hand in der seinen, besorgt, sie könne aufstehen, wenn er eingeschlafen war. Elisabeth bat darauf ihre Mägde, sie zu wecken, wenn ihr Mann schlief oder sich schlafend stellte. Doch die Mägde fürchteten den Zorn ihres Herrn. So trug Elisabeth mir auf, sie an der Zehe zu ziehen, was ich auch tat. Einmal jedoch, als ich sie wecken wollte, erwischte ich den Zeh des Landgrafen, der seinen Fuß in das Bett seiner Gemahlin gestreckt hatte. Er erwachte, erahnte meine Absicht und ergab sich seufzend seinem Schicksal." Schallendes Gelächter unterbrach die Vernehmung, so dass der Abt nach einer Weile Ruhe gebieten musste. „Die Landgräfin betete so lange, dass sie oft vor dem Bett auf dem Teppich einschlief", fuhr die Hofdame fort. „Ihre Mägde konnten nicht verstehen, warum sie nicht lieber mit ihrem Gatten schlafe, und sie antwortete: ‚Wenn ich auch nicht immer beten kann, so kann ich meinem Fleisch doch dadurch Gewalt antun, dass ich mich von meinem heißgeliebten Gatten trenne.' So sagte sie. War Landgraf Ludwig abwesend, so verbrachte sie viele Nächte mit Nachtwachen, Kniebeugen, Gebeten – und Geißelungen. Ja, sie ließ sich von ihren Mägden in einer abgelegenen Kammer des Öfteren geißeln und kehrte dann fröhlich zum Schlafgemach ihres Gatten zurück."

Der Schreiber notierte eifrig, was Isentrud von Hörselgau zu Protokoll gab. Abt Raimund unterbrach sie nur selten, höchstens dann, wenn er eine Zusatzfrage stellte oder ihm eine Schilderung nicht ganz einleuchtend war. Dass Elisabeth von Thüringen auf schmucke Kleider und jeglichen Tand verzichtet hatte, oft wollene Gewänder trug, barfuß und ohne Gefolge zur Kirche ging und bei den Predigten an den Bitttagen immer bei den ärmsten Frauen stand, wusste er, auch dass sie Armbänder, Ringe und anderen Schmuck in die Schatulle verbannt oder an Arme verschenkt hatte, war ihm zu Ohren gekommen. Neu für ihn war, dass Elisabeth auch andere Frauen von Rang hatte verpflichten wollen, die Eitelkeit der Welt zu meiden und ein demütiges, auf Gott ausgerichtetes Leben zu führen. Nach dem Tode ihrer Gatten brachte sie die Damen oft dazu, das Gelübde der Enthaltsamkeit abzulegen. Die Landgräfin war eine Frau, die sich für die geringsten Dienste nicht zu schade war. Auch als ihr Gatte noch lebte, spann sie mit ihren Mägden Wolle, fertigte sie Kleidung für die Armen an und sorgte dafür, dass die Minderbrüder Gewänder bekamen. Armen Täuflingen spendete sie Kleider, hielt sie selbst über das Taufbecken und bekundete so ihre geistige Verwandtschaft mit ihnen. Starb jemand, der arm war, so schneiderte sie eigenhändig Leichenhemden, zog sie den Toten an und begleitete sie auf ihrem letzten Gang. Auch ihren großen weißen Leinenschleier, so berichtete Isentrud, zerschnitt sie in Teile und bedeckte die Toten vor dem Begräbnis damit. Waren die Kranken ihr liebevoll ans Herz gewachsen, so betreute und pflegte Elisabeth sie, wo sie konnte.

„Oft besuchte sie arme Wöchnerinnen und tröstete sie“, erzählte Isentrud dem staunenden Publikum, „und wenn Boten solcher Frauen oder anderer Kranker etwas von ihr verlangten, erkundigte sie sich selbst nach ihrer Wohnung, um sie aufzusuchen. Wie weit ihre Hütten auch entfernt waren und wie schmutzig und schwierig der Weg dorthin auch sein mochte, sie besuchte sie dennoch, brachte ihnen alles Notwendige und tröstete sie. Einmal wollte sie sogar an einem entlegenen Ort eine Kuh melken, um den Wunsch eines Armen nach Milch zu erfüllen, aber das Tier schlug aus und ließ es nicht zu.“

Was wurde aus Elisabeths Hospital in Marburg? Mit ihrem Tod war ein rechtliches Problem um diese von ihr gegründete Anstalt entstanden, denn die Mittel, die ihr zur Gründung des Krankenhauses bewilligt worden waren, fielen nun an die Landgrafen Konrad und Heinrich Raspe zurück. Es war jedoch der Wunsch der Landgräfin gewesen, dass das Hospital nach ihrem Tod dem Johanniterorden übereignet werden sollte. Diese Verfügung war rechtsunwirksam. Konrad von Marburg als Vorsteher des Hospitals erreichte in Verhandlungen mit den Landgrafen, dass die Einrichtung des Hospitals am Standort verblieb und sie auf alle Ansprüche verzichteten. Papst Gregor IX. bestimmte Konrad von Marburg im Oktober 1232 zum Defensor des Krankenhauses. Zugleich unterstellte er es päpstlichem Schutz. Doch der Tod Konrads beraubte das Hospital abermals seiner Selbständigkeit. Nun sorgte das thüringische Landgrafenhaus, beflügelt durch die zunehmende Verehrung Elisabeths und das 1232 eingeleitete Verfahren zu ihrer Heiligsprechung am päpstlichen Hof in Rieti dafür, dass Gregor IX. das Hospital im Juli 1234 in die Trägerschaft des Deutschen Ordens überstellte, dem der Ordenshochmeister Hermann von Salza und danach Konrad von Thüringen vorstanden. Der Deutsche Orden war mit den Johannitern und Templern der einflussreichste ritterliche Hospitalorden in Deutschland und 1199 von Papst Innozenz III. bestätigt worden.

Am 27. Mai 1235 sprach Papst Gregor X., der auch Franziskus und Dominikus zur Ehre der Altäre erhoben hatte, Elisabeth von Thüringen heilig. Der erste Chronist des Lebens der großen Landesfürstin Elisabeth war Prior Cäsarius vom Zisterzienserkloster Heisterbach im Siebengebirge. Seine Aufzeichnungen „Vita beatae Elisabeth Landgraviae" und sein „Sermo de translatione eiusdem" gehören zu den von den Bollandisten in Brüssel archivierten Schriftstücken, die für eine Geschichte der Heiligen zusammengetragen wurden.

Über Elisabeths Heiligsprechung berichtete er Folgendes: „Es wurde einstimmig und einmütig beschlossen, dass unsere heilige Elisabeth für würdig gehalten werden solle, auf den Leuchter der apostolischen Kanonisation gestellt, mit dem Titel der Heiligen bedacht und auf Erden in das Buch der Heiligen eingetragen zu werden, da man nicht zweifeln konnte, dass ihr Name im Buch des Lebens geschrieben stand, wie durch Gott in herrlicher Weise dargetan wurde.

Am heiligen Pfingstfest begab sich der Heilige Vater Gregor mit vielen tausend Gläubigen in feierlicher Prozession und unter dem Klang von Hörnern und Tuben zum Kloster der Predigermönche, wo Bruder Konrad, ehemals Landgraf, dem das ganze Volk in Liebe zugetan war, ungeheuer große, feierlich geschmückte Leuchter dem Papst und allen Prälaten und Mönchen übergab und Kerzen der ganzen Menge austeilte, die er später dem so genannten Ordenshause widmete. Nachdem nun dem Volke alles zur Sache Gehörige über das Leben und die Wunder von dem Kardinalsdiakon, der damals dem Hohenpriester beim Gottesdienst diente, wie es sich gehörte, vorgelesen und dargelegt worden war, wurde unter allgemeinem Beifall und Zuruf, wobei reichlicher Tränenstrom die Stadt Gottes erfreute, und unter feierlicher Absingung der Hymne der Engel, deren süße Melodie sich zum Himmel aufschwang, Elisabeth feierlich heiliggesprochen, jene gesegnete unter den Frauen, die alles Lobes würdig war. Die Feier des Jahrestages ihres Todes wurde allen gemeinsam ans Herz gelegt, ihr Messopfer mit den sogenannten Kollekten, Sekreten und Kompleten bestimmt, wie der Papst als Herr der Kirche selbst an diesem Tage in der Messe verkündete. Der göttlichen Gnade dankend, kehrten alle froh in ihre Heimat zurück.

Der genannte Bruder Konrad aber lud ungefähr dreihundert Geistliche zum Mahle ein und schenkte überdies vielen Klöstern, die weit weg lagen, Eremiten, Reklusen und den Schwestern der Armut und des hl. Franziskus Brot, Wein, Fische, Milchspeisen in hinlänglicher Menge. Überdies verteilte er an viele Tausende Arme Brot, Fleisch, Wein und Geld im Namen des Deutschen Hauses zur Ehre Gottes, was dem Heiligen Vater sehr wohlgefiel, der, so wie er ihn gleich bei der Ankunft gütig und gnädig aufgenommen hatte, ihn nun selbst an seinen eigenen Tisch lud, was sehr selten vorkommt, ihn sich an seine Seite setzen ließ, sein Gefolge reichlich bewirtete und bei seinem Abschied ihn gnädig entließ. Alle Bitten der Armen, die der Kurie vorlagen und die Konrad ihm vorbrachte, erfüllte er gnädig, segnete ihn unter vielen Tränen, küsste ihn und entließ ihn mit liebevollen Abschiedsworten.

Viele ähnliche Briefe sandte der Heilige Vater nicht bloß in dem Kirchenstaat umher, sondern auch an alle Königreiche der Welt und Erzbistümer, in denen er die

Feierlichkeit der früher erzählten Handlungen bekannt machte und erzählte, die, genau beachtet, seine aufrichtige Liebe in der gegenwärtigen Angelegenheit in immer reichlicherem Maße kundtun werden.
Geschrieben zu Perugia im Jahre des Heils 1235."

Mit großem Gefolge war Kaiser Friedrich II. in Marburg erschienen, um an der Erhebung der Gebeine der heiligen Elisabeth teilzunehmen. Nachdem Papst Gregor IX. sie am Pfingstsonntag 1235 in Perugia in Anwesenheit des Landgrafen Konrad von Thüringen, des Schwagers der Heiligen, in feierlicher Form zur Ehre der Altäre erhoben hatte, wollte es sich der Kaiser nicht nehmen lassen, der allseits verehrten Landgräfin bei der Übertragung ihrer Gebeine an einen vorbestimmten Platz die ihr gebührende Ehre zu erweisen. Der Papst hatte die Translatio angeordnet, der Mainzer Erzbischof Siegfried III. sowie die Bischöfe Dietrich II. von Trier und Konrad von Hildesheim, der Ketzerrichter und Kreuzzugsprediger, handelten in seinem Auftrag. Dem Mainzer war die Amtshandlung nicht leicht gefallen, denn ein aufblühender Wallfahrtsort unmittelbar an der Grenze zu seinem Hoheitsgebiet kam ihm gar nicht gelegen.

Die Anwesenheit des Kaisers war aber auch ein verspäteter Dank an Ludwig IV., der ihm stets ein treuer Vasall und ehrlicher Freund gewesen war. Friedrich und Ludwig hatten sich nicht nur regelmäßig bei Reichs- und Hoftagen sowie anderen politischen Zusammenkünften getroffen, sie konnten auch über vertrauliche Dinge sprechen, und nicht nur einmal hatte sich der Kaiser bei Ludwig Rat geholt – wohl wissend, dass der Landgraf mit einer ungewöhnlichen Frau verheiratet war und ihr Einfluss auch die Regierungspolitik des Ludowingers mitbestimmte. Landgraf Ludwig IV. war zudem ein Vetter zweiten Grades Kaiser Friedrichs II. Sein Großvater, Ludwig II., hatte Jutta, eine Stiefschwester Friedrich Barbarossas, geheiratet. Elisabeths Oheim, König Emerich von Ungarn, war der erste Gemahl Konstanzes von Aragon, der späteren

Kaiserin und Mutter Heinrichs VII., des Sohnes Friedrichs II. gewesen.
Friedrich II. hatte mit der kirchlichen Obrigkeit des Öfteren im Clinch gelegen und seine Teilnahme an besonderen kirchlichen Feierlichkeiten schien angemessen. Dieser letzte Stauferkaiser hatte bereits 1215 an der Erhebung der Gebeine Karls des Großen mitgewirkt, dessen Heiligsprechung von Friedrichs Großvater Friedrich Barbarossa angeregt worden war. Der Enkel stellte sich also bewusst in die Tradition des Karlskultes und der staufischen Reichsidee. Dabei gab er sich äußerst unterwürfig. Die Menge der Zuschauer und Beter sah ihn mit grauer Tunika bekleidet barfüßig und barhäuptig in der Prozession gehen, was nicht nur als Zeichen demütiger Erniedrigung gewertet wurde, sondern bei Kritikern auch Hohn und Spott auslöste.
Drei Tage bevor der Kaiser in Marburg erschien, hatten der Prior des Marburgers Hospitals, Ulrich von Dürn, und sieben Brüder nachts bei verschlossenen Kirchentüren das Grab Elisabeths geöffnet, den noch unverwesten Leichnam in Purpur gehüllt und in einem Sarg aus Blei in das Ursprungsgrab zurückgelegt. Bei Graböffnungen stellte man einen lieblichen, süßen Geruch fest und duftendes Öl rann tröpfchenweise aus dem Sarkophag. Dieses Öl fing man in Phiolen auf und gab es den Kranken. In den frühen Morgenstunden des 1. Mai erschien nun der Kaiser mit seinem Gefolge und überführte den Sarg an einen neuen Platz in der Franziskus- oder Hospitalkirche. Ein Jahr zuvor hatte man mit dem Bau der gotischen Elisabethkirche als endgültige Grablege der Landesfürstin begonnen, die bisher jedoch noch nicht über die Grundmauern hinausgewachsen war. Den präparierten in einem Kelch aufbewahrten Schädel der Heiligen umgab eine

goldene, mit kostbaren Steinen versehene Krone; Kelch und Krone hatte Friedrich II. als Zeichen seiner Verehrung gestiftet.

Sieh dir das an! Wie er den Frommen mimt, der Kaiser! Wo es für den Staufer Friedrich ein Spektakel gibt, ist er dabei." Der Mann, der sich kritisch zur Anwesenheit des Reichsoberhauptes in Marburg äußerte, stand unter seinesgleichen am Wiesenhang, weit weg vom Geschehen im Tal, die Hand über den Augen, und verfolgte die langsam dahinschreitenden Prozession. Um den Mann herum stand eine kleine Menschenansammlung, Bettler wie er, darunter einige Frauen, die ihre Kinder an der Brust hielten.

„Still, Ferdinand", zischte Dagobert. „Die Obrigkeit hat überall ihre Häscher. Selbst bei frommen Gelegenheiten wie dieser. Was hat der Kaiser mit der Kirche zu schaffen?"

„Oh, sehr viel, mein Lieber. Er ist ihr erster Sachwalter, ihr Beschützer, wenn du so willst. Der Kaiser ist ‚von Gottes Gnaden'."

Dagobert spuckte aus. „Ich denke, er verfolgt nur seine eigenen Interessen. Ich durchschaue das Spiel."

„Dass ich nicht lache", rief Lene, die vor wenigen Tagen aus dem Marburger Hospital entlassen worden war, wo man ihr ein Geschwür weggeschnitten hatte, „ausgerechnet du durchschaust die Politik? Eher kannst du durch ein trübes Bierglas in die Zukunft sehen."

„Seid still!", protestierte Gertraude und hob ihr zweijähriges Mädchen ein Stück höher, damit es die Prozession im Tal besser sähe. „Die eigentlich dabei sein müssten, die stehen seitab, als ob sie die ganze Angelegenheit nichts anginge. Wenn die Landesmutter Elisabeth noch lebte ..."

„... dann ständen wir auch nicht hier oben, das wolltest du doch sagen, oder? Dann gäbe es nämlich gar

keine Prozession." Ferdinand blickte sich um, als wenn er etwas besonders Schlaues gesagt hätte.
Die anderen lachten. Lene verzog verächtlich den Mund. „Wenn es nach der Landesmutter gegangen wäre, trügen wir jetzt ihren Sarg und nicht der Kaiser, das wollte ich sagen, versteht ihr? Sie hatte die Armen und Kranken, die Bettler und Alten nämlich immer gern in ihrer Nähe."
Alle pflichteten ihr bei. Nur gut, dass sie sich jetzt nicht in Stadtnähe aufhielten. Dort drängten sich die Menschen schlimmer als an Jahrmarktstagen. Weit mehr als eine Million waren in die Stadt an der Lahn gekommen, als die Gebeine Elisabeths von Thüringen gehoben wurden. Die Straßen waren schwarz vor Besuchern und Einheimischen. Der eintönige Gesang der Allerheiligenlitanei drang jetzt bis zu den Zuschauern am Wiesenhang herauf. Kleriker in weißen Kleidern, schwarz- und weißgewandete Mönche, Prälaten in roten Gewändern und Bischöfe mit Stab und Mitra gingen dem Bleisarg voraus, der vom Kaiser und von Grafen und Rittern getragen wurde. Unter dem Baldachin schritt niemand. Friedrich II. hatte seinen gewohnten Platz bei Umzügen bewusst verlassen und sich bei den Sargträgern eingereiht, um seine Demut zu demonstrieren. Von ihrem Standort konnten die Bettelleute ihn deutlich sehen, trotz der wehenden Fahnen und steifen Standarten, die ihm vorausgetragen wurden.
„Heilige Mutter Elisabeth, bitte für uns!", flüsterte die schwindsüchtige Monika. „Ich habe ihr viel zu verdanken. Als mein Mann mich grün und blau geschlagen hatte, nahm sie mich bei sich in ihrer kleinen Wohnung auf."
„Wir alle haben ihr zu danken", sagte Dagobert. „Die Zeit wird kommen, da werden die Jahre, in denen wir

sie gekannt haben, die glücklichsten unseres Lebens sein."
„Die Zeit ist schon da", nickte Hildegund. „Denn es wird keine besseren Tage mehr für uns geben."
Die Bettelleute schwiegen. Sie beobachteten bewegt das Schauspiel zu ihren Füßen. In manchen Augen löste sich eine Träne.
„Unsere Landesmutter ist ja eine Heilige", tröstete Ferdinand. „Vielen ist sie zum Segen geworden. Vielen wird sie zum Segen werden. Wir dürfen immer zu ihr beten."

Anhang

Die weiteren Ereignisse

Es kam die Zeit, da sich viele Legenden um Elisabeths Person bildeten. Die von ihren Hofdamen überlieferten Details gerieten auf verschlungenen Wegen an die Öffentlichkeit und leisteten der Legendenbildung Vorschub. So ereignete sich das „Rosenwunder" einmal bei einer Begegnung mit ihrem Gemahl Ludwig IV., ein andermal beim Zusammentreffen mit Heinrich Raspe. Der Aussätzige, den Elisabeth in Abwesenheit ihres Mannes in dessen Bett pflegte, soll sich bei der überraschenden Heimkehr des Landgrafen in das Bild des Gekreuzigten verwandelt haben. Die Antwort des Landesherrn habe gelautet: „Meine liebe Frau, solche Gäste sollst du mir oft ins Bett legen."

Eine andere Geschichte ist die vom Überfluss des Getreides. Als Elisabeth in einem Hungerjahr in Abwesenheit ihres Gemahls die Kornkammern der Burg geleert und das Getreide an die Hunger leidende Bevölkerung verteilt hatte, wurde sie von den Schwägern und den Hofdamen wegen dieser „Verschwendung" gerügt. Während sie später mit Ludwig noch darüber diskutierte und beide im Festsaal auf und ab schritten, sahen sie auf einmal, wie goldgelbes Korn unter den Türschwellen in den Raum drang und den Festsaal zu überfluten begann – ein Hinweis darauf, dass dem, der gibt, hundertfältig wiedergegeben wird.

Über solche Legenden geriet das Bild eines jungen, schon mit vierundzwanzig Jahren erfüllten Lebens in den Hintergrund, das radikal dem franziskanischen Armutsgebot gefolgt war und die Werke der Barmherzigkeit konsequent angewandt hatte, das aber auch bewusst gegen höfische Gepflogenheiten und gesellschaftliche Regeln verstieß, um die Würde und Gleichwertigkeit aller Menschen in einer Zeit zu demonstrieren, als noch niemand daran dachte, Menschenrechte in Paragraphen zu binden. Jahrhundertelang lebte der Name der Heiligen in Organisationsformen wie Elisabethkonferenz und Elisabethverein oder Elisabethkrankenhaus weiter, bis man ihn ab der Mitte des 20. Jahrhunderts im Allgemeinbegriff Caritas aufgehen ließ.

Nach der Erhebung der Landgräfin Elisabeth zur Ehre der Altäre wuchs das Ansehen des Thüringer Hofes unter den Fürstenhäusern noch mehr. Elisabeths Kinder versahen ihre Korrespondenz gern mit dem Zusatz, dass sie Sohn oder Töchter der Heiligen seien. Landgraf Hermann II., im März 1222 geboren und ältestes der drei Kinder der hl. Elisabeth und Ludwigs IV., war beim Tode seines Vaters noch nicht regierungsfähig. So übernahmen seine Onkel Heinrich Raspe und Konrad die Amtsgeschäfte für den unmündigen Jungen. Konrad schied 1234 jedoch aus der Regentschaft aus, weil er in den Deutschen Orden eintrat. Der Sohn der Heiligen trat erst vier Jahre nach seiner Volljährigkeit erstmals mit der Besiegelung einer Urkunde an die Öffentlichkeit, wobei er seinem eigenen Namen die Bemerkung hinzufügte, er sei ein Sohn der hl. Elisabeth. Hermann II. war mit Helene, der Tochter des Herzogs Otto von Braunschweig, verlobt oder verheiratet Er starb jedoch ohne Erben bereits im Januar 1241 im Alter von 19 Jahren – möglicherweise an Gift – auf der Creuzburg.

Sophie, die älteste Tochter Elisabeths, der sie 1224 das Leben geschenkt hatte, heiratete 1240 Herzog Heinrich II. von Lothringen und Brabant. Ihr Gatte starb nach erst achtjähriger Ehe, und so kehrte Sophie am 1. Februar 1248 mit dem Ziel nach Hessen zurück, für ihren Sohn Heinrich das Erbe des im Mannesstamm ausgestorbenen thüringischen Landgrafen zu erfechten. Sie sah sich dem Widerstand starker Gegner ausgesetzt: Der Erzbischof von Mainz wollte sein Territorium in Hessen vergrößern, der Markgraf von Meißen beanspruchte Thüringen. In dem ungleichen Kampf nutzten ihr das Ansehen ihrer heiliggesprochenen Mutter und die Macht des Deutschen Ordens. Zwar konnte Sophie nicht alle Erbansprüche für ihren Sohn Heinrich I., Landgraf von Hessen, geltend machen, doch der hessische Teil blieb ihm erhalten. Die Verehrung der hl. Elisabeth in Hessen geht auf Sophie zurück. Sie sorgte dafür, dass die Heilige Patronin des Landes wurde. Noch ihre Enkel und Urenkel bezeugten die Verwandtschaft zur hl. Elisabeth in ihrem Siegel.

Gertrud, die jüngste Tochter Elisabeths, kam 1227, im Todesjahr ihres Vaters Ludwig IV., zur Welt. Schon im Alter von anderthalb Jahren wurde sie – wahrscheinlich auf Betreiben Konrads von Marburg – dem Prämonstratenserinnenkloster Altenberg bei Wetzlar zur Erziehung übergeben. Nach einer frommen Legende sollen Elisabeth und Ludwig vor dem Aufbruch des Landgrafen zum Kreuzzug das Gelübde getan haben, ihr drittes Kind Gott zu weihen. Wenn es ein Junge würde, sollte er in der Prämonstratenserabtei Rommersdorf bei Neuwied Aufnahme finden, für ein Mädchen war die Tochtergründung Altenberg als Lebensort ausersehen.

Gertrud lebte und wirkte in Altenberg von 1229 bis zu ihrem Tode 1297, davon fast fünfzig Jahre als Meisterin. Unter ihrer Leitung blühte das Kloster auf und genoss hohes Ansehen. Hatte der 24-köpfige Konvent zuvor in bescheidenen Verhältnissen gelebt, so übertrugen nun immer mehr Adelige ihren Güterbesitz auf das Kloster, das in der Mitte des 12. Jahrhunderts gegründet worden war. Die Nähe zu Marburg und zum Wirkungsbereich der Mutter Gertruds führte auch dazu, dass Stadt und Land dem Kloster im Laufe der Zeit immer größere Zuwendungen machten. Geistiger Aufschwung und wirtschaftliche Blüte erforderten bald einen Neubau der Klosteranlage. Zunächst entstand die frühgotische Stiftskirche, danach wurden Wohn- und Hospitalgebäude in Angriff genommen. Gertrud eiferte dem Beispiel ihrer Mutter nach und widmete sich mit besonderer Sorgfalt der Krankenpflege. Ein Hospital, das 1265 errichtet wurde, trug den Namen der hl. Elisabeth. Die Mittel für diesen Bau stammten aus Gertruds Erbe, das ihr von Vaters Seite zustand. Außerhalb des Klosterbezirks plante sie um 1277 das „Hospital der Armen".
Gertrud starb am 13. August 1297 im Alter von fast siebzig Jahren. Sie war eine anerkannte und hochverehrte Klostervorsteherin gewesen, die sich, in der Tradition ihrer Mutter stehend, um kranke und alte Menschen gesorgt hatte. 1348 sprach Papst Clemens VI. sie selig. Ihre ursprünglich in der Klostergruft bestatteten Gebeine wurden nun in ein eigenes Hochgrab vor dem Altar der Stiftskirche überführt. Das Grabmal zeigt die Gestalt einer lächelnden Nonne mit gefalteten Händen.

Die Ludowinger haben in der Reichspolitik des Öfteren eine zwiespältige Rolle gespielt. Das beste Beispiel war Landgraf Hermann I., der Schwiegervater der hl. Elisabeth, dem es um die Machtentfaltung seines Hauses ging und der deshalb ohne Gewissensbisse mehrmals die politischen Fronten wechselte. Auch Heinrich Raspe, sein um 1202 geborener Sohn, schlug dem Vater nach, selbst wenn er als frommer und auf die Ausbreitung der Verehrung seiner heiliggesprochenen Schwägerin bedachter Mann in die Geschichte einging. Die Staufer – noch immer im zermürbenden Streit mit dem Papsttum – hatten sich zunächst um den angesehenen Landgrafen von Thüringen bemüht und ihn 1242 zum Reichsprokurator für den unmündigen Konrad IV. ernannt, ein Amt, das bis dahin der vom Kaiser abgefallene Erzbischof Siegfried von Mainz innehatte. Heinrich Raspe trat bereits ein Jahr später von dieser Aufgabe zurück und äußerte unverhohlen Sympathien für die Sache des Papstes. Innozenz IV. zeigte sich erkenntlich.

Als der Papst, unterstützt vom Kölner und Mainzer Erzbischof, Kaiser Friedrich II. auf dem Konzil von Lyon im Juli 1245 erneut absetzte und mit dem Bann belegte, wurde Heinrich Raspe als Kandidat für das neu zu besetzende Königtum vorgeschlagen. Am 22. Mai 1246 wählten ihn die Erzbischöfe von Mainz und Köln sowie einige andere Bischöfe in Veitshöchheim bei Würzburg zum deutschen König. Weil kein weltlicher Fürst an der Wahl teilnahm, erhielt Heinrich den Namen „Pfaffenkönig". Für den Erhalt der Königswürde mag die nahe Verwandtschaft zu der volkstümlichen und in allen Landen verehrten hl. Elisabeth mitentscheidend gewesen sein. Zudem gehörte Heinrich Raspe zu den großen Territorialherren. Da er außerdem keine männlichen Nachkommen hatte und es daher absehbar war, dass mit ihm das thüringische Landgrafengeschlecht aussterben würde, bestand auch keine Gefahr, dass der Königstitel vererbt würde. Heinrich Raspes Funktion als „Gegenkönig“ war nicht von Glück begleitet und wurde mehr oder weniger nur im kirchlichen Bereich anerkannt. Neun Monate später, am 16. Februar 1247, starb er unverhofft auf der Wartburg.

Der um 1206/07 geborene Landgraf Konrad von Thüringen und Pfalzgraf von Sachsen war ein ehrgeiziger und einflussreicher Fürst, der sich – vor allem nach dem Tod Konrad von Marburgs – für die Heiligsprechung seiner Schwägerin Elisabeth stark engagierte und den Bau der Grabes- und Wallfahrtskirche in Marburg vorantrieb. Nachdem das Kanonisierungsverfahren zunächst ins Stocken geraten war, einmal wohl wegen Formfehler des Magisters, dann auch wohl wegen Behinderungen durch den Mainzer Erzbischof, dem an einem ludowingischen Heiligtum in Grenznähe zu seinem Herrschaftsbereich nicht gelegen sein mochte, drängte Landgraf Konrad in Verbindung mit dem Deutschen Orden, dessen Hochmeister er war, auf die Fortführung und den Abschluss des Verfahrens. In Verhandlungen mit dem Papst erreichte er, dass Gregor IX. das Hospital und das Patronatsrecht über die Kirchen Marburgs dem Deutschen Orden übertrug. Sowohl Heinrich als auch Konrad machten dem Orden beachtliche Schenkungen. Gemessen an den Widerständen, die sie ihrer Schwägerin zu Lebzeiten bereitet hatten, unternahmen sie nun alles, um ihre Verehrung zu fördern.

Landgraf Konrad verwüstete im Jahre 1232 das zu Mainz gehörende Fritzlar. Nach seinem 1234 erfolgten

Eintritt in den Deutschen Orden wird von einem Bußakt berichtet, der am 29. Juni 1238 stattgefunden hat. Zusammen mit zwei anderen Ordensrittern erschien Konrad im Büßergewand in Fritzlar, um für die Freveltat um Verzeihung zu bitten. Sie nahmen barfuß an einer Prozession teil, wobei berichtet wird, dass drei Priester ihnen mit Ruten folgten und sie geißelten. Konrad besuchte auch die verwüsteten Kirchen und zahlte eine angemessene Entschädigung. Er starb am 24. Juli 1240.

Das Leben der hl. Elisabeth blieb auch nicht ohne Wirkung auf ihre ungarische Verwandtschaft. Drei ihrer Nichten aus königlichem Geblüt entschieden sich für ein kontemplatives und weltabgeschiedenes Leben. Margareta, Jolanda und Kunigunde – auch Kinga genannt – bemühten sich, den Tugenden ihrer jungen Tante nachzueifern. Margareta und Kinga heirateten polnische Grafen, die beide den Namen Boleslaw trugen. Margareta trat schon als Kind in das Kloster Veszprém ein und wurde Dominikanerin. Ihre Profess legte sie in einem von ihrem Vater gegründeten Kloster auf einer Donau-Insel bei Buda ab. Nach einem Leben, das einer Heiligen würdig gewesen wäre, starb sie 1270, doch wurde sie erst 1943 kanonisiert. Seither trägt die Insel ihren Namen. Margareta betete viel und durchwachte oft ganze Nächte in der Zwiesprache mit Gott. Ihre prophetische Gabe warnte die Bevölkerung vor Überschwemmungen der Donau.
Kunigunde, die älteste der drei Schwestern, heiratete den Polenherzog Boleslaw V. Das Ehepaar gelobte wie Kaiser Heinrich II. und seine Gemahlin Keuschheit. Kunigunde gründete, nach dem Tode ihres Gatten und nachdem sie der Regentschaft entsagt hatte, in San-

decz ein Klarissenkloster und übernahm später das Amt der Äbtissin. Sie widmete wie ihre Tante Elisabeth ihr Leben den Armen und Kranken. Während des Mongolensturms musste das Kloster vorübergehend geräumt werden, doch die Schwestern konnten später in die unbeschädigten Gebäude zurückkehren. Kunigunde starb am 24. Juli 1292 und wurde Patronin Polens und des Großherzogtums Litauen. Eine der ersten Klarissinnen Osteuropas war ihre Cousine Agnes von Böhmen, Tochter der Konstanze von Ungarn und König Ottokars I. von Böhmen. Sie starb 1280.
In der nächsten Generation tragen zwei weitere Frauen den Namen Elisabeth. Die Tochter des Ungarnkönigs Andreas III. wurde Dominikanerin und starb 1336 in Töß, die andere, Tochter König Stephans V., des Bruders von Margareta, Jolanda und Kunigunde, starb 1220. Eine weitere Großnichte der Landgräfin Elisabeth war die hl. Elisabeth von Portugal, Tochter König Pedros III. von Aragón. Im Alter von zwölf Jahren bemühten sich drei Freier um sie: ein Prinz aus England, ein Prinz aus Neapel sowie Dionysius von Portugal, den sie 1292 heiratete. Sie ahmte dem Beispiel ihre Großtante nach und setzte ihre Lebenskraft für die Armen und Kranken ein. Ihr Gemahl war indes alles andere als ein Beispiel an Tugend. Er hielt sich Mätressen, führte Kriege und zog gegen den eigenen Bruder Alfons von Portalege und gegen seinen Schwager Ferdinand von Kastilien zu Felde. Er verdächtigte Elisabeth sogar, den Aufstand des eigenen Sohnes Alfons gegen ihn angezettelt zu haben, setzte seine Frau in einer Burg fest, bis er seinen Irrtum eingestehen musste und sie freiließ. Während der Belagerung von Coimbra versöhnte Elisabeth Vater und Sohn miteinander, doch war der Friede nur von kurzer Dauer. Bald

standen sie sich in Lissabon abermals als Feinde gegenüber. Elisabeth unternahm erneut einen Versöhnungsversuch. Diesmal war er endgültig von Erfolg gekrönt. Das Beispiel seiner Gemahlin führte bei Dionysius von Portugal zu einem besseren Lebenswandel und trug ihr den Namen „Friedensengel" ein. Dionysius starb nach friedlichen Jahren an der Seite seiner Frau im Jahre 1325. Elisabeth von Portugal nahm darauf das Gewand der Franziskanerinnen und pilgerte nach Santiago de Compostela. Entscheidenden Anteil hat sie an der Gründung der Universität von Coimbra. Noch einmal waren ihre Schlichtungsfähigkeiten gefragt, als sich ihr Sohn und Enkel, der König von Kastilien, bekämpften. Sie starb am 4. Juli 1336 und wurde in der von ihr gestifteten Klarissenkirche in Coimbra beigesetzt.

Glossar

Altenberg
(früher auch Altenburg), heute Oberbiel, Stadt Solms. Ehem. Prämonstratenserinnen-Kloster Altenberg, jetzt Königsberger Diakonissen-Mutterhaus und Gutshof. Zwischen 1164 und 1179 gegründet. Durch Kaiser Friedrich Barbarossa reichsunmittelbar. Blütezeit unter Äbtissin Gertrud (1248-97), der seligen Tochter Elisabeths von Thüringen. 1802 Säkularisation.

Bollandisten
Bollandus, Jean (Johannes), belgischer Jesuit, geb. 1596, gest. 1665. Seit 1630 Herausgeber der „Acta sanctorum", fortgeführt von Ordensbrüdern (Bollandisten).

Breitenau
= Guxhagen südlich von Kassel. Ehemaliges Benediktinerkloster. 1113 von Werner von Grüningen gegründet, 1119 mit Hirsauer Mönchen besetzt, 1497 der Bursfelder Kongregation angeschlossen, 1527 aufgehoben. Unter Landgraf Moritz 1607 bis 1627 zum Schloss umgebaut, zweimal im Dreißigjährigen Krieg zerstört. 1874 Landesarmenanstalt, später Landesfürsorgeheim.

Desenberg
sehenswerter ehemaliger Vulkankegel im Warburger Land mit Burgruine (Graf Spiegel zu Desenberg). Die Burg Graf Ottos von Northeim wurde 1070 von Heinrich IV. erobert, kam später an Heinrich den Löwen und 1192 an den Bischof von Paderborn. Seit Mitte des 13. Jh. Besitz der Herren von Spiegel, im 16. Jh. verlassen.

Egge(gebirge)
westfälischer Höhenzug von Norden nach Süden im Anschluss an den Teutoburger Wald (Völmerstot 468 m) verlaufend.

Helmarshausen
= Bad Karlshafen-H. Erste Erwähnung als „Helmerateshusa" im Jahre 944. 997 Stiftung des Klosters durch den Grafen Eckhard. 1017 gelangt die freie Reichsabtei an das Bistum Paderborn. Um 1080 Blütezeit des Klosters. Entstehung der Goldschmiedearbeiten durch den Mönch Roger. 1126 Errichtung der Kirche auf dem Krukenberg. 1215 bis 1220: Bau der Befestigungsanlage auf dem Krukenberg zum Schutz der Abtei. 1254 erhält der Ort Stadtrecht. 1449 Besetzung von Ort und Kloster durch den Landgrafen von Hessen. 1538 Auflösung des Klosters. Das Bistum Paderborn verkauft 1617 die letzten Anteile am Kloster- und Burgbezirk Helmarshausen an den Landgrafen von Hessen.

Körbecke
Borgentreich-K. 1142 als bischöfliche Eigenkirche erstmalig genannt, später, 1231, im Archidiakonat des Domkantors nicht mehr. Wiederherstellung des katholischen Glaubens nach den Reformationswirren durch Fürstbischof Ferdinand II. Kirchbau 1663, das heutige Gotteshaus St. Blasius stammt von 1900/02.

Marburg
Die Landgrafen von Thüringen errichteten die 1138/39 erstmals bezeugte Burg, um die Ost-West-Verbindung und die alte Lahn-Furt gegen das Erzbistum Mainz (Amöneburg) zu sichern. Marburg wurde Verwaltungsmittelpunkt, als aus der einstigen Marktsiedlung An-

fang des 13. Jahrhunderts eine Stadt wurde. 1228 gründete die Landgräfin Elisabeth ihr Hospital. Ihr Grab wurde bald zu einer der bedeutendsten Wallfahrtsstätten des Mittelalters. 1234 erfolgte die Gründung der Niederlassung des Deutschen Ordens und bestand bis 1809. Burg und Stadt waren 1308 bis 1604 mit Unterbrechung Residenz der hessischen Landgrafen. 1527 gründete Landgraf Philipp der Großmütige die erste evangelische Universität. 1567 bis 1604 eigene landgräfliche Linie in Marburg, durch Landgraf Ludwig IV. Erbschaftsstreit durch Testamentsbruch des Kasseler Erben Moritz. Seit 1624 hessendarmstädtisch. 1648 durch Vergleich an Hessen-Kassel, 1688 an Preußen.
Elisabethkirche (ev. Stadtkirche): 1228 stiftete die verwitwete Landgräfin Elisabeth von Thüringen ein St. Franziskus-Hospital nördlich der Stadt, wurde 1231 in der Hospitalkirche beigesetzt. Fundamente der Kirche befinden sich unter und außerhalb der Nordkonche der heutigen Kirche. Es handelte sich um einen schlichten, langgestreckten, einschiffigen Bau mit eingezogener Halbkreisapsis und vermutlich mit Westturm. Der Bau war schräg zur heutigen Kirchenachse ausgerichtet, deshalb auch die Schrägstellung des gotischen Elisabeth-Mausoleums. Das Hospital ging 1234 in den Besitz des Deutschen Ordens über. Die Heiligsprechung der Landgräfin war am 27. Mai 1235. Die Grundsteinlegung der heutigen Kirche erfolgte am 14. August 1235 zunächst als Marienkirche. Sie war Gotteshaus des Deutschen Ordens, Grabkirche der hl. Elisabeth, Wallfahrtskirche und Grablege der Landgrafen. 1236 machte Kaiser Friedrich II. einen Besuch am Grab der Heiligen. 1249/50 wurden die Gebeine der Heiligen aus der alten Franziskuskirche in den Ostchor der neuen Kirche übertragen. Der alte Bau wurde ab-

getragen. 1283 wurde die neue Kirche – noch ohne Türme – eingeweiht. Das Mausoleum der hl. Elisabeth befindet sich im nördlichen Kreuzarm über ihrem ehemaligen Grab in der alten Franziskuskirche. Es handelt sich um einen um 1280 entstandenen Baldachin, der über einem Sarkophag entstand, der wahrscheinlich den Elisabethschrein bis zu seiner Übertragung in die Sakristei ständig, dann nur bei besonderen Anlässen aufnahm. Der künstlerisch hochwertige Schrein selbst befindet sich in der Sakristei. Er entstand für die Übertragung der Gebeine der Heiligen wohl um 1235. Die Reliquien wurden 1539 entfernt und befinden sich heute im Kloster der Elisabethanerinnen in Wien. Die vom Kaiser Friedrich II. gestiftete Krone für das Haupt Elisabeths gehört zum Stockholmer Kronschatz. Das frühere Elisabeth-Hospital wurde nach der Aufhebung des Deutschen Ordens 1809 zur Universitätsklinik umgewandelt, die Gebäude wurden 1888/91 abgebrochen. Die Ruine der Hospitalkapelle südlich der Elisabethkirche ist erhalten.

Matutin
gehört zu den kirchlichen Stundengebeten der Mönche.

Menne
= Warburg-M. 1403 als Filiale der aufgegebenen Pfarrkirche St. Jakob in Papenheim, das 1362 zerstört wurde. Kam dann zu Hohenwepel. Kirche St. Antonius von Padua 1847 erbaut, 1920 erweitert.

Nörde
= Warburg-N. Kapellenbau, 1432 genannt. Heutige Kirche Mariä Heimsuchung von 1930/32.

Poverello
= der Arme. Bezeichnung für den hl. Franziskus, der auf alle Reichtümer verzichtete.

Psalter
Buch der Psalmen

Psalterium-Diurnale
Gebetbuch der katholischen Geistlichen mit den Tagesgebeten.

Rimbeck
= Warburg-R. Hardehauser Klosterhof mit 1603 renovierter Elisabethkapelle, 1904 abgebrochen. Pfarrkirche St. Elisabeth 1904/05 gebaut, Reliquie der hl. Elisabeth seit 1903 aus dem Franziskanerkloster San Antonio in Rom.

Rösebeck
= Borgentreich-R. Otto der Gr. schenkte 965 den Haupthof dem Moritzkloster (Domstift) in Magdeburg. Das Patronat erlangte die Herrschaft v. Spiegel zum Desenberg, Archidiakonat Warburg, doch 1231 nicht mitgenannt. Seit 1256 eigener Pfarrer, 1327 als Archidiakon. Vorübergehende Einführung des Protestantismus durch den Patron, der 1783 eine neue Kirche – St. Moritz (Mauritius) geweiht – baute.

Translatio
Übertragung von Gebeinen und Reliquien von Heiligen an einen bestimmten Ort.

Wittumsgüter
Ländereien und Einkünfte, die Elisabeth bei ihrer Heirat zur lebenslänglichen Nutzung erhalten hatte.

Literatur

Sankt Elisabeth. Fürstin – Dienerin – Heilige. Aufsätze, Dokumentation, Katalog. Herausgegeben von der Philipps-Universität Marburg in Verbindung mit dem Hessischen Landesamt für geschichtliche Landeskunde. Jan Thorbecke Verlag, Sigmaringen 1981.

Dr. Maria Maresch: Elisabeth von Thüringen. Schutzfrau des Deutschen Volkes. Verlag der Buchgemeinde, Bonn 1931.

Regine Pernoud: Die Heiligen im Mittelalter. Frauen und Männer, die ein Jahrtausend prägten. Deutscher Taschenbuchverlag, München 1984.

Elisabeth von Schmidt-Pauli: Elisabeth von der Wartburg. Abendland Verlag, Wuppertal 1948.

Prof. Dr. Klemens Honselmann (Hrsg.): Von der Domschule zum Theodorianum Paderborn, 1962. Studien und Quellen zur Westfälischen Geschichte, Band 3, Paderborn.

Realschematismus für das Erzbistum Paderborn, Westfälischer Anteil. Herausgegeben und verlegt vom Erzbischöflichen Generalvikariat Paderborn 1961.

Erna und Hans Melchers (Hrsg.): Das große Buch der Heiligen. Geschichte und Legende im Jahreslauf. Bearbeitet von Carlo Melchers. Südwest Verlag, München 1978.

Georg Dehio: Handbuch der Deutschen Kunstdenkmäler. Hessen. Bearbeitet von Magnus Backes. Deutscher Kunstverlag, München 1982.

Georg Dehio: Handbuch der Deutschen Kunstdenkmäler. Westfalen. Bearbeitet von Dorothea Kluge und Wilfried Hansmann. Deutscher Kunstverlag, München 1986.